15
白鳥士郎
イラスト■しらび
監修■西遊棋
ryuoh no oshigoto!
りゅうおうのおしごと!

あいくんはボクの研究パートナーだからね
配信中は私のこと
『たまよん先生』って呼ぶように

師匠。
あいは今、東京で
必死にがんばってます。

供御飯万智
山城桜花
女流名跡リーグ
最終戦一斉対局!

雛鶴あい
女流初段

目次

著者	白鳥士郎	作品名	りゅうおうのおしごと!15
イラスト	しらび	監修	西遊棋

総ページ数	発行所	発行年月日
376ージ	SBクリエイティブ	2021年9月30日

迄376ページにて
りゅうおうのおしごと! 15巻ぜんぶ

りゅうおうのおしごと！ 15

白鳥士郎

GA文庫

鹿《ろく》路《ろ》庭《ば》珠《たま》代《よ》

女流二段。現役女子大生。外見はゆるふわ女子だが実用書以外読まない現実派。

山《な》刀《た》伐《ぎり》尽《じん》

A級八段。棋書のコレクターでもあり、神田の古書店街で目撃情報多し。

夜《や》叉《しゃ》神《じん》天《あ》衣《い》

八一の二番弟子。根っからの電子書籍派で、ポイントなども意外と上手に貯める。

空《そら》銀《ぎん》子《こ》

女性初のプロ棋士。休場を発表した。食の拘りは強いが読書に関しては意外と雑食。

登場人物紹介

九《く》頭《ず》竜《りゅう》八《や》一《いち》

竜王。帝位も獲得し史上最年少で二冠となる。基本的に漫画と将棋の本しか読まない。

供《く》御《ぐ》飯《い》万《ま》智《ち》

山城桜花の女流タイトルを持ち観戦記者としての顔も持つ京美人。編集者としても敏腕。

雛《ひな》鶴《つる》あい

八一の弟子。詰将棋の本は一目見ただけで解けるので、速読と間違われる。

一葉の写真

大切にしている写真がある。

小学生のころ、はじめて大きな将棋《しょうぎ》大会に出場した際、ベスト四に残った四人で撮影した写真だ。

「ほら！　みんな笑って！」

カメラを構えた観戦記者が何度も何度も「笑って」と言っていたのを憶《おぼ》えている。

どうしてそんなに何度も笑えと言ったのか？

私だけ泣いていたからだ。

もう、ボロボロに泣いていた。

人生であそこまで泣いたのは一度きりだと断言できる。それほど泣いた。

最初は、負けたことが悔しくて。

けれど途中からは……別の理由で、私は泣き続けていた。

泣き続ける私の隣でオロオロしているのは、身体《からだ》よりも大きな優勝トロフィーを掲げた、小さな男の子だ。

「泣かないで？　泣いちゃだめだよ……」

四人の中でも一番小さなその男の子はずっとそう言って私を慰めてくれていて。

それでも泣き止まない私に困り果てた男の子は、遂にこんな話を始めたのだ。

「将棋に負けて泣いてると、将棋のお化けが来るんだよ！」

「………おばけ？」

「うん！　ぼくは内弟子《うちでし》だから師匠の家に住んでるんだけど、その家には将棋のお化けも住んでるんだ！　とってもとっても怖いんだよ？　ぼく、この大会で優勝できなかったら『一門の恥だから大阪《おおさか》に帰って来るな』って言われてて……」

「ひどい……」

「でしょ⁉　すぐ『ぶちころす』とか『とんししろ』って言うし、叩《たた》いたり蹴《け》ったりするし。ぼくが将棋に負けて泣いてると、どこにいても飛んできて『泣くな！』って怒るんだ」

必死に私を慰めてくれる男の子は、優勝したのに泣きそうな顔で私を見詰めて、

「だから……ね？　泣かないで………万智《まち》ちゃん」

そう言われて私はもっともっと泣いた。声を上げて泣いた。

でもそれは悲しかったからじゃない。

『私が泣いたら、この子が慰めてくれる。私だけを見てくれる……』

それが嬉《うれ》しくて、心地よくて、私は泣き続けた。男の子の気を引きたくて。

今後もあれほど泣くことがあるとしたら……それはきっと、もう一度だけ。

あれから十年。

棋士になった私は将棋ライターとしても活動している。彼の将棋を追い続けるために。一番近くで彼の戦いを観《み》て、彼の全《すべ》てを記録するために。

成長していく男の子の写真もいっぱい撮った。技術も機材も格段に進歩した。

でもあの一枚に勝る写真は今も撮れない。

「金と時間をかけてプロが撮影した写真よりも、素人《しろうと》が偶然撮ったスナップ写真のほうが心を打つことがある」

そう教えてくれたのはあの写真を撮った記者で、今は編集長。私の師であり上司だ。

けれどある時……ふと、こう思った。

私は彼の写真を撮りたかったのではなくて、本当は……彼の隣で写真に撮られたかったのではないかと。だからずっとあの写真を超えられないのではないかと……。

しかし残念ながら現実は写真のようにはいかなくて。

男の子の隣には、もっとふさわしいお姫様がいた。強くて美しい白雪姫が。

けど、それでもいいと思えた。仕方がないと思った。

そのお姫様は誰《だれ》がどう見ても物語のヒロインで、私が男の子の物語を書くとしたらやっぱりその子と結ばれるハッピーエンドにするだろうから……。

二人の写真を撮りながら、私は自分に言い聞かせ続けた。私は単なる傍観者だと。

お姫様は将棋界で次々と伝説を作り、史上初のプロ棋士になった。

そして男の子は――――魔王となった。

『よくあんな化け物の近くにいて将棋なんか指せますね？　同世代ってだけでも死にたくなるのに』

将棋を指すたびに絶望を与え続ける存在となった男の子を、気付けば私は一人で追い続けていた。彼の将棋を一番近い場所で見るために。彼の言葉を直接聞くために。

『でもあいつの言葉が理解できるなんて思っちゃいけませんよ？』

なぜ？

『同じ言葉を話していても、見えてるものはまるっきり違うんだから。本人が嘘《うそ》を吐《つ》く気はなくてもそれは俺《おれ》たちの世界の真実とは違う』

なら……私が今まで見てきたものも、違うんだろうか？

『もし、あいつの視点で書かれた物語なんてものがあったら、それはきっと――――』

彼の書いた本。彼の中にだけある物語。

読んでみたいと思った。私も彼の物語の登場人物なのだろうか？　傍観者ではなく？

彼の物語の中で、私はどんな役割を与えられているのだろう？

編集者として彼と一緒にその本を作るのは絶対に自分でなければならないという思いと共に……ふと、こんな期待《よくぼう》が首をもたげる。

ヒロインだと思っていたお姫様がいなくなった彼の世界で……もしかしたら、私が――

第一譜

みだれ髪

「ん？　雪か……」

空から降ってきたひとひらの雪片を、俺《おれ》は両手で受け止める。

手のひらにちょこんと載った雪の結晶はしかし、すぐに溶けて消えてしまう。

「……温泉に入った後だもんな」

火照《ほて》った身体《からだ》に、冬の冷気が心地よかった。

すぐ近くに波の音が聞こえる。

しかし真っ暗闇《くらやみ》の向こうにあるはずの海も、そして日本三景と称される絶景も、今は見ることができない。

離れにある浴場から本館へ入る。深夜ということもあり、人の気配は全くしない。

ギシ……ギシ……ギシ……。

きしむ階段を上り、二階へ。

深夜。古い旅館の一室。

今はもうほとんど目にすることがなくなったシリンダー錠の鍵《かぎ》を銀色の丸いノブに差し込んで、俺は自分の部屋の扉を開ける。

照明を落とした、薄暗い部屋の中に――

裸の女性がいた。

「へ……？」

驚愕《きょうがく》と、そしてあまりの美しさに腰を抜かし、畳《たたみ》の上にストンと尻餅《しりもち》をつく。

その音で、女性が……供御飯《くぐい》万智《まち》が、こっちを振り返った。

「八一《やいち》くん？　戻ったん？」

「ご、ごめん万智ちゃん！　ててて、て、てっきりまだお風呂《ふろ》に入ってるかとっ……!!」

「ふふ。こなたも今さっき戻ったところどす。せやから髪も肌もまだ湿っぽくて、それに帯が少し解けてしまったゆえ……」

するすると慣れた手つきで浴衣《ゆかた》の帯を締め直す。

京都《きょうと》出身。旧華族のご令嬢に生まれた万智ちゃんが身にまとうと、旅館の地味な浴衣さえもタイトル戦で着る豪華な着物より艶やかに見えて。

「ところで、いかがどした？　こなたの裸身《からだ》は？　隅々まで綺麗《きれい》にしてきたつもりどすが」

「そ、それはわかったから！　綺麗だから！　だから、は、早く着て……！」

「あい。もうこっち見てもええよ？」

確かに浴衣を着てた……けど、さっきの裸が重なってしまい、まともに見られない……。

「じゃあ………続き、しよ？」

万智ちゃんはそう言って猫みたいに四つん這いになると、畳に尻餅をついている俺に近づいてくる。

「も、もうするの⁉　ちょっと休まないと身体がもたない……」

「いけずやわぁ。焦《じ》らさんでおくれやし」

おねだりするような万智さんの口調だが、抗《あらが》えない響きがあった。

「なんのために二人でここに何日も泊まっておると？　集中して励むためでおざりましょ？

こなたと八一くんの、二人の愛と努力の結晶を作るために」

「そ、それはそうだけど………限界というものが……」

「八一くん、いっぱい溜《た》まった言うておざったやん？」

確かにそう言った。

でもそれは……そうでも言っておかないと、万智ちゃんが俺のことを放してくれないから。

尻餅をついたまま後ずさりつつ、弱々しい抵抗を試みる。

「き、昨日あれだけ万智ちゃんに搾《しぼ》り取られたら、すぐにスッカラカンだよ……！」

「だめ。まだまだぜんぜん足りひんもん」

イヤイヤするみたいに首を振る万智ちゃん。

そして部屋の中央で煌々《こうこう》と光を放つノートパソコンを指さして、こう言った。

「八一くんの処女作を出版するには、まだまだページ数が足りませぬ。全然や」

「わかってます！　言われなくても俺が一番わかってるんです！」

畳の上に尻餅をついたまま頭を抱え、俺は泣き言を並べ立てる。

「文豪みたいに旅館の部屋を執筆用に借り続けてもらって、しかも万智ちゃんみたいな美人編集者さんに付きっきりでサポートしてもらって、そりゃありがたいよ⁉　でもそのぶんプレッシャーでスランプに……！」

「処女作すら書き上げてない童貞作家にスランプなどおざりませぬ。単に根性が足りぬだけどすわ」

ぐうの音も出ない正論である。

ちなみにさっき溜まったとか搾り取られたとか言ってたのはアイデアのことです。サキュバス的なものを想像させたとしたら申し訳ない。

「さ、先生？　パソコンの前に座って執筆の続きをしてくれやし。今夜は眠らせませんえ？」

「……今夜どころか、ここに来てからまともに寝させてくれたことなんて一度もないじゃないですか……」

「くふふ♡」

伏見稲荷《ふしみいなり》の狐みたいな妖《あや》しい笑みを浮かべると、美しい編集者は俺の耳元で囁《ささや》く。

「さあ。二人で世界を変えましょう…………この本で、世界を」

全《すべ》てが変わってしまった。

互いの想《おも》いを受け入れたはずの姉弟子《あねでし》にして恋人は、俺の前からも将棋界《しょうぎ》からも姿を消してしまった。

手元に置いて大切に育ててきた内弟子《うちでし》は、関東へと移籍してしまった。

そして、俺は――

ずっと俺のことを近くで見続けてくれていた幼馴染《おさななじ》みで、女流棋士で、観戦記者で編集者でもある女性《ひと》と二人きりで、こうして旅館でカンヅメになって本を書いている。

処女作となる棋書《きしょ》を。

「…………どうして、こうなった……？」

疲労と睡魔で朦朧《もうろう》とする……。

栄養ドリンクの飲みすぎで指先が震え、動悸が止まらない……。

パソコンのキーボードに指を置いたまま、俺の意識はいつしか過去へと飛んでいた。

二人目の弟子・夜叉神《やしゃじん》天衣《あい》が俺を迎えに来た、あの大晦日《おおみそか》の夜へと――

「………私じゃ、だめ………？」

雪の降る、大晦日。

深夜零時に俺の部屋へ踏み込んできた天衣は、あいの代わりに自分が一緒に暮らすと言ってくれた。

ボロボロになった一人ぼっちの俺に……手を差し伸べてくれたんだ。

ずっと外で様子をうかがっていたんだろう。握り返した小さなその手はすっかり冷たくなっていて。

その冷たさが逆に、俺の心に熱と光を灯《とも》してくれた。

「けど………いいのか？」

泣きそうになるのを必死に堪えながら、俺は二番目の弟子に問う。

「お前みたいなお嬢様が、こんなボロくて狭いアパートで……俺なんかと一緒に住んで——」

尋ねながら俺は、天衣がこう言ってくれるだろうと期待していた。

『いいの！　あなたと一緒なら……どこでも……！』

腕の中の小さなシンデレラは、粉雪の付いた睫毛《まつげ》を動かして俺を見る。

そして寒さで青くなった唇を微《かす》かに震わせて、こう言ったのだ。

「ハァ？　こんな小汚い商店街の犬小屋みたいな部屋に住めって？　この私に？　あんた正気で言ってんの？」

「へ？」

数秒前の純真可憐《かれん》な幼女は、綺麗さっぱり消え失せていた。

いや……でも、そういう流れだったんじゃないの？　あれれー？

いつもの高飛車な夜叉神天衣お嬢様は俺を突き飛ばして土足で床を踏み鳴らすと、

「そもそも最寄り駅がＪＲや地下鉄《メトロ》って！　有り得ないわ！　住むなら阪急沿線。これは絶対に譲れない」

「お、おう……」

関西ネイティブの阪急信仰を目の当《ま》たりにし、俺は言葉を失っていた。兵庫《ひょうご》県民は特にこれが激しいとは聞いていたが……。

「それに言ったでしょ？　このボロアパートは潰《つぶ》すって」

天衣が背後の女性――池田晶《いけだあきら》さんに合図すると、一枚の書類が俺の目の前に突きつけられる。

「これが権利証だ。つまりこの物件は我が夜叉神グループのものとなった。開発計画に従い取り壊すから今すぐ出て行ってくれ」

「そっ、そんな横暴な！」

本当にこのアパートを買収したのか⁉

寂《さび》しさのあまりスルーしちゃってたけど……思い出の詰まったこの部屋を取り壊すなんて、そんなの認められるわけがないだろ！

「俺、知ってるんですよ⁉　借地借家法《しゃくちしゃっかほう》っていうのがあって、いきなり出てけって言えないはずです！」

「ふむ。将棋や幼女だけではなく不動産の知識も有するとは……厄介な男だ」

あんたも人のこと言えないだろ。

権利書をスーツの胸ポケットに仕舞うと、晶さんは懐《ふところ》に手を入れたまま、

「ところで九頭竜《くずりゅう》先生。私の一番得意な仕事が何かわかるか？」

「じ、地上げですか？」

ＮＯ！　ＮＯ！　ＮＯ！

「じゃ、じゃあ…………合法的な立ち退き……ですか？」

ＮＯ！　ＮＯ！　ＮＯ！

「え？　だったら……何です？」

「餌作りだ」

「えさ？」

「魚の餌を作るのが得意だと言っている」

それって俺を海にアレするって意味じゃないですかヤダー‼

「焼いてから粉砕器で粉々にして動物に食べさせれば証拠が残らないからな。以前は豚に食わせていたが、それだと糞《ふん》に人間のDNAが残るらしい。だから海に撒《ま》いてお魚さんに食べてもらうことにしたのだ」

「魚が食べてくれたら、東京《とうきょう》へ行ったあいや行方《ゆくえ》不明の空銀子《そらぎんこ》とも再会できるかもね。食卓で」

天衣がまるっきり他人事の口調で言う。

したくないよそんな君に届け！

「冗談だ九頭竜先生。もちろん新しい物件をこちらでご紹介させていただく。答えを出すのはそれを見てからでも遅くはあるまい？」

新しい……物件？

「さすが『関西住みたい街ランキング』で何年も一位になり続けてるだけあるわね。大阪《おおさか》にも神戸《こうべ》にも近くて住みやすそうだわ」

夜が明けてから俺たち三人が向かったのは、駅直結のタワーマンションだった。

阪急西宮北口《にしのみや》駅。通称『ニシキタ』。

とあるラノベ原作アニメの聖地らしい。憂鬱《ゆううつ》である。絶対に家賃高いよここ……。

「日当たりもいいし、眺めも悪くない。間取りも……ちょっと狭いけど、まあこれくらいなら許容範囲ね」

タイトル戦が開けそうなほど広々としたタワマンのリビングから西宮の市街を睥睨《へいげい》しつつ、天衣お嬢様は満足気に言う。

いやいや狭くないですから。『こんだけ部屋があって何に使うの？』ってくらい部屋数ありますから。九頭竜八一の驚愕ですから……。

俺はもう膝《ひざ》から下がガクガク震えている。高層階だからじゃない。予想されるお値段の高さに震えているのである。

「きょ、許容範囲って……いくらするんだ、このマンション……？」

「さあ？　四億くらい？」

「よんお――」

「プロになってから一億くらいは稼いでるんでしょ？　竜王と帝位の賞金を合計すれば七千万円くらいになるし、あと五年も防衛すれば完済できるわよ。足りない分はうちの会社で融資してあげるわ」

「安心しろ九頭竜先生。ローンの審査はゆるゆるだ。この物件は当社の物だしな」

晶さんが全く安心できない笑顔で言う。

こ、こいつら……一緒に住むとか言っておいて実は俺に超高額のマンションを売りつけたいだけなんじゃないのか⁉

「……天衣。ちょっといいか？」

「なぁに八一？」

「一緒に住もうと言ってくれるのは嬉《うれ》しい。でも俺があのアパートに住んでたのには理由があるんだ。確かに古くて狭かったけど、あそこは近所に——」

「小学校があるからでしょ？」

「違うッ‼　将棋会館があるからだよ‼」

　確かにあいが通ってた小学校は近かったし、その近さ故に将棋の授業とか受け持ったりもしてたけど！

「それが何？　研究会だって今はネットでやるのが主流だし、そもそも研究自体ソフトとするから将棋会館の近くに住むメリットなんて消え失せたわよ。棋士室だってガラガラじゃない」

「う……」

「西宮北口《ここ》から梅田《うめだ》までは電車でたったの十四分。遠いとは言わせないわ。それに関西将棋会館だって、いつまでもあそこに——」

「お嬢様。その件は」

「ん……とにかく！」

　何かを言いかけた天衣は晶さんに諫《いさ》められて言葉を引っ込めると、

「あなたは今、名人を抜いて将棋界でいちばん稼いでるのよ⁉　そんなあなたがボロアパートに住んでボロボロの服を着て冷凍食品ばっか食べてたら将棋界全体が低く見られるじゃない！

第一人者としての責任感を持ちなさい、責任感を！」

「はい……」

マンションを買わされたうえ小学生に説教までされてしまう将棋界の第一人者。つらい。

「部屋はここにする。晶、私たちが帰るまでに住めるようにしておきなさい」

「かしこまりました」

もはや俺に決定権がないことについては何も言うまい。思えば前の部屋も姉弟子が決めてたしなぁ。

それよりも──

「帰るまでに……って、まだどこかに行くのか？」

「行くところはいっぱいあるわよ」

天衣お嬢様は長い黒髪を翼《つばさ》のように翻《ひるがえ》しながらこっちを振り向くと、俺の着ていたジャケットを指で弾いて言った。

「まずはこの、趣味の悪い服をどうにかしなくちゃねえ？」

次に俺と天衣が向かったのは、神戸市内にある老舗《しにせ》の洋服店だった。

「ここはおじいちゃま……こほん。祖父がずっとスーツを仕立ててもらってる店なの。神戸のスーツは日本で最も歴史があるのよ？」

どうやら天衣は俺の衣食住全てにダメ出しをするつもりのようだ。全否定じゃん。お前本当に俺のこと好きなの？　これデート商法じゃないよね？

「この服は……プロになった時、姉弟子に見立ててもらった服なんだ。安物かもしれないけど大事な服なんだよ」

「別に、捨てろとは言ってない」

度量の大きいところを見せつけるように天衣は鷹揚《おうよう》に頷《うなず》くと、

「私の前で二度と着るなと言ってるの」

「同じようなことじゃないか！」

「ねえ、八一」

天衣はスッ……と俺の懐に潜り込む。

「ッ⁉」

急にそんなことをされてドキドキする。不意打ちのキスの感触が甦る……。

しかし天衣は俺のネクタイに触れるのではなく、スーツの肩や袖《そで》の辺りをポンポンと叩《たた》いて穏やかにこう言った。

「少し背が伸びたんじゃない？　サイズが合ってないわよ？」

「そ、そうかな？　まあ……確かにこの服は十五歳で買ったやつだから、成長期の途中だったかもしれないけど……」

「でしょ？　どのみち仕立て直す必要はあったんだから、新しい服を作ればいいじゃない」

「………」

結局、俺は頷いてしまった。

そしてスーツのグレードを上げれば他もそれに合わせなければならないという天衣のアドバイスに従い、アイテムを揃《そろ》えていく。

シャツ。コート。手袋。マフラー。靴。ベルト。それに鞄《かばん》。

合計金額は二百万円くらいになった。ヤケ買いだ。四億のマンション買った後だと思うと安く感じてしまう不思議！

「あら？　格好いいじゃない。惚《ほ》れ直したわよ師匠《せんせい》」

「そ、そうかぁ？　でも全身真っ黒ってのは、ちょっとやりすぎのような……」

コーディネートを天衣に全て任せたら極端なファッションになってしまった。歩夢《あゆむ》が『それでこそ我がライバルだ！』って大喜びしそうな感じである。

ただ……荒んだ心に、黒い色は驚くほど馴染《なじ》んだ。

幸せな頃の記憶を呼び起こさない新しい服は、意外なほど温かく俺を包んでくれた……もちろん職人さんの腕がいいからなんだろうけど。

そんな俺の周りを値踏みするようにぐるりと一回りしながら、天衣は言う。

「八一あなた……《西の魔王》って呼ばれてるんでしょ？」

「……知らないよ。自分で名乗ったわけじゃないし」

「けど、そう呼ばれてる」

「………………」

関東の若手は俺のことをそう呼んでるらしいのは、実際に二ツ塚未来《ふたつづかみらい》四段から呼ばれたから知っていた。

勝負師として、相手から恐れられるのは正直……心地よい部分は、ある。

けれど故郷の星空の下で、銀子ちゃんは俺にこう言ったんだ。

『私は好きじゃないの。八一にはぜんぜん似合わないと思うから』

だから俺もその名は選ばない。自分に似合うなんて認めたくはなかった。

だが夜叉神天衣は笑顔を浮かべると、甘い声でこう囁く。

「いいじゃない魔王で」

「え？」

驚く俺の耳元に唇を寄せて、天衣は囁き続けた。

「私もね？　天使なんかより、悪魔のほうが好きなの。白い服より黒い服が好き。王子様より……悪い男に掠《さら》われたいの」

誰《だれ》よりも深い悲しみを知る十一歳の少女は、妖しく囁き続ける。

蕩《とろ》けそうなほど心地よい声で。

「だったら堂々と魔王になってやりなさい。盤を挟んだ全ての相手に真っ黒な絶望を与えてやれるくらいに……ね？」

その時ようやく悟った。

天衣は俺を救い出しに来たわけじゃない。その逆だ。

黒衣の少女は、深い闇《やみ》の底から遣わされた小さな悪魔なのかもしれない。

もっともっと深い闇へと……将棋という、この世で最も深い闇へと俺を誘うために——


そんなこんなで色々な店を回って新居に帰宅すると、住むための準備を全て終えた晶さんが玄関先で出迎えてくれた。

「お帰りなさいませお嬢様」

そう言って頭を下げる晶さんは…………メイド服を着ていた。

「お食事になさいますか？　お風呂になさいますか？　それとも……しょ・う・ぎ？」

「え？　晶さんそれ何ですか？　コスプレ？」

ビックリして俺が尋ねると、天衣が溜息《ためいき》と共に言う。

「家事をするときはそれを着たいんですって。私はやめろって言ったんだけどね……」

「家事？　晶さんが？」

「この私が家事なんてするわけないでしょ？　それにいくら師匠だからってロリコンと二人っ

きりで暮らすなんて危険極《きわ》まりないもの。晶も住み込みで働くから」

「そういうわけだ！　よろしくな九頭竜先生‼」

クイ●クルワイパーを香港《ホンコン》映画の棒術みたいにくるくる回してビシッとポーズを決めながら、晶さんは言った。

いきなり始まる三人での共同生活。寂しがってる暇もなさそうだ。

「よ、よろしくお願いします……って！　晶さんが住むのは全然構わないけど俺と二人きりで住むのが危険みたいに言うのはやめてくれないか⁉　さっきも俺が小学校の近くに住むためにアパートを選んだとか根拠のないこと言ってたけどいくら寂しくても小学生に手を出すほど落ちぶれちゃいな…………い……」

一気にまくし立てていると、スマホが着信音を奏《かな》で始める。そしてディスプレイに表示された発信者を見て、俺のボルテージは急速に下落していった。

冷めた目をした天衣が聞いてくる。

「電話？　正月早々どこから？」

「…………小学校…………」

「晶。通報」

「はっ！」

らめえええええええええええええええええええええええええええええ‼

☖　六年生になったら

　その日、俺はかつて弟子が通っていた小学校を訪れていた。もちろん不法侵入じゃない。招かれたからだ。

「ごぶさたしています……鐘ヶ坂《かねがさか》先生」

「商店街の夏祭り以来ですね。九頭竜先生」

　もう半年以上も前になる。早いもんだ。

　この人とまた会うことがあるとは思ってなかった。

　鐘ヶ坂操《みさお》先生は、あいとその親友の水越澪《みずこしみお》ちゃんの担任だった。五年生と六年生はクラス替えがないから、来年度も担任になるはずだった。

　しかし澪ちゃんはお父さんの転勤で海外へ転校し。

　そしてあいも既に、大阪にはいない。

「それで、お話って？　正直もう先生との接点も消えてしまいましたし、俺もこの商店街から引っ越したので将棋の授業をするのも――」

「あいさんと最初に転校の話をしたのは、なにわ王将戦の前でした」

「…………へ？」

　いきなりそう切り出され、頭の中が真っ白になった。

「なにわ王将戦って……澪ちゃんが転校する前に出た大会ですよね？　え？　その頃《ころ》からもう、あいも東京に行くつもりだった……？」

「いえ。最初は私が転校を勧めたのです」

淡々と先生は語る。俺の知らない過去を。

「大学まで一貫している私立のエスカレーター校で、才能ある子を欲しがっている学校はいくらでもあります。少子化ですからね。特待生としてすぐにでも受け容れてくれる学校は大阪にも東京にも山ほどありました。そういう学校なら将棋もしやすいでしょう？」

「……そうですね。悪くない選択だったと思います」

小中と公立に通った俺は奨励会との兼ね合いに苦労したから、私立に行くのがいいってのはよく理解できる。

実際、俺の苦労する姿を見た姉弟子は中学から私立だ。

「公立の、しかも義務教育期間を担当する教員として言わせていただけば、やはりここではあいさんの才能を伸ばすことはできません。その頃は九頭竜先生との同居を認めていなかったこともあって、かなり強く私は転校を勧めました」

「あいは何て？」

「きっぱりと断られました。九頭竜先生の側にいることが、自分の才能を伸ばすための唯一にして最高の修行だからと」

「ッ…………!!　あい……」

　胸が熱くなった。

　目頭に浮かんだ涙を悟られないよう眼鏡《めがね》をかける俺に、鐘ヶ坂先生は話し続ける。

　今度は少し、言いづらそうに。

「澪さんという仲間がいることでかろうじて成り立っていたバランスが崩れてしまった時……私はもう一度、あいさんに転校の話をしようと考えました。ですが——」

「今度はあいのほうから先生に相談したんですね？　東京へ転校したいって」

「ええ」

　胸に釘《くぎ》が刺さったかのような痛みを覚える。

「あの時は口止めされていましたが……帝位戦で九頭竜先生が家を空けているタイミングで、あいさんは東京の学校を回っていらっしゃいます。親御さんと」

「そうでしたか……」

　女流名跡《じょりゅうみょうせき》リーグ入りしたあいは、対局のため何度も東京へ行っていた。いま思えばその時にもう、学校見学をしていたんだろう。

　あいにも、そしてお母さんにも俺は会っている。

　なのに二人がそんなことをしてるなんて気づけなかった。

　当時を思い返せば……帝位戦で挑戦を決め、他の棋戦でも勝ち上がり、対局過多だったことは否《いな》めない。棋士人生で最も忙しい時期だった。

――けど、それが何だ？

ジクジクと胸が痛む。

――内弟子が将来の進路に悩んでる時に、俺は何をしてた？

自分の恋と将棋だけにかまけていた。

――師匠失格だ……！

そう自分を責めてうな垂れる俺に、鐘ヶ坂先生は意外な告白をする。

「正直に申し上げれば……私は、ホッとしているんです。六年生のクラスで、あいさんを受け持たなくていいことに」

「先生……？」

「ホッとしているんです。だってあんな才能、どう扱っていいかわからないじゃないですか。私があの子に何をしてあげられると？　大人よりも遙《はる》かにたくさんの真剣勝負を経験していて……たった一人で大阪に出てきて厳しい修行に明け暮れているあの子に、生まれてからずっと実家でぬくぬく暮らし続けてる私なんかが何を教えられるんですか？」

両手で顔を覆《おお》って、鐘ヶ坂先生は心情を吐露する。

「あの大きな瞳《ひとみ》でじっと見詰められると……自分の未熟さを見抜かれている気がして、怖かったんです。だから……だから……!!」

──ああ……そうか。そうだったのか……。

俺はなぜ自分が呼ばれたのかをようやく理解した。

これは懺悔《ざんげ》だ。そしてこの人は咎《とが》めて欲しがっている。己《おのれ》の罪を。

「鐘ヶ坂先生！」

だから俺は大きな声でこう言った。膝に手を置いて深々と頭を下げながら。

「ありがとうございます！　弟子のことをそこまで考えてくださって！」

「え……？」

「……俺はダメな師匠でした。自分が一番あいのことを考えてると思ってたけど、あの子のことを一番わかってなかった。あの子の成長から目を背《そむ》けてたんです。もっと正面から、あいの気持ちを受け止めてやらなくちゃいけなかったのに……」

俺は……あいが俺に、師弟愛以上のものを抱いていると知っていた。

けど自分に都合が悪いからって目を逸らした。いつしか自然と消えてしまう、一瞬の、子供の時にだけ罹《かか》る熱病みたいな感情だって思い込もうとした。

だから次にあの子と会う時は────その気持ちと正面から向き合う。

「でも鐘ヶ坂先生は、あいの才能や成長を見詰めて、道を示してくれたでしょ？　先生が担任でよかったです！」

「っ……！　九頭竜……先生…………！」

「教えてください。あいが選んだ新しい学校は、どんなとこなんです？」

「……いい学校ですよ。私がお勧めした中でも一番です」

それから鐘ヶ坂先生は丁寧に資料を示して、あいの転校先について教えてくれた。

周囲の人々にまで罪の意識を抱かせてしまう自分の未熟さを呪いながら、俺は尋ねる。

「この学校で……あいは元気でやってるんでしょうか？」

「実は、あいさんから手紙をいただいたのです。最初は、クラスのみんなに挨拶《あいさつ》をせず転校したことを詫《わ》びる手紙を。それから、東京でも元気に将棋の勉強をしているという手紙も。自作の詰将棋《つめしょうぎ》付きで」

「あいらしいですね」

思わず頰《ほお》が緩《ゆる》む俺に、しかし鐘ヶ坂先生は険しい表情でこう続ける。

「あいさんが元気でいることは確かです。ただ……」

「ただ？」

「直近でいただいた手紙の住所は、最初に届いた手紙の住所……東京の『ひな鶴《つる》』の住所から変わっていました。全く心当たりの無い住所に。それが気になっているのです」

「ええ⁉」

俺は思わず立ち上がっていた。じゃあ――

「じゃあ……………あいはいったい、今どこに住んでるんだ……？」

◆スクナヒコナ

小学校を辞した俺が向かった先は――淀屋橋《よどやばし》。

官庁街が広がる大阪最大のビジネスエリアだが、目当ては別の場所だ。

「道修町《どしょうまち》は……こっちか。何年ぶりだぁ？」

御堂筋《みどうすじ》沿いの巨大なビル群を素通りし、東の北浜《きたはま》方面へと向かう。

かつては薬種問屋が立ち並んでいたというその通りは、今でも製薬会社や医療関係の古い建物がひしめいていた。

御堂筋から離れれば離れるほど懐かしい光景が広がっていく。

そして目指していた建物の前に立ち、俺は呟《つぶや》いた。

「ここ……だよな？　祭りの時しか来なかったから雰囲気はずいぶん違って見えるけど……」

『少彦名神社《すくなひこなじんじゃ》』。

ビルの隙間《すきま》にひっそりと建つその神社は、何度も訪れたはずの、思い出の場所だ。

「……中に入れば、意外と広いんだよな。ここ」

とはいえ神社としてはやっぱり狭い。

漢方薬を扱う店が周囲にあるだけあって、どこか中華風の境内。普通の神社なら絵馬とかおみくじでいっぱいの時期だが、ご神木の周囲には病を祓《はら》うとされる黄色い布がたくさんぶら下がっている。

　そのご神木の根元に、俺の探す人物がうずくまっていた。パワーストーンまみれで……。

「師匠」

　清滝鋼介《きよたきこうすけ》九段は、うずくまったままこっちも見ずに、ただこう言う。

「…………どうしてわかった？」

「最近よく淀屋橋で師匠を見かけるって聞いて。それでここだと思ったんです。きっとここで……祈ってるんだろうって」

　大阪の祭りは一月十日に今宮《いまみや》の恵比寿《えびす》さんで行われる『十日戎《とおかえびす》』に始まり、十一月にここ少彦名神社で行われる神農祭で終わる。だから神農祭は『とめの祭り』と呼ばれる。

　それが一年のサイクルだ。

　俺や銀子ちゃんがまだ小さかった頃……銀子ちゃんが女王のタイトルを獲る前くらいまでは、清滝一門の四人でよく十一月にお参りをした。

　病弱な銀子ちゃんが健康でいられるように。

　懐かしい境内で、肩を並べてお参りをする小さな二人の棋士の卵を幻視しながら、俺は師匠に言う。

「昔みたいに、ここで姉弟子の健康を祈ってるんだろうって。そうなんでしょ？」

「…………」

師匠は自分の右手の中にある、小さなオモチャに目を落とす。

お祭りのシンボルである黄色い張り子の虎《とら》。

「それ。毎年、姉弟子が新しいのをねだってましたね」

病弱な姉弟子だけが買ってもらえて、いつもそれを見せびらかしてくるので、俺は本気で羨《うらや》ましがってた。今となっては本当にガキだったと思う。

――いくら金を積んでも買えないものを持ってたのは、俺のほうなのに。

「とにかく座って話しましょう。地面じゃなくて椅子に」

俺は師匠を抱き起こす。

酒臭さはない。単純に気力を失ってるだけみたいだ。

「っていうか！　虎だけならともかくパワーストーンなんて必要ないでしょ⁉　どうしてこんなに……ええ⁉　これも社務所で売ってるの⁉」

一昔前のギャルの携帯みたいにジャラジャラとパワーストーンのブレスレットを付けている師匠の腕を引っ張って、小さなベンチに座らせる。

寺や神社でパワーストーン売るのやめてくれよぉ！　弱った心につけ込むなんて神や仏の道に反するでしょぉ⁉

「八一…………わしを恨んどるやろう。逆破門しにきたか？　こんな哀れなわしの姿を見て、軽蔑《けいべつ》するか？　罵倒《ばとう》するか？」

「…………」

「そうしてくれたほうがいっそ、気が晴れる……」

ボロボロになって鐘ヶ坂先生と同じようなことを呻《うめ》く師匠に、俺は……何て声を掛けたらいいかわからなくなってしまった。

師匠に対して怒っていたのも事実だ。

師匠が俺と銀子ちゃんに出した恋愛禁止令がなければ、もっと違う未来があったはずだと、何度もそう思った。

けど、そのたびに結局……自分を責めた。何もできなかった自分を。

「…………わしは…………」

燃え尽きたボクサーのようにベンチでうずくまったまま、師匠はボソボソと話し始める。

「わしは……才能がなかった……」

「それで俺を月光《つきみつ》会長の弟子にしようって考えたんですよね？」

「……月光さんのような切れ味がわしにもあればと、何度思ったことか」

名人戦で盤を挟んだこともある兄弟子《あにでし》。

永世名人と自分の差を、清滝鋼介は語る。

「わしの将棋は、盤に齧《かじ》り付いて、粘りに粘る棋風や。相手が疲れ果てて闘志を失うまで……と言えばまだマシやが、実際は相手がわしと戦うのに飽きとるだけや。それで集中が切れてミスが出る。わしはそれで勝負を拾わせてもらった。半分以上がそんな勝ち方や」

「そんな……」

「才能のある棋士は、逆に相手のやる気を刺激する。ホンマに才能のある人と将棋を指すと、まるで自分も強くなったような気持ちになれる……」

師匠の口調は弱々しいが、他人に口を挟ませない迫力があった。

言ってることはわからなくもない。俺も名人との将棋でそんな経験をしたから。

けど……どうしてそこまで自分を卑下する？

「棋士は才能に敏感や。みんな、わしのように粘るだけが取り柄の人間を内心軽蔑しとる……そのことは、痛いほど理解しとる。わしも棋士やからな……」

「でも！　それが関西将棋じゃないですか！」

さすがに否定せずにはいられなかった。

俺や銀子ちゃんや、鏡洲《かがみず》さんや桂香《けいか》さん……そんな関西の仲間たちの将棋まで貶《おとし》められているように聞こえたから。

「泥臭くて粘り強い関西将棋！　ズボンの右膝に皺《しわ》が寄る師匠の将棋に憧《あこが》れて俺も姉弟子も修行に明け暮れたんです！　関東のスカした棋風なんてクソ食らえですよ！　あんな、早投げみたいにさっさと諦《あきら》めるのを美徳みたいに言う将棋なんて――」

「早投げしてくれれば、どれだけよかったか」

「え？」

「早投げすればよかったんや。さっさと投げ出せばよかったんや。それができんばかりに、苦しんで……苦しんで…………銀子ぉ…………銀子ぉぉ…………！」

両手で顔を覆い、男は慟哭《どうこく》する。

努力と根性だけで戦い続けてきた男が、その全てを否定していた。どれだけ苦しい局面でも諦めなかった鋼の男が……涙と鼻水で顔をぐちゃぐちゃにしながら。

「マネせんでもええところばっかり師匠に似て…………ホンマ、才能のない弟子やで……」

「師匠っ……！」

気がつけば俺も泣いていた。

どうして師匠がここまで自分を責めるのかを完全に理解したから。

誰よりも師匠の将棋を……師匠が将棋を指す姿を見続けていたからこそ、銀子ちゃんの棋風は一門で最も師匠に似た。

棋風を共有できる弟子の存在は奇跡と言っていい。

俺も天衣からあれだけ憎まれ口を叩かれ続けているにも関《かか》わらず、あの子の手に縋ってしまったのは、天衣が俺に似ているからだ。棋風も。境遇も……。

本当の子供でも受け継ぐことができないものを受け継いでくれた、弟子。自分の将棋が産んだ子供。

かわいくないわけがない。

そんな銀子ちゃんを、師匠はどうしても切り捨てることができなかった。

やろうと思えばできたはずだ。将棋を諦めさせることは。

師匠が見放せば、あの子が将棋を続けることは絶対に無理だった。だってあんな病弱な子を育てようなんて誰も思わない。ただでさえプロは自分のことで精一杯だ。あんな手のかかる子を弟子として抱えるなんて厄介でしかない。

そう。厄介者だ。

そんな厄介な子供に……師匠は惜しみなく、愛と、時間と、労力を注《そそ》ぎ込んだ。

家に引き取り。

手取り足取り将棋を教え。

熱が出れば、つきっきりで看病し。

奨励会の例会では、何だかんだと理由を付けていつも将棋会館で待機していた。

そして……離ればなれになった今でもこうして神社に出向いて祈りを捧《ささ》げている。祈ることしかできない自分を責めながら……。

血も繫《つな》がっていない病弱な少女にそんなことができる人間が、清滝鋼介の他にいるか？

俺たちの師匠が……他にいるか？

「……しませんよ。逆破門なんて」

涙を拭《ぬぐ》い、俺はキッパリと言い切る。

「軽蔑もしません。罵《ののし》ろうとも思ってません。そもそも俺は師匠からアドバイスを貰《もら》いたくてここに来たんですから」

「アドバイス……やと？」

「それはまた別の機会でいいです。今は一つだけ教えてください」

自信喪失した今の師匠に聞いても参考になる意見なんて返ってこないだろう。

でも。

一つだけ、絶対に聞いておかねばならないことがある。


「あいは、東京のどこにいるんですか？」


落ちていた師匠の肩が、ピクンと動く。

「俺は、あいが東京の『ひな鶴』でご両親と暮らしてるとばかり思ってました。でも違った。兄貴にも聞いてみたけど、あいが関東に移籍したことすら知りませんでした」

「……心配せんでも、あいちゃんはわしが関東で最も信頼しとる棋士に託した」

やはり師匠はあいの足取《あしど》りを知っていた！

逸《はや》る気持ちを抑え、師匠の次の言葉を待つ。

「正確には……向こうからの申し出に、あいちゃんが自分の意思で応じて………相談された
わしが許可を出した」

「師匠が関東で最も信頼する棋士……？」

その人が関東に所属を変えるよう誘ったのか？

思い当たる人間は少ない。

「釈迦堂《しゃかんど》先生ですか？」

「違う。プロ棋士や」

「じゃあ歩夢？」

「……」

師匠は無言で首を横に振る。

そして一人の棋士の名前を口にした。俺もよく知っている、トッププロの名を。

その名前を聞いた瞬間――俺は絶叫する。

「ええ
ええええええええええええええええええええええええええええええええええええ⁉」

やばい。

そ、それだけは……その人だけは…………！

絶対に、やばすぎるぅぅぅッッ‼

☖　東へ。

「鹿路庭《ろくろば》先生、これより一分将棋です」

非情な宣告に私は背筋を伸ばして息を止めると、両の頬を平手《ひらて》で叩いて気合いを入れ直した。

「はいッ!!」

鋭く叫んで将棋盤に覆い被《かぶ》さる。

形勢は絶体絶命。持ち時間も尽きた。

「……しかも相手はタイトル保持者《ホルダー》ときたもんだ！」

秒を読まれている途中で私は破れかぶれの突貫を開始する。防御を手抜いての接近戦だ。敵玉への攻めが切れれば全てが終わる。

相手はこのタイミングでの反撃が意外だったのか、慎重に読みを入れてから、いったん受けに回った。

すかさず私は次の手を指す。相手の引っ込める指にこっちの指が擦るくらいの速度で。

「ッ……!!　超ノータイムだとコラァ……」

《攻める大天使》と称されるその相手は、激怒した。

追い詰めた格下が牙《きば》を剝けば当然そうなる。

しかも私がノータイム指しで挑発したんだもん。引けないよねぇ？　燎《りょう》ちゃん。

「攻め合いでオレ相手に逆《さか》るつもりたァ上等じゃねえか……殺すッ!!!」

「こっわ」

バチンッ!! 爆竹みたいな駒音《こまおと》で威嚇《いかく》してくる相手に軽口で対抗しつつ、私はノータイム指しを続ける。

速度計算? するわけない。てか読み合いで勝てる相手じゃない。

――指運《ゆびうん》でしょ、こんなの。

運で勝負すれば勝てると思った。だからお互いに絶対読めないところで勝負に出た。目を瞑《つむ》っての丁半勝負だ。

なぜならここのところ私はツキにツイてるもんね!

今日この将棋に勝てば公式戦で初の十連勝。自分の勢いだけを信じて第一感のまま高速で指を動かしていく。

――間違えろ! 間違えろ! 間違えろ間違えろ間違えろ間違えろ間違えろ間違えろッッ!!

頭の中でただひたすらそれだけを念じて。

そして月夜見坂《つきよみざか》燎は間違えた。

「チッ………迄だな」

そう言って相手が持ち駒を盤上にバラ撒いた瞬間、思わずガッツポーズしそうになった。もちろんそんなことしないけど。それくらい嬉しいってこと。

タイトル保持者に勝てたのって何年ぶり？　ヘタしたら初めてじゃない？

しかもこれで………私は『ゴール』に大きく一歩近づいたのだ。

タイトルという、棋士人生のゴールに。

「珍しいね？　燎ちゃんが着地失敗するなんて」

「……そっちが上手《うま》く指したのさ」

そんな台詞《せりふ》を正面から信じるほど私は青くない。今日の燎ちゃんが本気で将棋に集中できてなかったのは、盤を挟んだ私が一番よく知ってる。理由もまあ、何となくわかるよ。

女流棋士はだいたい二つに分類できる。

私のことが嫌いな人と、私のことが大っ嫌いな人に。

盤の向こうに座ってる人は私のことがメチャ大嫌いな人だった。そういう空気をゴリゴリに発してて『絡《から》んで来るな』オーラを隠そうともしない。

ま、別にいいけどね！

それで指し手が乱れてくれるなら嬉しいくらいだし？

「いやーそれにしてもマジ九死に一生って感じの将棋だったよ～☆　燎ちゃんこれで二敗目だっけ？　まさか燎ちゃんが二敗もするなんてね！　けど私も一回戦で万智ちゃんに負けたときは今年もダメかーって感じだったけど、そっからリーグ四連勝で挑戦の目が出……て……」

今後のことも考えてもっと煽《あお》っとこうとした私の舌が途中で勢いを失っていく。

相手が話を一切《いっさい》聞いてないことに気付いたから。

それどころか私の顔すら見てなくて、その視線はもっと後ろの……別の対局を見ている。

そこでは——

「…………う…………こ…………こう…………」

対局している女流棋士の中でもひときわ小さな背中が、小刻みに前後に揺れていた。

雛鶴《ひなつる》あい女流初段。

今回の女流名跡リーグに入った十人の中でぶっちぎり最年少。そして現在、順位でも勝ち星でもぶっちぎり最下位にいる。開幕三連敗とかしてたはずだ。

「気になるの？　あのチビが」

「…………」

「開幕戦で捻《ひね》り潰してたじゃーん！　まだまだ燎ちゃんの相手じゃないっしょ？　私ですら楽勝だったしね♪」

「……だといーけどな」

大天使様は雑魚《わたし》とはもう話したくないとばかりに盤面をお崩しになる。

「感想戦はナシってことで」

背後からは「負けました」って声と、小学生の「ありがとうございました」って声が聞こえてきた。

「あ……こんにちは、鹿路庭先生」

対局後の千駄ケ谷《せんだがや》駅で偶然その小学生とホームで一緒になった。

「んー。お疲れー」

ペコッとかわいい音が出そうな感じでお辞儀をしてきた小学生に、私は軽く片手を挙げて応《こた》える。そしてすぐに視線を逸らした。

別に親しいわけじゃない。

こいつの妹弟子《いもうとでし》とは、まあ割と因縁がある。私が一方的に意識してるだけかもだけど。

こいつの師匠にも貸しがある。

私とジンジンが帝位戦第一局で大盤解説にゲリラ出演してやったおかげで、四段昇段した白雪姫のとこに駆けつけられたんだし？　恩に着まくって欲しいわー。

だけどこの雛鶴あいとは、特に絡んだことはない。

対局したことはある。それこそ女流名跡リーグの二回戦でもう当たってて、その将棋は私の完勝だった。あっさり楽に勝ててしまった。

将棋を指してるときも心ここに在らずって感じで、感想戦も上っ面をなぞっただけ。だから印象は薄い。

んでその次も負けて序盤で三連敗。早々に挑戦権争いから脱落した。

「…………ま、それも仕方がないか……」

清滝一門はたった三ヶ月のあいだに天国から地獄へ真っ逆さまだしね……。

史上初の女性プロ棋士になった《浪速《なにわ》の白雪姫》空銀子。

史上最年少二冠を達成した《西の魔王》九頭竜八一。

史上最年少で女流棋士になりタイトル挑戦も果たした《神戸のシンデレラ》夜叉神天衣。

そして史上最年少で女流名跡リーグ入りを果たした雛鶴あい。

常軌を逸した快進撃に日本中が湧《わ》き、空前の将棋ブームが起こった。空銀子はテレビに出ないから代わりに関東のプロ棋士や女流棋士がテレビやラジオに出まくった。もはやそれは将棋バブルだった。

「ありゃヤバかったっすわ。特に女流棋界は盛り上がりすごかったもんねー。美味《おい》しい思いさせていただきました」

バブリーな頃を思い出し私はそっと両手を合わせる。ゴチでした！

なんせ日本中の女子が空銀子に憧れて一斉に将棋を始めたのだ。女流棋士の株ストップ高。「もっと女流棋戦増やそうぜ！」「でも棋士の数が足りない！」「じゃあ研修会増やそう！」って感じでイケイケドンドン。テレビに女流棋士が出てない日はないくらいだった。

あの日までは。

『白雪姫ロスト』

世間でそう呼ばれた空銀子の失踪《しっそう》劇は連日ワイドショーやネットを賑《にぎ》わせた。将棋界では単に『銀子ショック』って呼んでるけどね。

女流棋士界はいとも簡単に崩壊してしまった。

現状維持どころじゃない。完全に崩壊した。六つあるタイトルの維持すら困難な状況に追い込まれた。

空銀子がタイトル戦に出るはずだった女王戦と女流玉座《じょりゅうぎょくざ》戦は進行をストップ。噂《うわさ》ではスポンサーが契約違反を申し立てて、撤退どころか連盟は損害賠償すら求められているらしい。他の女流タイトルも似たり寄ったり。

新しいスポンサー探しに月光聖市《せいいち》会長をはじめ理事会のメンバーは奔走してる。私の師匠は理事の一人だけど最近マジ連絡取れないから。

こういう時に『柱』となるべき女流タイトル保持者の皆様はといえば釈迦堂先生こそ頑張ってはいるものの燎ちゃんは抜け殻状態だし万智ちゃんは関西にいて何してるかよくわかんないし祭神雷《さいのかみいか》に至っては奇行が酷くなる始末。四人のうち三人が役に立たないって。終わってんね。

そして全てのヘイトが清滝一門に向けられた。

特に関東の棋士は自分たちと全く関係のない（と思ってる）場所で起こった出来事のせいで将棋界が滅茶苦茶《めちゃくちゃ》になったと怒り心頭。

で、まあ怒りってのは大抵の場合、弱いとこに向かう。

《西の魔王》と《神戸のシンデレラ》は強すぎて手が出せないから、標的に選ばれたのが……雛鶴あい。

陰口とか無視とか。暴力こそないものの、女子校も真っ青《まさお》なイジメが将棋会館で展開されてる。現在進行形で。

正直、小学生があの空気の中でよく将棋なんて指せるなって思う。

開幕戦で燎ちゃんに負けたのは実力だろう。

けど私に負けたのは実力じゃなかったかもしれない。だって実力なんて出せない。勝ったとき私、他の女流棋士から「ありがと！」とか「さすが！　わかってるじゃん」って言われたもん。「まーね」って笑顔で返しといたけど。

ウケる。

だからこいつと仲良く話してるところを将棋関係者に見られたらヤバい。千駄ヶ谷駅なんて石を投げりゃ将棋関係者に当たるような場所だもん。しかも今は女流名跡リーグで挑戦権を争うライバル同士。

「仲良くする理由も見当たらないしね……っと」

ホームに滑り込んできた電車に乗り込む。小学生も少し離れた別の車両に乗り込んだ。

そこからしばらくガタンゴトンと電車に揺られ、乗り換えるため電車を降りて、人の流れに乗ってホームを歩いていると――

少し先を歩く小さな背中が目に入った。

「ちょっと」

考えるより先に身体が動いてた。

私は思わず駆け寄って、その背中に声を掛ける。

「なんですか？」

キョトンって感じの顔でこっちを振り返る小学生。

「あんたさ、乗り換え間違えてない？　品川《しながわ》駅から新大阪《しんおおさか》行きの新幹線に乗るんじゃ――」

「いえ。これで大丈夫です」

「………そ。なら別にいいけど」

私は視線を逸らすと、そのまま小学生の前に出てさっさと歩いて行く。視界に入らなきゃ気にせずに済むもんね！

そして乗り換えの電車に乗ってから、スマホで連盟ホームページの最新情報を検索する。

やっぱりあった。

『雛鶴あい女流初段、関東に所属変更』

……まあ、若い女流棋士にはよくあることだよね。進学とか親の仕事の関係で所属が変わるのってさ。

長かった髪をバッサリ切ってイメチェンするのも、あるあるだよね？

それに落ち目の一門からさっさと離れるのも賢い選択だと思うよ？　女流棋士だもんね、私たちってさ」

「うんうんわかるわかる。そうやって賢く立ち回るしかないよね。女流棋士だもんね、私たちってさ」


ホームページに掲載された写真の中で弾けるように笑っている、まだ髪が長いままの小学生に、私は心の中で声を掛けていく。

かわいいし若いし、今はパッとしないけど将棋の才能だってあるんだろうし？　きっと別の師匠がすぐ見つかるよ！　関東の有力一門のバックアップを受けて早くイジメられなくなるといいね？　そしたら私とも仲良くしよ？

そんなことを腹の中で唱えつつ、私は電車を降りた。

そして駅を出て、自宅に向かって夕暮れの道を歩く。

東京でも屈指の学生街なので元気な若者が多い。治安もまあまあ。

私の家は、通ってる大学の近くのアパートだ。

ちょうどそこに住んでたプロ棋士が自宅用と研究用に二部屋借りてたので、研究用の部屋に転がり込んだ感じ。

陽当《ひ》たりのいい１ＬＤＫで、かなりいい物件だと思うよ？　まあ私が借りてるんじゃないんだけどね（笑）。

「将棋も勝ったし、途中で何か美味《うま》いモンでも買って帰ろっかなー？」

たまには家主のご機嫌も取っとかないと！　そう思いながら軽い足取りで歩いていると——

コツ、コツ、コツ。

トコ、トコ、トコ。

うん。

実は聞こえてるんですわ。駅を降りた時からずっと。聞き覚えのある小さな足音が……。

「………………」

振り返ればそこに小学生がいる。

「おい」

「なんですか？」

「あんた私のこと付けてきてるの？」

「違いますよ？　わたしもこっち方面に住んでいるので」

「…………あっそ」

小学生が？　大学生の住む街に？　うちの大学の系列小学校って全然別の場所にあるけど間違えてない？　言ってやりたいことは色々あったけど、無視してアパートまで歩く。

コツ、コツ、コツ。

トコ、トコ、トコ。

足音はさっきと同じように、ずっと後ろを付いてくる。妖怪《ようかい》みたいに。

そして私が住んでるアパートの前で止まった。

「ふざけんな小学生！　あんたここに住んでるって言うんじゃねーだろうな⁉」

「そうですよ？」

「んな偶然あってたまるかッ‼　ま、まさか……女流名跡リーグで負けた腹いせに自宅を特定して夜襲でもかけるつもりなんじゃ⁉」

そんな言い争いをしていると、ちょうどそこに——

「やあ！　お帰り」

オートロックのエントランスが開き、家主が現れた。爽《さわ》やかな挨拶をかましつつ。

「ジンジン！」

「山刀伐《なたぎり》せんせー！」

同時に名前を呼んだことにイラッとしつつ私は家主に——山刀伐尽《じん》八段に訴える。

「ちょっと聞いてよジンジン！　こいつ将棋会館からずっと私のこと付けて来てるの！　しかもこのアパートに住んでるとか気味の悪いこと言って——」

「そうだよ？」

「へ？」

「あの研究部屋は今日から、あいくんが暮らすから。珠代《たまよ》くんは出ていってくれないかな？」

……………ハァ？

☗チリトリ

「俺もこれから東京行くからッ‼」

清滝家の門を潜ると、俺は室内に向かって大声でそう宣言した。

そして連れ帰った抜け殻状態の師匠の靴を脱がせ、手を引いて和室へと誘導する。なおパワーストーンは返品した。

「明けましておめでとう八一くん。元気になったみたいで安心したわ」

台所からひょこっと顔を出した桂香さんは呑気《のんき》に新年の挨拶をして、

「あら。お帰りお父さん。随分さっぱりしたのね？」

じゃらじゃら付いてたパワーストーンと決別した父親の姿をそう表現すると「もうすぐ夕飯できるから」と再び台所に引っ込もうとする。

もちろん俺はブチ切れた。

「『あら』じゃないよ桂香さん！　あいが……あいがあの山刀伐さんの家に住むって知ってて送り出したわけ⁉」

「ええ」

ものすごく軽く頷かれてしまった！

「何でそんな大事なことまで俺に黙ってたのさ⁉　知ってたら絶対に東京行きなんて許さなか

ったのにッッ!!」

「落ち着いて八一くん。正確には、山刀伐先生が研究部屋として使ってる、ご自宅の隣のお部屋に住まわせてくださるって――」

「なお悪いよそれ絶対〇リ部屋でしょ!!」

《両刀使い》の異名を持つ山刀伐尽八段が若手プロや奨励会員や大学の将棋部員（なお全員男）を集めて研究ごとそいつを喰《く》っちまうという噂は将棋界なら誰でも知ってる。ノンケでもお構いなしだ。俺は研究会に誘われたという歩夢の貞操を本気で心配した。

あいには手を出さないにしても、そういった爛《ただ》れた環境に心の綺麗な小学生を住まわせるなんて言語道断!

「プロ棋士が女子小学生をアパートに住まわせるなんて絶対におかしいよ! 許されない!!下心があるに決まってるでしょッ!!」

「八一くん気付いてる? あなた凄い勢いで天に向かって唾《つば》を吐きまくってるわよ?」

「俺は下心が無いからセーフ!!」

世間が何と噂しようと神様は俺がロリコンではないと知っている!

「女子小学生を内弟子にして、そのお友達の女子小学生が泊まりで研究会やって、そのうちの一人と『お嫁さんにしてあげる』って約束しただけじゃん! どこに下心の要素が!?」

「初手《しょて》から全部非合法手《アウト》よ……」

「とにかく今すぐ東京に行く！　あいを救い出さなきゃ!!」

「落ち着けって言ってるでしょ!!」

なぜか四角い鉄のチリトリみたいなものを持っていた桂香さんは、暴《あば》れる俺の頭をそれでぶっ叩いた。痛ァァッ！

「山刀伐先生はA級棋士よ？　地方出身で苦労人でもある。そんな立派な人が、あいちゃんを引き取ってくださったの。関東での師匠代わりになるとまで言ってくださったの！」

「師匠代わりだぁ？」

俺は鼻で笑ってしまう。

「ハッ！　んなこと言ったたって、あの人これまで弟子なんて取ったことないじゃん！　軽い気持ちで師匠なんて言って欲しくないね!!」

「そう。軽い気持ちじゃない。それこそ人生を懸けた選択のはずよ」

「っ……!!」

はっきりとそう言い切られ、俺は動揺した。

「山刀伐先生が今どういう状況なのか八一くんも知ってるでしょ？　人生を懸けた大勝負の真っ最中。なのに先生は約束通り、あいちゃんのために部屋を用意してくださったわ。八一くんにそれができる？」

「う…………」

何も言い返せなかった。

山刀伐さんと同じ状況に置かれたら……俺はそこまでできないだろう。

仮定の話じゃない。実際に俺はできなかったから……それの最中はいつも、あいを放置し、傷つけてしまって……。

桂香さんはさらに攻めてくる。

「そもそもあなたが口出しできることなの？　無理矢理《むりやり》にでも止めることはできたはずなのに、それをしなかったあなたが」

「…………」

確かに……俺はあいを引き止めなかった。

最後に二人で指したあの将棋が千日手《せんにちて》になったとき、指し直しにする選択権は……また二人でやり直すという選択をする権利を俺は持っていたはずなのに、こう言ってしまった。

『もういい。終わりにしよう』

そして俺は、あいに背を向けたんだ。自分から。

師匠ヅラする資格が無いのは山刀伐さんじゃなくて俺だ。わかってる。そんなことは桂香さんに言われなくたってわかってるけど……ッ!!

「……女流棋士とはいえ、あいはまだ小学生だよ？　東京で両親から離れて暮らすなんて……心配なんだ………居ても立ってもいられないくらい……」

心配事は生活環境だけじゃない。

東京の将棋会館で、見ず知らずの関東の棋士や女流棋士たちの中で、あいが孤立しないかどうかも心配だった。

あいの強さや才能を疑ってるわけじゃない。

むしろ強くて若くて才能があるからこそ心配だった。

「私にもわかるわ。八一くんが何を心配してるのかは」

寂しそうな表情を浮かべると、桂香さんは静かに言う。

「私だって現役《げんえき》の女流棋士だもの。関東の女流棋士たちが、あいちゃんをどんな目で見てしまうかは、痛いほどわかる……………自分が卑しく思えるほどに……」

「っ……！　桂香さん……」

若くて、かわいくて、将棋の才能に溢《あふ》れる小学生の女の子。

身内である桂香さんですら嫉妬《しっと》からは逃れられない。

そして姉弟子を側で見てきたからこそ、あいがこれからどんな困難に直面するか、俺たちは誰よりもよく知っていた。

「だからこそ、よ。先生とは私もしっかりお話しさせていただいたわ。あいちゃんを一人前の女流棋士にするために必要なものが揃ってると判断したからこそ送り出したの」

「確かに研究家の山刀伐さんなら、あいの弱点である序盤を強化できるけど……」

「それも大事よね。でも私も山刀伐先生も、むしろ…………さんと一緒に住むことにメリットがあると思ってて…………あの二人がお互いを補えば、きっと…………」

「？　桂香さん？　何の話を——」

途中から声が小さくて聞き取ることができなかった。

「……何でもないわ。むしろ私は、あなたが心配よ……」

桂香さんは俺の頬に手を当てると、

「八一くん、痩《や》せたわね。ちゃんと食べてる？　あいちゃんが作り置きしてくれた料理だってさすがにもう無くなったでしょ？」

「…………食欲が湧かないんだよ。何を食べたって味がしなくて……」

「でもこれなら食べられそうじゃない？」

四角い鉄のチリトリを顔の前に掲げてみせる桂香さん。俺は反射的に叫んでいた。

「あっ！　もしかして——」

「そ。『チリトリ鍋』よ！」

数ある大阪名物料理の中でも最高に元気が出る料理。それがチリトリ鍋だ。

「くぅぅぅ〜〜〜!!　熱い！　身体が熱いッ……!!」

四角い鉄の鍋の上に山みたいに盛られたニラとモヤシ！

ゴロゴロ転がる分厚いホルモン！

おろしニンニクとコチジャンで甘辛く味付けされたそれらを豪快に箸《はし》で一気に掴《つか》み取る！

「うんうんこれこれ！　このプリプリしたホルモンが美味いんだよなぁ！　ザ・大阪の味って感じで！」

真冬だというのにノンストップな汁！　みなぎるパワー！　身体が芯《しん》から熱くなる……！

抜け殻になっていた師匠も汗をかきながら嬉しそうに鍋を楽しんでいる。

「桂香。わし、ビールおかわり……」

「ほどほどにしておきなさいよ？　久しぶりに飲んだんだから」

師匠に苦言を呈しつつも桂香さんは冷えたビールを注いであげてる。自分も飲みたいから。

飲んで食って、たらふく食って。シメの雑炊まで完食。

久しぶりに腹一杯だ。

「はふぅ。懐かしいなぁ………この味、この感じ……」

神農祭に行った帰りは、スタミナの付くこの鍋を四人でつつくのが定跡《じょうせき》だった。

四角い鍋に、四人の一門《かぞく》。

そのピッタリした感じが好きだった。

「取っ手の部分があると箸を伸ばしづらいから、銀子ちゃんはいつも取っ手のないところに陣取ってたわよね」

桂香さんが誰も座っていない場所を見ながらそう言えば、

「シメのチーズリゾットにソースをどぽどぽ入れるから、チリトリの縁からソースが溢れちゃってたよね！」

俺も思い出を語る。ここにいない誰かに向かって。

大阪での思い出が染《し》み込《こ》んだ、チリトリ鍋。

あいが俺の弟子になって清滝家に集まるのが五人になると、何となく使われることがなくなった。

土鍋のほうが大量の調理に向いているという面もあるけど……桂香さんにとってもきっと、この料理は四人の特別な思い出なんだろう。

「………弱くなったわね、お父さんも」

ビールの入ったコップを握ったまま寝てしまった師匠に、桂香さんはそっと毛布をかけた。

「八一くん、今日は泊まっていってくれるんでしょ？」

「……いや。帰るよ。ごちそうさまでした」

「そう………怒ってる？」

「ううん。仕事があるから」

寂しそうな目をする桂香さんに俺は嘘《うそ》を吐《つ》いた。できるだけ優しい声で。

実は今、西宮で天衣と一緒に暮らし始めて……とは言い出しづらかった。桂香さんを通じて姉弟子に知られるのが怖かったし、それに――


「……あいを迎えに行くと息巻いたところでもう、二人で住んでたあの部屋には戻れない……」

師匠の家を出て夜道を一人で歩きながら、俺は白い息と共にそんな言葉を吐く。

寒々しい夜だった。

どれだけ俺が大騒ぎしようと、もうあいに何の影響を与えることもできない。

その事実が俺を打ちのめしていた。

少彦名神社でパワーストーンまみれになってた師匠の気持ちが痛いほどわかる。

弟子の巣立ちがどれだけ寂しいかが……。

「もう何もできない……わかってる。わかってるんだ。それでも……確かめずにはいられないんだよ……」

せめて知りたい。様子だけでも。

そして祈りたい。強くなれるように。元気になれるように。幸せになれるように。

「誰かいないか？　誰か……」

俺と親しくて、あいの様子をその目で確認することができて、さらに……銀子ちゃんの居場所や動向も把握していそうな人物。

「月光会長と秘書の男鹿《おが》さんは、師匠から口止めされてるだろうから聞くだけ無駄だろ？　釈迦堂先生も同じだろうし、歩夢……は、あいはともかく姉弟子のことは知らないだろう。それに今はA級に上がれるかどうかの瀬戸際だから、プライベートで迷惑かけたくない……」

俺は年末にB級2組への昇級を決めたから後は消化試合。

だけど歩夢のいるB級1組は『鬼の棲み家』と呼ばれる地獄だ。総当たりだから対局数も多いし、それにあいつが名人というタイトルに懸ける気持ちは昔から桁違《けたちが》いだった。一秒でも停滞したくなかったから三段リーグも一期で抜けて、順位戦もここまで連続昇級で……。

頭の中のリストは次々と黒く塗《ぬ》り潰されていく。

そして最後に残った人物が、はんなりと俺に微笑《ほほえ》みかけていた。

「………あの人しかいない、か」

そう呟くと、スマホの履歴からその名前を探し出す。

最後の希望……いや、最初から俺にはもう、あの人しかいなかった。

けど、だからこそ、あの人と連絡を取るのが怖かった……唯一の勝負手《しょうぶて》が不発だったらもう、投了《とうりょう》するしかないから。

震える指で文面を打つ。寒さではなく、心臓の鼓動で震える指で。

メールのタイトルは、こうした。

『研究会のお誘い』

宛先《あてさき》は——————供御飯万智。

第二譜

絡《から》みつくような駒捌《こまさば》きだった。まるで獲物を捕らえる女郎蜘蛛《じょろうぐも》のように。

――初見では意図が摑《つか》みづらい手だな……？

俺《おれ》は公式戦さながらに読みを入れる。研究会は冒険じみた手を試すことが多いけど、これは用意してあったというよりもその場で捻《ひね》り出《だ》した感じの手だ。

中盤戦。

互いに研究を抜けたその先で、読みよりも才能や感覚と呼ばれる能力が重要となる局面。

第一感は『いける』。

攻め合って勝てると判断したのだ。俺は強引に押し切ろうとするが――

「ん⁉」

絡みついた駒の利《き》きが意外なほどの強さでそれを許さない。その予想外の強度に驚きを禁じ得なかった。中盤でプロと力比べができる女流棋士など、この人の他にいるだろうか？

「……強い」

思わず口から漏《も》れたその言葉が聞こえたのか、盤の向こうで相手が艶然《えんぜん》と微笑《ほほえ》んだように見えた。身に纏《まと》う振《ふ》り袖《そで》の艶やかさと相まって、匂《にお》い立つような色香が空間を支配する。

対局中にも関《かか》わらず……その姿に、心を奪われそうになる。

「うふ」

目が合うと、今度は本当にその女性は微笑みを浮かべる。

危険な……あまりにも危険な笑顔。何よりも危険なのは、その人物が、自分の笑顔がどんな力を持っているのか知り尽くしていることだった。

吸い寄せられそうになるほど美しい微笑みから強引に視線を引き剝《は》がし、俺は盤面に目を落とす。

そのままでは……思考の全《すべ》てを、彼女の笑顔に占拠されてしまうから……。

「失礼」

俺はそう呟《つぶや》いて上着を脱ぐ。全身にじっとりと汗をかいていた。一月だというのに。

絡みつく相手の攻めを、一つ、また一つと解いていく。

互いの衣服を剝ぎ取るように、囲いに手を付ける。もどかしい。

波のように押し引きが繰り返され、そのたびにお互いの陣形が激しく乱れた。

「…………あ……」

どっちが発したかわからない、熱い吐息。ドロドロになって溶け合う盤面。

脳内から麻薬が出ているとしか思えないような快楽が秒読みの中で幾度も弾《はじ》ける。盤上の全てを貪《むさぼ》るような終盤戦。互いの息がどんどん荒くなっていく。

そして俺は決断し、溜《た》めていた全ての力を相手に向けて放つ……!!

「ふぅ…………参りやした」

研究会の相手────供御飯万智山城桜花《くぐいまちやましろおうか》は、長い長い吐息の後に、頭を下げた。

そして顔を上げると、

「やっぱり気持ちええわぁ♡　竜王サンと将棋《しょうぎ》指すの」


感想戦を終えると、供御飯さんは再び丁寧に頭を下げた。

「あいすみませんでした。わざわざ南禅寺までお呼び立てしてもうて」

「いえ。研究会に誘ったのは俺ですから」

そう言ってこっちも礼を返す。本気を出したからか今もまだ興奮が収まらない……熱い。

南禅寺。

京都《きょうと》で最も将棋と縁の深い場所はどこかと聞かれれば、やはりここだろう。昭和の名棋士が繰り広げた対局は『南禅寺の決闘』と呼ばれ今も語り継がれている。

「にしても、まさか南禅寺の近くにある料亭で研究会をするとは思いませんでしたよ。てっきりお寺の和室を借りたりするんだと……」

「禅寺は女人《にょにん》禁制も多いゆえ」

「あ、そっか。女性だとそういうこともあるんですね」

将棋の合宿はお寺に泊まるのが定番だったりするし、俺も小学生の頃に供御飯さんとそういった合宿に参加したことがあったから、てっきりお寺だと思い込んでた。

「あと供御飯さんが振り袖姿だったのも超ビックリですよ！　研究会に振り袖って！　気合い入りすぎでしょ⁉」

「うふふ。お正月は行事が多いゆえ、ずっとこの格好なんどすー」

さ、さすがお公家さんの家系……他の街ならこんな和服美人が道を歩いてたら騒ぎになるけど、お正月の京都なら逆にしっくり来る。

供御飯さんは立ち上がると、その場でクルッと回ってみせた。

「どう？　似合う？」

「似合う似合う」

「もー！　そんな適当に言わんといて！」

ぷんぷんする京美人を見て俺の心もぴょんぴょんした。かわいいな……。

「こなたのことも……ちゃんと見ておくれやし？」

ずっと俺のことを……いや、俺の将棋を見続けてくれているその人は、おどけたように言う。

いつのまにか外は雪が降り出したようだ。積もった雪が外界の音を吸い込み、本物の静寂が部屋の中に満ちていく。

──……頃合《ころあ》い、かな？

脱いでいた上着に袖を通してから、俺は姿勢を正す。

「実を言うと……今日、研究会にお誘いしたのは…………下心があったからなんです」

「……ほぉう?」

値踏みするように目を細める供御飯さんは、一秒前とは明らかに雰囲気が変わっていた。

そこにいるのは《嬲《なぶ》り殺《ごろ》しの万智》と呼ばれる、もう一人の彼女。

「供御飯さんにお願いしたいことがありまして」

「なんどす?」

「あいと当たりますよね? 女流名跡《じょりゅうみょうせき》リーグで。その時に……あの子の様子を教えて欲しいんです。元気でやってるかとか…………あと、その……」

「関東で虐められておらぬか、とか?」

「…………」

「ええよ。こなたもあいちゃんのことは気になっておったゆえ。というか、綾乃《あやの》とシャルちゃんからも同じことをお願いされておざりますから」

「そうだったんですか……」

貞任《さだとう》綾乃ちゃんは供御飯さんの妹弟子《いもうとでし》に当たる。

親友が立て続けにいなくなってしまいショックを受けてるはず。シャルちゃんも、俺の弟子として研修会に入る話を進めていたのに……こっちの都合で止めてしまったままだ。

そのことも、必ず責任を持って進めなくちゃいけない。でも、今は――

「で？　竜王サンのお願いは、それだけなんどすか？」

「いえ………もう一つ」

供御飯さんは俺が何を言うかわかって聞いている。

その上でこの態度というのは……知ってるんじゃないのか⁉　逸《はや》る気持ちを抑えて、できるだけ静かな口調で俺はその一手を放つ。打診の一手を。

「姉弟子《あねでし》がどこにいるか、ご存知ありませんか？」

「残念ながら」

ノータイムでの否定。

一瞬で目の前が真っ暗になった。将棋で負けることなど比べものにならないほど、自分でも驚くほど、心が折れて……このまま立ち上がれないほどだった。

「そう………ですか……」

そんなこっちの気持ちを弄《もてあそ》ぶかのように、供御飯さんはこう続ける。

「ただ、いくつか目星を付けてる場所はおざります」

「ッ‼　本当かッ⁉」

溺《おぼ》れる者が目の前にある木の板を掴むように、供御飯さんの細い肩を俺は両手で掴んだ。

「本当なんだなッ⁉　本当に銀子《ぎんこ》ちゃんがどこにいるかを――」

「痛い……」

「あっ！　す、すいません……つい……」

慌てて放した俺の手を恨めしそうに見詰めつつ、

「目星、どす。確約はできぬけど、可能性はそれなりにある……と、こなたの勝手な予測でおざりますが」

「十分です！　それで……それだけでも、十分…………です……!!」

夜空に一つだけ星が見えた。そんな気持ちだった。

ようやく前に進める。今の答えだけで……。

「とはいえ女流名跡リーグは佳境どすし、春には山城桜花の防衛戦もありやす。こなたも人探しに時間を割く余裕はおざりませぬわ…………痛い思いもさせられたしなぁ？」

「ッ……」

「せやから条件を出させていただきやす」

「じょ、条件？　もちろん、その……俺にできることなら何でもしますけど……」

供御飯さんはこっちの答えを聞くと、隣室に繋《つな》がる襖を引いた。

「条件は――これや」

「ッ!?　こ、これって……!!」

隣の座敷に用意されていたものを見て、俺は思わず身体《からだ》が熱くなるのを感じていた。

そこには……白くて、ふわふわして、四角いあれが用意してあって――

処女

それはまるで……処女雪のように白かった。

真っ白で肌理の細かいそれが、目の前でふるふると揺れている。

俺はその、絹のように白いものに手を伸ばし……むしゃぶりつく。

熱い……！

そして、柔らかい。

初めて味わう官能……まさに大人の階段を一つ登った瞬間だった。堪らず俺は叫ぶ。

「湯豆腐おいしいぃぃぃぃぃぃ〜〜〜〜〜〜っ!!」

「南禅寺いうたら豆腐料理どすからなぁ」

供御飯さんが隣室に用意していたもの。

それは――――豆腐尽くしのお鍋だった。

「こなたは湯豆腐が好きで好きで、それこそ好きなんて言葉では足りんと、愛しとる言うてもええくらいなんどすー♡」

頬《ほお》を赤らめて供御飯さんはそんな告白をする。

こっちは嬉《うれ》しいやら拍子抜けするやら複雑な気持ちだ。

「いやー、供御飯さんがいきなり隣の部屋の襖を開けたときは絶対エロ……一体ナニが始まるのかと焦《あせ》りましたよ！」

「くふふ。さすがに一人鍋は恥ずかしいゆえ、竜王サンのお誘いは渡りに船どした」

そして噂《うわさ》に聞く京豆腐の味は……噂以上だった。

「豆腐なんてそんなに美味《うま》いと思ったことなかったけど、こんなにも甘くて濃厚な味がするんですね……」

師匠の家で食べたチリトリ鍋も美味《おい》しかったけど、この湯豆腐を食べてしまうと、あっちはいかにも安っぽく感じてしまう。

「冬の京都は底冷えしやす。特に雪の降るこんな夜は、温かい湯豆腐がぴったりや。それに京都には良質の地下水と、たくさんの禅寺がおざりますから」

「寺？　お寺があると豆腐が美味しくなるんですか？」

「禅寺といえば精進《しょうじん》料理。生臭《なまぐさ》を避ける禅僧にとって豆腐は貴重なタンパク源どす。つまり歴史ある禅寺の近くには――」

「同じように歴史あるお豆腐屋さんが多いってわけか！　なるほどねぇ」

歴史の中で洗練されてきたのは豆腐の味だけじゃない。

京都特有の『お作法』も洗練されているようで――

「湯豆腐はな？　加熱しすぎると固《かと》ぉなるんどす。プルプルふわっとした食感が一番楽しめる温度は……ここ！　七十度！」

鍋の中の豆腐が『コト……コト……』と微《かす》かに踊り始めた絶妙なタイミングで引き上げる供御飯さん。珍しく拘《こだわ》りを見せており、俺は鍋に一切《いっさい》触れさせてもらえない。

ま、いいんだけどね！

湯気の向こうにゆらゆら揺れる振り袖姿の京美人に見蕩《みと》れているだけで美味しい豆腐にありつけるという簡単なお仕事なんだから！

「さ。召し上がれ♪」

「いただきまーす！」

豆腐の入った器を受け取り、木の匙《さじ》で掬《すく》ってペロリ。秘伝の餡もいいお味です。

「はぁ…………うまい。しみじみうまい……」

滑らかな豆腐がつるりと体内を滑り落ちていく感触は官能的ですらある。

まるで全身が舌になったかのようだ……うまい。

「ふぅ……至福どすわぁ♡」

供御飯は艶っぽい声を漏らすと、

「失礼。着込みすぎて、少し熱ぅなってしもうて…………はふぅ。熱いわぁ……」

「ッ⁉」

着物の胸元《むなもと》をはだけて扇子《せんす》で風を送り込み始めたその姿に、俺は衝撃を受けた。

胸にある豊かなお椀型の湯豆腐が……ゆ、湯豆腐がッ……！

思わず『おかわりいいですか？』などと口走りそうになった時、供御飯さんが唇に付いた餡を舌で舐《な》め取りながら、言う。

「ところでさっきのお話どすが」

「そ、そうそう！　姉弟子を探すための条件ですよ。俺は何をすればいいんです？」

まさか湯豆腐に付き合うだけでいいってことはないはずだ。

「実はな？　ずっと前から竜王サンにお願いしたいことがあってん」

「お願い？　どんな？」

「…………処女……」

「ん？」

「こなた、竜王サンの処女が欲しい！」

「…………はぁ？」

供御飯さんは長い黒髪を簪《かんざし》一本で器用にまとめると、居住まいを正して、条件を口にする。

あまりにも意外な条件を。

「棋書《きしょ》を出しませんか？」

「キショ？」

言われた瞬間は意味が理解できなかった。

口の中でその言葉を何度か繰り返すうちに、やっと理解する。

「え？　棋書？　……ええ⁉　お、俺が将棋の本を出すの⁉」

「その資格は十分すぎるほどお持ちです。複数冠を獲得し、竜王も防衛。処女作を上梓《じょうし》するタイミングとして申し分ないかと」

「まあ……確かに」

二つ目のタイトルを獲って注目されてるし、対局が落ち着いて時間も比較的ある。

「けど、どうして今まで黙ってたんです？　去年のダブルタイトル戦の頃はほぼ毎週顔を合わせてたのに」

「タイミングを外さないのも、いい編集者の条件ですから」

将棋ライターである『鵠《くぐい》』の顔になった供御飯さんは切れのある口調で説明する。

「思いついたタイミングで声を掛けるようでは永久に三流です。常に相手の様子をうかがい、出版のタイミングと執筆者のタイミングの両方が奇跡的に合致するタイミングで声を掛ける。それができて初めて一人前の編集者といえます……上司の受け売りですが」

「将棋と似てますね」

思わずそう呟いていた。

将棋も、自分だけ気持ちよく攻めてるだけじゃ強くなれない。常に相手の立場に立って考えることが重要だ。

もっとも将棋は相手の嫌がることをするんだけどね！　性格悪くなるわ。

「で？　どんな本を書けばいいんです？」

「編集部の意向としましては、九頭竜《くずりゅう》先生の固有スキルを活《い》かしてぜひ女子小学生向けの入門書などいかがかと――」

「お断りだッッ!!」

っていうか何だよ俺の固有スキルって⁉　『女子小学生◎』みたいな⁉

「そう仰《おっしゃ》ると思いました。私は入門書よりも、九頭竜先生にしか書けない専門性の高い本を希望しています」

「……具体的には？」

「作りやすいのは実戦集ですね。これはタイトル戦の将棋といった有名な対局や、ご自身の思い入れのある将棋などを解説していただくものになります」

ふむふむ。

「次は戦法書ですね。トップ棋士が執筆した戦法書はよく売れます。振《ふ》り飛車《びしゃ》は生石《おいし》九段の『中飛車《なかびしゃ》マエストロ』や『四間飛車《しけんびしゃ》マエストロ』といった巨匠《マエストロ》シリーズがベストセラーですし、最近だと神鍋《かんなべ》七段の矢倉《やぐら》本は特典に著者のブロマイドを付けたら女性ファンに爆売れしました」

歩夢《あゆむ》のはそれ、もう別の購買層でしょ……。

「私は九頭竜先生の戦法書、読んでみたいですね！」

「けど俺の得意戦法って相掛《あいが》かりと一手損角換《いってぞんかくが》わりですから……」

角交換系の将棋は手順が複雑になるのと、戦略として千日手《せんにちて》を狙《ねら》う筋を常に意識する。ボクシングでいえばクリンチだ。

地味だし、暗記する手順も多いし、将棋ファンには受けが悪そう。

「相掛かりもソフトの影響で定跡化《じょうせき》が進んでるとはいえ、まだまだプロ向けの戦法って感じですし……」

「確かにアマチュアには難解すぎるかもしれません。しかし逆に考えれば戦法書が手薄いジャンルでもあります。意外と売れるかもしれませんよ？」

「うーん……」

「では、九頭竜先生はどんなものが受けるとお思いですか？」

「そうですね。たとえば――」

その時、ふと……ある人物から投げかけられた言葉が思い浮かんだ。

『九頭竜さん。あんたどうやってソフト使ってる？』

《ソフト翻訳者《トランスレーター》》と呼ばれる若手棋士に言われて以来、ずっと引っかかってる言葉。

俺は軽い気持ちで言ってみる。

「やっぱ今はソフトの将棋が流行してますし、それに関する本なんかを出す？　とか？」

「それですッ!!」

えっ。

「凄いアイデアじゃないですか！　史上最年少タイトル保持者《ホルダー》が名人の挑戦を退けた原動力は将棋ＡＩの活用にあったというのは将棋ファンのみならず一般層にも絶対に受けます！　さらにあのソフトに精通した於鬼頭曜玉将《おきとようぎょくしょう》からタイトルを奪ったということは現時点で最もソフトを使いこなせるのは九頭竜先生！　その先生がソフトの本を書くとなればもう将棋界に革命が起きますよ‼」

「そ、そう……かな？　やっぱり？　そっかぁ～、俺って将棋だけじゃなくて文筆の才能もあったのかぁ～！」

「チョロいわぁ」

「ん？　聞き間違いかな？　いま俺のことチョロいって言いました？」

「チョロっとアイデアをうかがっただけでもすごいっぱい売れそうな予感がしてきました、と申し上げたんです」

「でしょ⁉　いや俺も実は自分が本を書けば絶対売れるはずなのにって密《ひそ》かに思ってたんですよ！　なぜか今まで依頼が来なくて……」

正直に告白すれば……次々と出版童貞を卒業していく仲間たちを妬《ねた》み、焦っていた……連盟の販売部に平積みされてた歩夢の本を他の本で隠したり……。

「けどやっぱり見てくれてる人はいるんですね！　俺も初めては供御飯さんと一緒がいいと思ってたから、声を掛けてもらえたのはすっごく嬉しいです‼」

「ッ……！　やい…………竜王サン♡」

一瞬だけ素に戻った供御飯さんも、嬉しそうに笑い返してくれる。

しかしすぐにまた不安に支配された。本かぁ……。

「俺、中卒だし……本もそんなに読んだことないのに、ちゃんとできるかな……？」

「大丈夫ですよ先生」

供御飯さんは俺の膝《ひざ》に手を置いて優しく撫《な》でてくれながら、

「そういう時こそ将棋ライターの出番です。私のような将棋と出版双方に精通した者が『編集協力』としてお手伝いさせていただきますからご安心を」

「へ⁉　観戦記者さんって、そんな仕事もするんですか？」

「観戦記だけで食べていけるライターなんて数人ですよ。たいていは中継スタッフと掛け持ちをしたり、別ジャンルのライター業で稼いだりしてます」

「そういや供御飯さんもタウン誌のライターやってますもんね」

「実は今日も『恋人同士で行く南禅寺特集！』という企画の取材を兼ねておりまして」

抜け目ないなぁ。

「それで？　その編集協力ってのはプロ棋士が本を書く作業の、どのあたりを手伝ってくれるんです？」

「プロの先生が喋《しゃべ》った内容を整理して文章にして、図面を作って、解説も書いて、必要に応じて手順も補足するお仕事です」

「それってつまりゴース」

「編集協力です」

「いやゴーストライ」

「編集協力」

「へ……へんしゅうきょうりょく……」

「そう。編集協力」

美人将棋ライター兼編集者の圧力に押し切られる。

また一つ、汚い大人になっちゃったな……。

「名人の書いた戦法書のお手伝いをなさったライターさんは、あれで家が建ったとか」

「あの本も⁉」

修行時代に姉弟子や歩夢と一緒に紙がすり切れるくらい読んだ本だ。

『あれだけ忙しい名人が本まで書くなんてやっぱ神！』みたいに思ってたけど、そういうカラクリが……。

「多忙を極《きわ》めるトップ棋士が全部自分で書こうとしたら何年かかるかわかりません。いい本でも失冠してから出したら『でもこいつ負けたじゃん』で終わり。そもそも出版まで時間がかかりすぎたら戦法の流行も変わってしまう。タイミングが大事なんです」

そこまで言うと、供御飯さんは少し躊躇《ためら》ってから、

「それと……お節介かもしれませんが、九頭竜先生は今、空《そら》さんとは別のことを考えたほうがいいと思うんです。何か他に、熱中できる仕事があったほうが」

「ッ……！　どういう意味ですか？」

「前は無かった皺《しわ》が、眉間に。それから笑顔もぎこちない。今日までずっと笑えなかったんじゃないですか？」

ああ……この子は本当に、俺のことを見てくれてるんだ……。

「どうして…………そこまで俺のことを？　みんな俺から離れたり、俺のことをバケモノみたいに言うのに……どうして供御飯さんだけは、俺を……人間として見てくれるんです？」

「ずっと見てきましたからね。九頭竜八一《やいち》という少年を。それに――」

供御飯さんは俺の心に詰めろをかける。

「空さんはまだわかりませんが、あいちゃんには確実にあなたの本を渡せます。まだあの子に教え切れていないことがあったら、その本に書けばいい。でしょう？」

「それは…………最強の口説《くど》き文句ですね」

「決め手は最後の最後まで隠しておくんです。将棋と同じように」

そう言うと、俺の初めての担当編集者は優しく微笑んだ。

「それが、いい編集者の条件ですから」

☖　精神と時の部屋

「何が目的なわけ？」

ジンジンを部屋の中に引っ張って行くと、私はそう詰め寄った。

押しかけてきたチビ……雛鶴《ひなつる》あいは、とりま私の部屋（そこ譲れないから！）に待機させてる。「正座で待ってろ」とキツく言って。

「言った通りだよ？　あいくんはボクの研究パートナーだからね。その子が関東に移籍したいって言うから引き取ったのさ」

「研究パートナー、ねぇ？」

アホらし。

A級棋士が小学生を、それも女の子を対等なパートナーにするなんて話、聞いたことねーっつの！

「名人の研究パートナーまで務めた棋士がJSから何を学ぶって？　私みたいな大学生ならともかく、小学生なんか飼ったたって得られるものナッシングっしょ？」

「ボクはたまに忘れてしまうんだけど……そういえば珠代《たまよ》くん大学に通っていたんだったね。何学部だったかな？」

「政経だよ。政治経済だよ」

我がW大学で一番難しいとされる学部だ。

ちなみに私は一般入試で入ったから普通に偏差値高い。ビリじゃないギャル。これ言うと驚かれるし男は頭のいい女が嫌いだから自分からは言わないけどね。ジンジンはそういうの関係ないからこうやってお互いネタみたいに使ってるけど。

「じゃあ経済学の言葉で『リープフロッグ』っていうのは知ってるよね？」

「後進国が一気に成長して、先進国に追いついたり追い越したりする現象でしょ？　ＩＴ分野なんかで最近よく聞くけど」

「そう。名人が提唱する『高速道路理論』もその一種さ。先駆者が整備してくれた道の上を走ることで、後輩たちはもっと早く成長することができる」

「けど結局ジンジンたちの世代は名人を超えられなかったじゃん」

「そうだね。実績では、今のところ」

『今のところ』の部分に珍しく力を込めつつ、ジンジンは笑顔を崩さず言う。

「だけど『ステージスキップ』と呼ばれる現象が起これば、さすがの名人も時代に取り残されることになる」

「スキップ？」

「具体的に説明すると、固定電話が普及してない新興国でいきなり携帯電話が爆発的《ばくはつ》に普及するような現象さ」

「ああ……歴史が浅くて選択肢も他に無いからこそ、携帯電話の普及率がいきなり先進国を抜き去っちゃうわけだよね？　言いたいことは何となく見えてきたわ」

固定電話という段階《ステージ》をスキップする。

将棋でいえば、人から教わらずにいきなりソフトと指し始めるみたいな感じ？　新四段になった椚創多《くぬぎそうた》くんがそうだって聞いたことはある。

「さらにそこから電子決済が普及すると？　これはもう全く新しい技術の創造だよ」

「……電子決済みたいなことが、将棋でも起こってるってこと？」

「さあ？　そこがわからないんだ」

「わかんないって――」

「仮にそんな技術が生まれたとしてもその優秀性にボクは気づけないい」

気づけない？

それ、どういう……？

「ボクはスマホを使ってるけど、今後いくら電子決済が普及してもきっと財布を持って現金を使い続けるんだろうね。『もしスマホの電池が切れたら困るから』って」

「あっ……！」

過去の技術を知らないからこそ、知識の蓄積が無いからこそ、後進国は新しい技術だけを元に高速で研究サイクルを回せる。

結果的に、致命的なエラーも犯すだろう。

けれどそんなエラーを大した躓きとも感じずに、全く新しい環境に適応した技術を創造し、さらにそれを改良していく。圧倒的なスピード感で。

「ボクは序盤の研究をしすぎてしまった。あいくんみたいに過去を意識せず新しい技術だけを元に創造することができないんだ」

ゲームチェンジ。

今までのルールや知識が全く通用しない時代が到来していると、ジンジンは言っていた。

「そして名人すら、そこからは逃れられない」

「ど、どうしてそう言い切れるの？　あの名人なら、今度だって独自の工夫を凝らすことで時代に適応できるんじゃ――」

「そう。名人はソフトの示す手を鵜呑《うの》みにせず、そこに必ず独自性を混ぜる。だから――」

「だ、だから……？」

「だからいつまでたってもソフトを使いこなせない」

「ッ…………!!」

ゾッとするほど冷たい表情で、ジンジンは言った。

自分を研究パートナーに抜擢してくれた恩人の弱点を。

「何が目的かと言ったね？　あいくんを隣に住まわせることの」

冷たい目をしたままジンジンは話し続ける。

「ボクにとってはメリットしかないと思っているよ？　あいくんの演算力は、プロ棋士の大半を凌駕《りょうが》している。終盤力は明らかにA級棋士と同じかそれ以上さ」

冗談を言ってる顔じゃない。

けど……ありえないっしょ？

プロ棋士に勝てる女流棋士の存在は否定しない。祭神雷《さいのかみいか》とか。あいつ超ヤバい。今も竜王戦六組で勝ち続けてて、このまま決勝トーナメントまで行きそうな勢いだし。

でもそれだって、一番下の六組には新人棋士か上から落ちてきたおじいちゃんとかしかいないからだ。

A級棋士は、名人を除く世界中で最も将棋の強い十人。

それより終盤の強い女子小学生の存在を信じろって？

ねぇよ。さすがに。

「生石くんから聞いたんだけど、あいくんの頭の中には将棋盤が十一面もあるらしいね！　あの子は今もその十一面の将棋盤をフル回転させているはずさ。もし、全く新しい技術が生まれるとしたら……そこに最初に辿《たど》り着くのは――――」

つまりジンジンにとって、あのチビは蛙《かえる》だ。

ケージの中でぴょんぴょん跳ねる小さな蛙。

その蛙が何かを生み出せば取り入れる。何も生み出さないにしても、手元に置いておけば安心できる……。

「実際、あいくんとネットで研究会を始めてから公式戦で結果が出てるし……ね？　おかげで摑めたチャンスなんだ。勝つためには何でもするよ」

長年の研究パートナーすら出し抜こうとするその姿勢に、私は戦慄《せんりつ》した。『強さ』への貪欲《どんよく》さが異常だ。

「それに珠代くんも昔は『身近に一緒に将棋を指せる子が欲しい』って言ってたじゃないか。あいくんは理想的だと思うけど？」

「やめてよ……それ、沼津《ぬまづ》に住んでた中学とかの頃の話でしょ？」

リープフロッグだなんて横文字を使うからピンと来なかったけど、ジンジンの話を聞いて、私にはすぐ思い浮かんだものがあった。

『精神と時の部屋』。

ドラゴンボールに出てくる、めっちゃ修行できる部屋だ。

外の世界では一日なのに、その部屋の中では一年も修行できる。

おまけに重力も十倍。空気も薄い。修行の他には何も楽しいことが無い。

私の住んでるあの快適なお部屋を、ジンジンは精神と時の部屋に変えようとしてるわけだ。

たまったもんじゃねえよ。

「あんたさぁ、マジでここに住む気なわけ？」

ジンジンとの話を終えて（鍵《かぎ》を返して出てけと言われたけど断固拒否した）研究部屋に戻った私は、小学生に向かってそう尋ねた。

っていうか部屋の中、めっちゃ綺麗《きれい》になってるし……。

最近メチャ忙しくて整理とか掃除とかできなかったんだけど、超綺麗に片付けられてて、小学生が一人寝起きするスペースが作られてるし……。

「……住む気みたいだね。マジで」

部屋の隅にちょこんと正座している小学生は、かわいいけど強情そうな顔で私のことを見上げてる。

このまえ公式戦で当たった時はもっとオドオドしてたように見えたけど……今はかなり手強《てごわ》そうだ。

「あの……ただ待っているだけだと時間がもったいなかったのでお掃除させていただきました。勝手にやってしまって申し訳ありませ――」

「そうやって前の家にも押しかけたわけ？　九頭竜先生の家にさ」

「ッ……！」

ビクッと全身を強張らせる小学生。

そして怒りのような、悲しみのような感情のこもった目で、こっちを見上げた。

ハッ！　いい目になったじゃん。

そうやってどんどん見せてよ。本性をさ。

「ジンジンが許可を出したかもしれないけど、私はまだあんたを認めてない」

そうだ。まだ認めない。

確かめなきゃいけないことが、ある。

「あんたがもしジンジンの弟子になろうと思ってるなら、お生憎様《あいにくさま》。あいつはA級棋士で名人の研究パートナーだけど政治力とか皆無だし。名人もジンジンもそういうのとは距離取ってるから。そもそも弟子を取らないいから。だから――」

「わたしの師匠は一人だけです」

即答だった。

静かだけど、一切の反論を許さない答え。何を言われても何をされても小揺るぎすらしない決意がこもった返事。

金底《きんぞこ》の歩みたいに固いそれに弾き返された私は、逆に自分の心が揺れる。

「じゃ……じゃあどうしてその師匠の家を出たの？　……って、そもそも内弟子《うちでし》ってのが異常っちゃ異常か……家を出るのはまあ、わかるけど。でも籍を関東に移す必要はなかったよね？」

逃げ出したんじゃないの？

一人だけ安全な場所に行こうとしてるんじゃないの？　他の誰《だれ》かに守ってもらおうと思ってるんじゃないの？

あんたがどう言おうが周りはそう見るし、巻き込まれたら私やジンジンだって変な目で見られて仲間外れにされる。だから近寄るな。さっさと出てけ。

そうストレートに言うのはさすがに憚《はばか》られるから、私は側面から攻めた。

汚い大人だからね。

「はっきり言って迷惑なの。私は人生初のタイトル挑戦まであと一歩のとこまで来てる。あんたも同じ女流名跡リーグ入りしてるライバルでしょ？　ヤなんだよね。一緒に暮らして周囲から変な勘繰りされるの」

「でも、鹿路庭《ろくろば》先生との対局はもう終わって…………わたしが負けましたし……」

「私の競争相手との対局はまだ残ってるじゃん。全く影響がないって言い切れる？」

「………それは……」

リーグ戦は星勘定で全てが決まる。例えばだけど、こいつが意図的に負けることで挑戦者争いに影響を及《およ》ぼす可能性だってある。

やろうと思えば八百長《やおちょう》めいたこともできちゃうわけ。

そういうのを防止するために最終戦は一斉対局になってたりするんだけどね。

「ついでに言っとくと──」

　黙り込んでしまった小学生を、私は容赦なく追撃する。

「ジンジンは今、四年ぶりにタイトル挑戦中なの。『盤王』にね。相手誰か知ってる?」

「…………名人、です」

「そう。七大タイトルのうちの四つを保持するあの神様に二度目の挑戦中なわけ。前回はストレート負けだったけど、今度はいい勝負してる……だから今は集中させてやりたいんだよ。自分のことに」

「ご迷惑というのは…………わかってます」

　唇を噛《か》んで俯《うつむ》き、搾《しぼ》り出すような声で、小学生は言う。

「けど！　ここに来ていいとおっしゃってくださったのは山刀伐《なたぎり》先生で──」

「小学生に頼られたら断れないでしょ。基本的にお人好《ひとよ》しだからね、ジンジン」

　そのことは誰よりも私がよく知ってる。

　あいつが自分には何のプラスにもならないのに下心もなくホイホイ女の子に部屋を貸しちゃったり将棋を教えてやったりする奴だってことは。

　さっき聞いたリープフロッグの話だって私は信じちゃいない。

　将棋界に革命を起こす小学生がいるってのは、椚創多四段なんかを見たらそうかなって思うけど……。

女流棋士が革命を起こすなんてこと絶対にないって知ってるから。

「…………わたしは…………」

ずっと俯いたままの小学生は、固く拳《こぶし》を握り締める。

スカートがぐしゃぐしゃになるくらい、膝の辺りを右手で掴んでいるのを見て、私は思わず注意しそうになった。

「おい、あんたそれ皺に――」

言いかけて、はたと気付く。

千駄ヶ谷《せんだがや》の駅で見かけた時からもう、この子のスカートの右膝の辺りには深い深い皺が刻まれていて。

そして私はそんな皺を遙《はる》か昔に見たことがある。

――空銀子と同じだ。

あの子が初めて女流棋戦に……女王戦に出た時、一斉予選で当たった。それが一度きりの公式戦。

あの時、空銀子は小学五年生だった。

今、目の前に正座してる雛鶴あいと同じ――

「わたしは、強くならなくちゃいけないんです」

「っ……」

その答えすら同じだった。

当時既に奨励会に入ってた銀子ちゃんに、人気でも将棋でもボロ負けした私は、感想戦で思わず尋ねてた。

『どうして女流棋戦なんかに出るの？』って。

その時あの子が口にしたのと全く同じ答えを雛鶴あいが口にしたことで、私は完全に空銀子と目の前の小学生を重ね合わせていた。

だから……重ねて問う。この子なら教えてくれるかもしれないから。

あの時、聞くことができなかったことを。

「強くなって、どうするの？」

「…………」

その少女は、右手で膝を固く固く握り締めた。

そして――

「……わかりません。わからない…………けど――」

小さな口から漏れる声は、自信なさげに震えていて、耳を澄まさなきゃ聞き取れないほど小さくて。

けれどその答えは私の胸を刺し貫く。

「強くなればきっと、道が開けるから」

短いその答えを口にすると、小学生は床に両手を突いて、

「だからここに置いてください！　自分勝手なことを言ってるのはわかってます！　ちゃんとした答えになってないのもわかってます！　けど……………けどっ…………‼」

——いや、答えになってるよ。

額が床にくっつくほど頭を下げて何度も何度も「おねがいします！」と繰り返す小学生を見詰めながら、驚くほど納得している自分がいた。

きっと空銀子も同じことを言っただろう。素直にそう思えたから。

そして同時に、目の前で土下座するこの小学生が今どんな状況で、どんな環境に置かれているのかということも、今の答えで理解できたと思う。

なぜなら将棋界《ここ》は……楽して強くなれることなんて絶対にない世界だから。

強くなることでしか開けない道。

——それって一番つらい道じゃん。

わずか十歳？　か、十一歳？　の女の子が……その苦しみを理解して、それでも一歩を踏み出した。よろよろと、倒れそうなくらい頼りない足取りで。

一門に対するヘイトを小さなその身体で浴びながら。

「道が開ける………か」

本当は、とっくに気付いていた。

この子は逃げ出したんじゃないってことを。

誰も傘になってくれる人がいない関東で、土砂降りみたいな悪意を浴びて、ずぶ濡《ぬ》れになったまま彷徨って……ここへ辿り着いたんだってことを。あれだけ綺麗に手入れされてた髪を切った真の意味に気付かなかった女流棋士なんて一人もいなかったはずだ。私も含めて。

急に自分が情けなく思えてくる。

女流名跡リーグでこの子と当たった時、私は普通に将棋を指して勝った。

相手が弱ってるのをわかってて、それでも全力でぶつかるのは間違ってない。私たちはファンに棋譜《きふ》を見てもらってお金を稼いでるから、力を抜くのは許されない。

でもさ？

でも対局前に、先輩として「大丈夫？」って声を掛けてあげるくらいのことはできたんじゃない？

馴《な》れ合《あ》わないよう線を引いた？　確かにそうかも。

けど勝った後、他の女流棋士からこの子を中傷するみたいなこと言われた時は「やめよ？そういうの」って言えたよね？　私は何をした？　周囲から浮くのを怖がって、調子合わせてヘラヘラ笑ってたよね？

「クズじゃん」

空銀子の人気におんぶに抱っこされてたくせに、あの子がいるからタイトルが獲れないって裏ではみんな陰口叩《たた》いてた。

あの子が強すぎるせいで女王戦も女流玉座戦《じょりゅうぎょくざ》もちっとも盛り上がらなくて、そのせいで女流棋界全体の人気が低下してるって、自分たちの弱さを顧みずに主張してた。

銀子ちゃんがプロになって、それでも女流タイトルを保持し続けるって後出しジャンケンで決まった時とか「死んじゃえばいいのに」みたいなことまで平気でみんな言ってた。

だからあの子が祭神雷に負けて休場するってなった時、表向きは心配するようなこと言いつつ、本当はみんな大喜びしてた。

けどいざ空銀子っていうブランドがなくなってみると、残った女流棋士だけじゃタイトル戦を維持することすら不可能だっていう現実に直面して、慌てて。それすら自分たちじゃない誰かのせいにしようとしてて。

そして今、私の前には空銀子と同じ一門の子が、正座して頭を下げている。土下座してる。

ねぇ……やめてよ。

本当に頭を下げなくちゃいけないのは…………私たちなんだよ。

――罪滅ぼし。

そんな言葉が脳裏《のうり》に浮かぶ。

「………ま、いっか。どうせ私も嫌われ者だしね」

「へ？」

頭を下げたまま視線だけでこっちを見る小学生が、不思議そうな声を出した。

自慢じゃないが私は同性から徹底的に嫌われてる自信がある。銀子ちゃんが出てくるまでは私が人気ナンバーワンだったもん。

だったらまあ、こいつを引き受けて最もダメージが少ないのは私なのかもしれない。

それに私が対応すればジンジンも自分のことに集中できるしね。

「先住権は私にあるから、家事は全部あんたがやること」

可能な限り威厳を備えた声を出して、私は宣告する。

「もちろん私が言うことには絶対服従。それが条件だよ？」

「っ⁉　それって――」

「返事は？」

ガバッ！　とミーアキャットみたいに素早く起き上がりかけた小学生に、私はすぐさま厳しい声を発する。甘やかすつもりはない。

「は、はいっ！　置いていただけるなら何でもしますっ‼」

「ほーう？　今、何でもするって言ったよね？」

「常識の範囲内でおねがいしますっ‼」

どうせやるならいっそ徹底的にやってやろう。これから始まる共同生活のプランを、私は高速で練り始めていた。やりたいことは山ほど用意してあるから。

☖　天衣《あい》お嬢様、門限を決める

「おかえりなさいお師匠様！　どこへ行ってらしたのかしら？」

南禅寺で名物の湯豆腐を堪能し、さらに処女作の刊行というお仕事もゲットしてホクホクした気分で帰宅すると、満面の笑みを浮かべた弟子が玄関で俺を待っていた。

ああ……思い出すなぁ……。

あったあった。あいと同居してた頃も、こういうシチュエーション……。

当時を思い出しながら、俺は目が泳いだり声が震えたりしないよう気をつけつつ答える。

「け、研究会に……」

「そう。研究会にねぇ」

天衣は満面の笑みのまま深く頷《うなず》くと、天使みたいにかわいらしく首を傾げて、

「で？　ずいぶん遅いお帰りですけど、どこまで行ってらしたの？」

「きょ……きょうと……」

「京都！　遠くまで行ってたのねぇ？　二冠の師匠がわざわざ京都まで出向くなんて、どんな

高段の棋士がお相手だったのかしら？」

「あの……く、供御飯さんとの研究会だったんだけど、この時期の京都なら湯豆腐とか言うから研究会は湯豆腐が有名な料亭でやったんだよ。ちょうど和室もあるし。それで――」

「隣の部屋に布団《ふとん》が敷いてあったと」

「敷いてあるかッ!!　将棋指して飯食っただけだわッッ!!」

自分でも一瞬それを疑ってしまっただけに必要以上に大きな声で天衣の言葉を否定する。

「本当？」

「ほ……ん、とう！」

ウソは言ってない。だから本当だ。ウソではないということはつまり本当なんだ……。

「…………………」

天衣は腕組みして俺をジロジロ見たり、顔を近づけて匂いを嗅《か》いだりしてから（俺は無臭のはず。むしろ天衣からいい香りがした）、組んでいた腕を解いてこう言った。

「ま、いいわ。外に女を作るのは許す」

「いや外に女って……」

小学生が口にするような表現じゃないし供御飯さんとは将棋の研究会をしただけだしそもそもお前も俺の妻でも恋人でもなく単なる将棋の弟子なんだよ？

「私も束縛されるのは嫌いだしね。お互いプライベートより仕事を優先するタイプだし、あいや空銀子みたいに嫉妬《しっと》したりしないわよ」

いろいろと突っ込みどころがありすぎるが天衣は大真面目《まじめ》にそんなことを言いつつ、ビシリと指を突きつけて宣言した。

「でも！　外泊は対局や仕事で必要な場合のみ。それ以外は、夕食は必ず家で摂ること。門限は……そうね、九時ってとこかしら？」

「はぁぁぁ⁉　九時が門限って女子中学生かよ⁉」

これじゃあ清滝《きよたき》師匠の家に住んでた頃より厳しいくらいだ。

「つーか俺がお前の門限を決めるならまだしも！　どうしてお前が師匠である俺の門限を決めるんだ⁉　どっちが内弟子なんだよ⁉」

「見て。あれ」

天衣は顎《あご》をクイッとして部屋の奥を示す。

そこには……灯りの消えたキッチンで、大量の料理を前に小声で何かを呟きながら佇《たたず》む、メイドさんの姿が……。

「せっかくつくったのに……せっかくつくったのに……たくさんつくったのに……あたたかいうちに食べてほしいのに……せっかくつくったのにせっかくせっかくせっかくせっかく……」

「わー！　すみません晶《あきら》さん食べます食べます全て美味しくいただきますっ‼」

そんなわけで俺の門限は九時です。

第三譜

☗ プロ女流棋士

「チビ。今日から私を師匠と思って何でも言うことを聞くように。師匠が黒と言ったら白いものも黒になるんだからね？」

本格的に同居開始となった、その朝食の席。

私は雛鶴《ひなつる》あいが作った朝食（マジうまい）を食べながら、厳かに宣言した。

なのにチビは不満らしく、

「あ、あの……置いていただけるのは嬉《うれ》しいんですけど、わたしの師匠は一人だけ……」

「女の将棋《しょうぎ》指しが大都会で一人で生きてく術ってやつを教えてやるって言ってんの！　ありがたく教わっとけって」

《研究会クラッシャー》とか陰で呼ばれてる私だけど、実はもっと気に入ってる異名がある。

《プロ女流棋士》だ。

ま、悪口だよね。『プロ彼女』みたいな感じで。ディスられてるのは知ってる。

けどさっきも言った通り、私はけっこう気に入ってた。

「今日はこれから企業の将棋部に指導行って来るから。土曜だからあんた学校休みでしょ？お留守番よろしく」

オッサン受けがよくなるように普段より薄めに化粧して、ちょっと胸元《むなもと》の開いた服に袖《そで》を通しつつ、私はチビに命じる。

「あと荷物が届くから受け取っとくように」

「おにもつ……ですか？　どんな——」

「お取り寄せ食材。私くらい忙しいと、そうやって買い物に行く時間を減らすわけさ。夕飯はそれ使って作っといて」

「スーパーで買ったほうが安くなりますよ？　わたし、お買い物くらい行き——」

「余計なことしなくていい」

一切《いっさい》の反論を許さない口調でそう言って、念を押す。

「食材は私が手配するから、あんたはそれを映《ば》えるように料理する。オーケー？」

「………………はい。わかりました」

チビは不満げな表情をしつつも素直に頷《うなず》いた。よしよし。

「あ。作った料理は必ず写真撮っといてね☆」

「ふぇ？　撮ってどうするんです？」

「インスタとツイッターにアップすんの。家事できるアピール＆仲良しアピール＆二人とも男いないアピール。基本っしょ」

「そんなことして何の意味があるんですか？」

「護符だよ。デジタル護符」

これを欠かさずやっておくことで人の恨みや妬《ねた》みから守護されるのである。やべー私デジタル陰陽師《おんみょうじ》じゃん。

「それバズッたら次は料理動画も撮って配信するからね。じゃ！」


「あっ！　これ凄い手ですね～！　公式戦で使わせてもらっちゃおっかな☆」

本日の私のお仕事は、大企業の将棋部で指導対局をすること。

これは私が通ってる大学の将棋部ＯＢ会がパイプになってゲットできた仕事だ。部員の皆さんは学生将棋界で活躍した人たちだから、女流棋士より強かったりする。

もちろんブランクがあるからまともにやりゃ負けないけど、そこは……ね？

「鹿路庭《ろくろば》先生。本日はお忙しい中、ありがとうございました」

お稽古《けいこ》後には私を囲んで食事会。

大企業のサラリーマンはたいていのプロ棋士より経済的に恵まれてるし、何より安定してるから余裕がある。

みんなニコニコしながら最近の私の活躍を褒め称《たた》えて、謝礼に色まで付けてくれた。

「公式戦十連勝。女流名跡《じょりゅうみょうせき》リーグでトップを独走。ようやく初タイトルが見えてきましたね」

「いやいや！　まだ、そんな……」

「うちの大学出身のプロ棋士や女流棋士はたくさんいます。名人は二人も出ていますが、女流タイトルに関しては挑戦者すら出ていません。初の女流タイトル挑戦……いや、タイトル保持者《ホルダー》の誕生を期待していますよ」

「ありがとうございまーす☆ ご期待に応《こた》えられるよう、たまよんがんばりますっ！」

名目上、私は『先生』だ。

将棋を『教えて』お金をもらい、先生の活躍を生徒たちは『応援』してる。

でもそうじゃないことを、私も、そしてこの人たちも知ってる。

これが女流棋士のお仕事です☆

『お仕事を終えて帰宅すると……そこにはなんと！ ルームメイトの雛鶴あいたんが作ってくれたメチャウマお料理が！ ＪＳで将棋も強くて料理もプロ級って、さいつよ!!』

帰宅して化粧を落とす前に撮ったツーショットを貼《は》り付けたツイートは、ものの五分で一万の『いいね！』が付いた。

「エグッ！ フォロワーの伸び、エッッッッグ!!」

風呂《ふろ》入って小学生の作った飯を食いながらスマホ片手にＳＮＳの反響を確認する。嵐《あらし》のようなリプが付き、さっそく将棋系のまとめサイトで記事が作られてた。

「うわー……世の中ロリコンばっかかよ。今日フォローしてきたやつら全員逮捕されりゃいいのに。こいつら残らず運営に通報しとこっと☆」

「やめてくださいその中に師匠がいたらどうするんですかーっ！」

割烹着《かっぽうぎ》を着たまま食器を洗ってたチビが光の速さでこっち来て、私の指を両手でギュッと握って止めた。

「はれ？　九頭竜《くずりゅう》先生ってSNSやってたっけ？」

「やってないはずです……けど、師匠は常に小さくてかわいい女の子をチェックするのに余念のないかたなので……小さくてかわいい子をすぐ見つけてくる才能がおありなので……」

「多才だね。そして弟子のあんたでも信用しきれない感じなんだね……」

ま、棋士はアカウント持ってなくても監視はしてる人が多いから、こうして発信して拡散されればいずれ九頭竜先生の目にも留まる日が来るかもね。

いやいやそれにしてもこれは予想以上の反響ですよ？

同居報告&料理画像だけでこんだけ大反響なら、料理動画を配信すればもっとウケるに違いない。他にもウケそうなのは山ほどある。

「メイク動画とかも撮るか。あんたのコケシみたいな顔をギャルっぽくコーデした画像載っけたら女子ウケもしそうだよね？」

「……鹿路庭先生は女の人に嫌われてそうですもんねー」

「知ってるからダメージありませーん。てか嫌われるくらいでちょうどいいんだよ。女同士が戦う職業なんだから」

「っ……！」

ハッとした感じでこっちを見る小学生の視線をスルーしつつ、私は指を折りながらやりたい企画をカウントしていく。

「料理動画っしょ？　メイク動画っしょ？　ゲーム実況っしょ？　あとは——」

「将棋の動画は撮らないんです⁉」

「将棋なぁ。労力の割に再生数伸びねーからなアレ。オワコンっすわ」

「鹿路庭先生って女流棋士のかたですよね……？」

「実況付きでネット将棋を生配信すればウケるけど、仕事で疲れて帰って来てからネットで早指しってキツいんだよ。あんたも働くようになったらわかると思うけど」

「じゃあ詰将棋《つめしょうぎ》の早解き対決はどうでしょう」

「地味！」

「……あぅ」

女流棋士が身じろぎもせず詰将棋を見詰めておもむろに『解けました！』って手順をつらつら述べる動画？　マニアックすぎるだろ。いやでもマニアックなほうが受ける？　のか？　ロリコンどもの習性ってよくわかんにゃい。

「ちなみに仮にそれやるとして、問題はどうする？　詰将棋って著作権あるよね？　権利フリーになってる江戸時代の作品とか使う？　けど有名作だと答えを知ってる人も多いか……」

「あの………問題なら、ここに………」

小学生は私物のタブレットをおずおずと差し出してくる。

「うお⁉　な、なんじゃこら……？」

画面に表示されていたのは――

「双玉《そうぎょく》……いや、これ実戦の終盤？　にしても滅茶苦茶《めちゃくちゃ》な駒《こま》配置にしか見えないけど……」

「こういうのが五万問ほどあります。権利問題もクリアーしてます」

「ごっ……⁉」

どうしてそんなファイル持ってんだよ⁉

「却下！　将棋指すだけでも疲れるのに、詰将棋なんて見てるだけで吐きそうになるわ！」

「鹿路庭先生がお疲れなら、わたしが将棋を指してもいいですよ？　……ゆーちゅーばって小学校でも人気だから、ちょっとだけ興味もありますし……」

『JSが将棋でおっさん大量虐殺してみた』みたいな動画でも撮るの？

ま、配信してるだけで「浮ついてる」「将棋ナメんな」って袋叩きにされてる私としては、話に乗ってくれるだけでもありがたいけど。

世代の違いってヤツか？

「んー……確かに私もあんたがネット将棋してるのリアルタイムで実況したらどれだけ伸びるかは興味あるかも？　よし撮ろ今から☆」

「決断が早くないですか⁉」

「動画のネタにも困ってたしね。こういうのは悩んでる時間がもったいねーから。ほらほら、私が買ってきたパジャマに着替えるんだよ」

仕事帰りに買ったお揃《そろ》いのパジャマ（モコモコした着ぐるみみたいなやつ）を着て、スマホを三脚にセットし、そしてお部屋も配信用に変身させていく。

「この配置って何か意味があるんです？」

私の指示に従ってキラキラしたユニコーンのグッズを並べながら小学生が首を傾げた。

意味……？　……意味、かぁ……。

「ネット見てる人って画面に映るあらゆるものの背景とか意味とかを探ろうとする習性があるんだよ。西洋絵画の象徴《シンボル》と寓意《アレゴリー》みたいな」

「へ…………え？」

わかったかわかってないんだか。

わずか五分で準備完了。手慣れたもんですよ。

「時間が長いと観《み》るほうもだるいから三分切れ負け設定で。あんたが負けるまで実況しよっか」

「一局目で負けちゃったらどうするんです？」

「『まさかの結末⁉　女流棋士だけどネット将棋で一度も勝てずに大泣きしました』ってタイトルでアップしてやるよ」

——これだけハッパかけときゃ雑な将棋指さないでしょ。

そんな軽い気持ちだった。

「配信中は私のこと『たまよん先生』って呼ぶように。じゃ、始めっぞー」

「は……はいっ！」

お揃いのモコモコパジャマを着た二人でベッドの上に座る。小学生は不安そうに、これから将棋を指すタブレットをぎゅっと抱き締めた。百点満点の妹キャラ爆誕。

私も一瞬で『たまよん』に切り替えて——

「どもども～☆　たまよんチャンネル、今夜はゲリラ生配信だょ！　ルームメイトのＪＳ女流棋士がネット将棋に挑戦でぇ～す☆」

「ひっ、雛鶴あいです！　よろしくおねがいいちゃしますっ!!」

ガチガチの嚙《か》み嚙みだけどそれが初々しくてロリコンどもには刺さるらしい。

ノー告知の開始一分で同時接続《どうせつ》一万超え。

おまけにもう投げ銭が十万円も入ってる。チャリンチャリーンって音が鳴り止まねぇ。金の成る木ですわ。

「あいたんが負けるまで配信するぞー！　ってことは……みんな、わかってるよね？」

『一局目で終わらせますね！』『たまよん厳しい』『後輩潰《つぶ》し怖い』

ＳＮＳで話題の小学生女流棋士がネット将棋に降臨ってことで、強豪たちも続々と対戦を申し込んでくる。

「おっと！　いきなりレーティング上位の『ひだるま』さんと対局《マッチング》！　これは一局目から雛鶴女流初段に試練が来ちゃってる感じ⁉　あいたん、ファイトだよ‼」

「あわわわわ……」

オタクどもが喜ぶアニメネタを入れて盛り上げるけど、チビは余裕が無いから全く気付いてない。元ネタを知らないだけかもしらんけど。

『ひだるま』はネット将棋界隈《かいわい》では有名人で、その名の通り攻めて攻めて攻めまくる厄介な相手だ。

切れ負けの将棋を指し慣れてるからプロや女流も喰われてて、しかもこういう生配信で棋士と戦うのに執念を燃やしてるから攻め将棋なのに粘り強い。

その『ひだるま』を雛鶴あいは消費時間五十秒で本物の火だるまに変えた。

「ふぅ……緊張しましたっ！」

いや本当に緊張した人間はそんな将棋指さんだろっていう突っ込みが一万件くらい飛んできそうな、それは完璧《かんぺき》な将棋だった。

いきなり跳び蹴りを食らわすかのような飛車切りから始まった小学生の攻めは、ほぼノータイムで一手の緩《ゆる》みすら無い。

飛車切り以降、相手は一度も攻める手を指せず、最後は玉がどこにも動けなくなってゲームオーバー。投了《とうりょう》すらさせてもらえなかった。

「すっっっ……ごーい！　さすが女流名跡リーグに史上最年少で入っただけあって、あいたん鬼みたいな将棋指すよね！　本気の女流棋士と戦ってみたい人は挑戦どうぞ～」

ネット将棋界の有名人が負けたことで、様子見してた超強豪も束になって挑戦してくる。

その中には、おそらくプロ棋士だと噂《うわさ》されてるアカウントや、私が知ってる女流棋士のサブ垢なんかもあったんだけど——

「やったー!!　十連勝達成！　あいたん強い強い強い!!」

詰みは絶対に逃さない。

それだけじゃない。受けはもっと正確だった。自玉が詰みになる順は絶対に先回りして回避する。それをノータイムでやってのける。十局指して、二分以上使った将棋は一局もない。

一秒でどんだけ読んでるの……？

だんだん背筋が寒くなってきた。パジャマの下は冷や汗びっしょりだ。

「すごーい！　あいたんつよーい!!」

勝つたびに投げ銭が入る。視聴者も増える。将棋の放送って枠を超え始めた反響に、だんだん怖くなってくる。気付けば部屋が異様に暑くなっていた………なのに冷や汗が止まんない。

二十連勝達成。

「おいおい……」

途中からもう、視聴者もドン引きだ。私も引いた。血の気が。

そして三十連勝を超えた辺りから――――『それ』が唐突に現れ始める。

「ん？　このアカウントって……」

防御を無視したような駒組み。明らかに捨て垢とわかる、適当な名前。そして異様に高い棋力。特に中盤から終盤にかけては、まるで人が変わったかのような正確な指し手……。

間違いない。こいつはソフト指しだ。

小学生も何かを察知したんだろう。

「ッ⁉　…………こう……」

雰囲気が変わり、初めて時間を使った。五秒という大長考。

プロや女流棋士がソフト指しに遭遇したとき、基本的な対応は一つだけ。

できるだけ丁寧に負かされる、だ。

『こいつソフト指しだろ』って指摘するのは下策。こういうことする奴《やつ》はだいたい反論動画とか上げてアクセス数を稼ごうとしてくる。かといって負けるのは確定だから、できるだけみっともない姿を晒《さら》さないことを心がけるのみ。

――これがあるからやりたくないんだよね……生配信って。

生配信でソフト指しに当たっちゃったときは、事故に遭ったと思って「強いですねー」とか言いながら笑顔でさっさと投了だ。人それぞれだけど、私ならそうする。

こういう惨めな姿を全部晒すのが配信だ。無惨に負ける姿をネットに晒せば同業者からの信用も失うし、昔からの将棋ファンも離れていく。

生半可な覚悟じゃできないし、そういうヤツはすぐ辞める。

――だから……強い決意が必要なの。信用を失ってでも手に入れたい何かが必要なの。

ちょっと意地悪な気持ちで成り行きを見守った。

――さて。この小学生はどう対応するのかな？

小学生だけに回答はシンプルだった。

シンプルに殴り続けたのだ。

「こう！」

しかも、ギアを上げて。

――ま、まだ早くなるの⁉

高速でディスプレイ全体を精査する眼球の動きを見れば、読みの速度と量が普通じゃないのは視覚的に理解できた。こいつヤバくない？　人、超えてない？

相手も強い。指すスピードや独特の手順を見ればソフト指しかどうかはだいたいわかるし、日々ソフトから将棋を教わってる私たち若手棋士は、その強さを肌身に沁みて知ってる。

そのソフト先生を……こいつはぶん殴っていた。次から次へと殴り殺していた。

いや。むしろ。

――こ、こいつ……ソフト相手のときのほうが強くなってない⁉　そんなことある⁉

そして積み上げた勝利の数は――

「ご……ごじゅう…………れんしょう……？」

画面に表示された数字を何度確認してみても、数は変わらなかった。

五十勝〇敗。

『これ生配信ってマジ？』『女流が五十連勝？　仕込みでしょ』『時間も全然使ってないの不自然だよな』『ソフト指しじゃね？』『たまよんが途中から喋《しゃべ》らなくなってるのも怪しい』

視聴者も半信半疑って感じだ。生配信なのに。

そりゃそうだわ。

目の前で見てる私だって信じらんないんだから。

「…………えぐすぎるだろ……何なん、こいつ…………」

信じらんない……けど、こんなもの見せられたら信じざるを得なかった。

昨日の夜、ジンジンが言っていたことを。

――終盤力でA級棋士を上回る……女子小学生……。

そしてリープフロッグの話。

挑戦と失敗と成功を高速で回すカエル。

――私たちの一日は……こいつにとって何日分に相当するの……？

同じ時間軸で生きてるとは思えなかった。

そんなバケモノと同じ部屋で寝起きすることに……震える。そんなバケモノとこの先ずっと同じ世界で戦っていくことに、変な汗が止まらなくなる……。

――こんなのと一緒に暮らして……頭がおかしくならない人間なんて、いるの？

一人だけ、いた。

《西の魔王》。
一、い、い、一匹だけではない、く二、二匹のカ、エ、ルが、一、緒、に、暮、ら、し、て、い、い、い、た部屋はきっと、リアル『精神と時の部屋』で。
そこで過ごした一日はきっと……私やジンジンの一年か、それ以上――――

「鹿路庭先生」

念を押したはずの呼び方も忘れ、タブレットの前に正座したまま、バケモノは言う。

「今の将棋、最短の詰みを逃しました。だからもう一局いいですか？」

「…………………」

もう見ていたくはなかった。

こんなものを見続けていたら……二度と将棋を指せなくなってしまう気が、したから……。

『小学生はもう寝る時間なんで！　ごめんね！』

という理由で打ち切った配信は、たまよんチャンネル史上初の一〇〇万再生を記録した。

☖　A級棋士の一日

山刀伐尽《なたぎりじん》八段の一日は早朝のランニングから始まります。

「どれくらいの距離を走るんです？」

「五キロかな」

「へっ⁉」

ごっ、ごきろ⁉　毎日そんなに走るんです⁉

わたし……小学校でいっぱいいっぱい走ったのでも、三キロまでで……それでもおなかが痛くなっちゃって……。

スポーティーな装いをした鹿路庭先生が、ストレッチをしながらおっしゃいます。

「しかもジンジン超はえーから。私たちはゆっくり行くよ」

「す、すみません鹿路庭先生……わたしがご一緒したいって言ったから、こんなに朝早くから先生まで走ることになっちゃって――」

「別にー？　私も走れるときは走ってるし。今日はたまたま走れる日だっただけだし」

最初こそ三人で走り始めましたけど、すぐに山刀伐先生だけぐんぐん差を広げていって、見えなくなっちゃいました！

大阪《おおさか》と違って、東京《とうきょう》は急な坂がたくさんあります。

だから走るのも大変で――

「ひぃふぅ……ひぃふぅ……」

「顎《あご》上がってる！　ほら、変な姿勢で走ると筋肉を痛めるよ？　ゆっくりでいいから正しい姿勢で走ることを心がけな」

「ろ、ろくろばせんせぇ………もうちょっと……ゆ、ゆっくり…………はぁはぁ……」

「あんた詰将棋解くのは鬼早いけど足はめちゃめちゃ遅いね。棋士は意外と体力勝負だから、今のうちに鍛えておいたほうがいいわ」

「あ……あしがはやいの、と………将棋……と、関係ある……ん、です……かぁ……？」

「あるよ。特に女流棋士は」

「……？」

どう関係あるんでしょう？

詳しく聞きたかったんですけど、疲れちゃってそれどころじゃなかったです！

結局、わたしは一時間くらいかけてようやく三キロ走りました。それだけでも、足はガクガク、胸は破裂しそうで……。

五キロも走ったのに涼しい顔の山刀伐先生は本当にすごいと思いました！

「単に日課でやってるだけだよ。ボクが四段に上がったばかりの頃って、将棋連盟主催のマラソン大会っていうのがあって」

「マラソン大会⁉　ですか⁉」

「フフ！　今じゃあ信じられないけどね！　景品は、販売部で売ってる将棋の本。手が届かなかった高価な全局集がもらえて嬉しかったなぁ！」

ランニングの後に軽い筋トレまでしながら、わたしの知らないことを山刀伐先生は色々と教えてくださいました。

ちなみにマラソン大会がどうなったかというと——

「ボクが三年連続で優勝して、それで終わったんだよ。『どうせ山刀伐が勝つから終了！』って。とはいえみんな前日にお酒を飲んで徹夜で走ったりしてたから道路脇《わき》で吐いてたね。千駄ケ谷《せんだがや》の町内会から苦情が来て止めたっていうのが本当なんじゃないかな？」

うわぁ……。

「どんなことでも全棋士の中で一番になれるって嬉しいし、自信になるよ。だから今もこうして走り続けてるんじゃないかな？　それ以外は一等賞をもらったことがないからね」

「自信、ですか？」

「うん……そうだね。一番になったときの感覚を忘れないために、こうして走っているのかもしれない」

ランニングを終えてシャワーを浴びると、山刀伐先生は手際よく朝食を用意してくださいました。わたしが「やります！」って申し出る隙《すき》すらありません。

「ボクは研究会に若い男の子を誘うことが多いんだけど、彼らはあまり食べる物に気を遣わないから」

エプロン姿の山刀伐先生は、まるで朝の情報番組でタレントさんが料理を作ってるシーンから抜け出してきたみたいに決まってます！　エプロン姿まで隙がありません……！

「せめてここに来た時くらいは、栄養があって、将棋を指すのに適した食事を意識して欲しいんだ。長い目で見るとそういう部分で差が付くからね！」

「すばらしいですー！」

瓶《びん》に入ったオシャレなサラダ。五穀米。ヨーグルトとフルーツ。どれも美味《おい》しい！

大絶賛するわたしとは正反対に、鹿路庭先生は常に山刀伐先生に批判的です。

「食い物で釣ってるだけだよ。下心見え見えじゃん」

「釣られたまま飼われてる人がおっしゃっても説得力ゼロだと思うんですけど……」

「ああ？　てめーこの瓶に詰めて大阪に着払いで郵パックするぞ？」

「フフ！　一晩ですっかり仲良しさんになったね☆」

山刀伐先生は楽しそうです。仲良しさんではないです。


そして九時になると、いよいよ将棋の研究会が始まりました。

「よろしくおねがいしますっ！」

「うん。お願いします」

わたしの先手《せんて》で、山刀伐先生との対局が始まりました。鹿路庭先生も「今日はたまたま暇だったから」と盤側《ばんそく》で記録係をしてくださって、公式戦さながらの本格的な将棋です。

正直に言いますね？

対局する前は、ちょっと自信がありました。

山刀伐先生とは女流名跡リーグ入りが決まった去年の夏くらいからネットで将棋を教わっていて、最初は手も足も出なかったけど、慣れてくるとたまに一発入るようになってたから。

――A級棋士にだって勝てるんだ！

その自信があったからこそ、わたしは一人で東京に来る決断ができました。

大阪にいてネットで将棋を教わっていた延長線上に、この東京での同居もあったんです。そうすればもっと効率よく強くなれるなんて、簡単に考えて……。

でもそれがどれだけ甘い考えだったかをすぐに思い知らされました。

「ま………負けました……」

「はい。今の将棋は序盤でもう潰れていたから振り返るところがないね。次に行こう」

あらゆる将棋に負けました。

居飛車《いびしゃ》も、振り飛車《ふびしゃ》も。生石《おいし》先生に教わってから自分なりに裏芸として温めていたゴキゲン中飛車《なかびしゃ》も簡単に潰されました。

逆に山刀伐先生がゴキゲン中飛車を採用した対局では、わたしは途中まで先生と同じ手順で対抗したのに、変化されて簡単に負かされて……。

往復ビンタ。手も足も出ません。

「……………ありません……」

「うん。次だね」

淡々と、山刀伐先生は駒を初形に戻して、対局を続けます。その淡々とした様子すらプレッシャーに感じてきました。

ネット対局の時とは……ぜんぜん違います。

ネットだと相手の表情や息づかいを感じられないから、形成判断に自信が持てます。自分で「優勢！」って思ってたら、それで伸び伸び指せるから。

けど、対面だとそうはいきません。

A級棋士が自信を持って指してるのを見ると……すぐに「わたし、悪いのかも⁉」って、心が挫けちゃいます……。

「……………まけ……ました……」

全敗。しかも……全部が全部、完敗でした。

ずっと盤側で見ていらした鹿路庭先生が初めて口を開きます。

「あんた昨日ネット将棋で五十連勝したじゃん。あのクソやべー終盤力見ちゃうと一発も入らないって意外だわ」

わたしも意外……というか、何発も入れる気まんまんでした……。

もちろんそんなこと言えないので黙ってると、鹿路庭先生はさらに突っ込んできます。

「九頭竜先生とも指してたんでしょ？　勝ったことないの？」

「平手《ひらて》では、さすがに一度も……駒落ちなら、何回か勝たせていただいたことがあります。ただ――」

「ただ？　何？」

「…………師匠より、強い……かもしれません」

師匠には隙がありましたし、直線的な読み合いなら勝てるという自信がありました。

自分が相手より一つでも勝っている部分があるなら、百回指せば一回くらいは勝てる自信が湧《わ》いてきます。

でも――

「山刀伐先生は隙がまったく無いんです！　序盤の知識に少しでも穴があると、そこを的確に突かれて一気に崩されて……でも序盤をくぐり抜けても、もっと手が広い中盤で簡単に逆転されちゃいます！」

組み合ったらまず、負けます。

だから組み合わずに終盤に行ける空中戦を挑みました。

わたしが一番自信のある、相掛《あいが》かりを。

けどその相掛かりで……逆に自信を粉々に砕かれちゃいました……。

「一本道で終盤に飛び込むような将棋を指しても、途中で勝負術がいっぱい飛んできて、いつのまにか逆転されちゃってるんです！　自分が指そうと思ってる手を、なぜか指せなくなっちゃう……勝ちを読み切ったはずなのに……！」

まるで心を操《あやつ》られてるかのような感覚でした。

身体《からだ》を鍛えるのは……大変だけど、わかりやすいです。鍛えた成果は走れる距離やタイムで数字になって見えるようになります。

けど……心を鍛えるって、どうすればいいんでしょう？

どうなれば心が強くなったことになるんでしょう……？

「そういった勝負術は、対面で指して盗むしかないね」

地方出身で対局相手に恵まれなかった山刀伐先生は、ご自身も若手の頃に同じようなご経験をなさったそうです。

棋譜《きふ》を見てもぜんぜん強いと思えないベテラン棋士に、なぜか対局すると勝てないという経験を。

「そんな経験からアドバイスさせてもらえば、特定の人とたくさん指すより一人でも多くの棋士と指していろんな癖《くせ》を吸収するほうがいいよ。ボクが紹介してもいいんだけど……先のことを考えたら自分で研究相手を探すことも覚えないとね。それも実力のうちだから」

「……はいっ!!」

一瞬だけ返事が遅れてしまったのは……この東京で、研究会をしてくれる人を見つける自信が、今は持てなかったから。

奨励会に入った神鍋《かんなべ》馬莉愛《まりあ》ちゃんは、頼めば将棋を指してくれると思います。その繋《つな》がりでお兄ちゃんのゴッド先生にお願いすることもできるかもしれません。

けど今は、それはできないんです。

わたしはまだ、お二人の師匠である釈迦堂《しゃかんどう》里奈《りな》女流名跡への挑戦を諦《あきら》めていないから。

「チビ。あんたさっき九頭竜先生と平手で指してたって言ったけど――」

取ってくださった棋譜を示しながら、鹿路庭先生が不思議そうな顔をしています。

「じゃあ九頭竜先生も、あんたが指したみたいな序盤をやってるわけ？」

「序盤に関しては、師匠はもっと大らかというか、器が大きいというか……」

「確かに何か変なことやって、自分から不利になってたりするよね九頭竜先生って。普通に指せばもっと勝てるだろうに」

あ、あれはきっと師匠なりに壮大なお考えがあって……あうあう。

「でもタイトルを持っているのは八一《やいち》くんだし、最後に勝つのはやはり彼なんだ」

「「っ……！」」

「九頭竜八一竜王が十六歳の頃には既に備えていて、今の山刀伐尽八段に無いもの。それを探し出さなければ、名人からタイトルを奪うのは難しいと思う」

駒を初形に戻しながら、挑戦者となったA級棋士は言いました。

「最後の鍵《かぎ》を探さないと……ね？」

研究会を終えると、すっかり夜になっていました。

わたしはヘトヘトでしたけど……山刀伐先生はまだまだお元気そうで、むしろ将棋を指していたときより背筋が伸びていらっしゃいます。

「これから盤王戦のための序盤研究をするよ。ソフトを使ってね。その後は詰将棋を解いて、それで終わりかな？」

「こ、これからタイトル戦の準備⁉　ですか……？」

どうして一番大切なことを後回しにするか疑問でした。

山刀伐先生の答えは――

「将棋は終盤で勝負が決まるよね？　つまり、必ず疲れ切った状態で一番大事なことをしなくちゃいけない。そのための訓練をしているんだよ。疲れても、緊張感を維持して精度の高い読みを披露できるように」

「…………」

ここまで突き詰めて生きているんだと衝撃を受けました。言葉が出ないほど。

たった一日。

その一日だけでも、わたしは疲れ果ててしまって……次の日は筋肉痛で、正座をすることもできなくなっちゃいました。

師匠と過ごした日々は、わたしにとって楽しいことばかりで。いつもワクワクドキドキしてばかりで……疲れたなんて思ったこと、一瞬もなくて。

けど、そんな日々はもう終わったんです。

これからはひたすら自分を高めるための毎日が始まります。

必要なのは将棋の技術だけじゃありません。この東京という街で、棋士として生きていくための技術を盗むために、わたしは山刀伐先生と鹿路庭先生にしばらくご厄介になります。追い出されなければ……ですけど。

師匠。

あいは今、東京で必死にがんばってます。

師匠もきっと……いつもみたいに、新しい壁に挑戦してるんですよね？

二度目の書籍打ち合わせは鴨川《かもがわ》のほとりにあるカフェで行われた。

「本のタイトルはシンプルに『九頭竜ノート』でいかがでしょう」

鴨川名物『冬でも河原に等間隔に座るカップル』を見下ろせるそのカフェは、かつて俺《おれ》が供御飯《くぐい》さんのお供をして雑誌の特集記事を作るために訪れた場所。

二人で名物の抹茶パフェを「あ～ん♡」と食べさせ合うバカップルを演じるという体当たりな企画だったが大変好評だったようで掲載誌は関西で爆売れし、その雑誌を何故《なぜ》か買っていた姉弟子《あねでし》とあいから厳しい制裁を受けたことも含め今ではいい思い出だ。

しかしそんな痛くて甘い記憶に浸る余裕など無いほど打ち合わせは緊迫していた。

「シンプル……過ぎませんか？」

提案されたタイトルに、そう不満を示す。

「確かに俺が書こうとしてる本は特定の戦法を解説したものじゃないからタイトルとか付けづらいと思いますよ？　でもね？　だからこそ内容を端的に表現できるタイトルじゃないと誰《だれ》からも手に取ってもらえないと思うんです」

何せ俺の処女作にして渾身《こんしん》の一冊だ。それをこんなシンプルなタイトルで出版するなんて許可できない！

供御飯さんはその反論を予想していたらしく、

「ええ。ですからサブタイトルを付けて補足します。出版業界にも、将棋でいうところの『手筋』というのがありましてね」

「サブタイトル？　どんな感じに？」

「いくつか案があるのですが――」

メモ帳を開きながら供御飯さんは淡々と読み上げる。

「編集長が推すのは『九頭竜ノート　～十一連敗していた俺が女子小学生の内弟子《うちでし》を取ってみたらビックリするほど勝てるようになったし小学生にモテモテになった件～』です」

「将棋の本を出すんですよね？」

「将棋の本を出すんです。なぜそんな当たり前のことを聞くんですか？」

ビックリした表情で供御飯さんが聞き返してきた。

ビックリするのはこっちだよ！

「今のサブタイトルに将棋って単語が出てこずに小学生って単語が二回も出てきたからだよ‼　っていうか編集長がそれ推してるんですか⁉　俺はいったい編集部内でどう思われてるの⁉」

返答によっては本じゃなくて訴状書きますよ⁉」

「別に普通です。普通のロ……プロ棋士だと思われてます」

「いま確実にロリコンって言いかけましたよね？」

　ちなみにここでいう『編集部』とは日本将棋連盟の書籍部のことで、千駄ヶ谷の将棋会館地下一階にオフィスがある。つまり関東の連中が俺のことをどう思ってるかがこのタイトル案を通して伝わって来るのである……。

「…………一応、他の案も聞かせてもらっていいですか？」

「では編集長が二番目に推す『九頭竜ノート　～もし女子小学生の内弟子がクズ竜王《ドラゴンキング》の研究ノートを読んでしまったら～』略して『もし竜《ドラ》』ではいかがでしょう？」

「いかがも何もさっきとほとんど変わってないし何ならさっきより何の本かわかんなくなってますよね？」

　しかも作者のことをサラッとクズ呼ばわりしてないか？

「やっぱりサブタイトルを付け足すんじゃなくて、メインのタイトルを変えたほうがいいと思うんですけど――」

「それでは『ロリノート』ではいかがでしょう？」

　そっち残すのかよ!?

「わかりました！　もう単なる『九頭竜ノート』で結構です！　シンプルイズベスト！　これがベストです!!」

「ええ。私も最初からそう思っていました」

「最初から？　…………あっ」

当たり前のところに落ち着いたとでもいうような供御飯さんの様子に、ようやく悟る。

「そうか。これが手筋なんですね？」

「うふふ」

敏腕編集者は伏見稲荷《ふしみいなり》の狐みたいにニヤリと笑いながら、

「今のは出版界定番『絶対に受け入れられない案を出すことで本命を通しやすくする』という手筋ですよ」

「なるほどねぇ……いや、すっかりやられましたよ！　それで俺のことロリコンなんてこれっぽっちも思ってないくせにロリコン呼ばわりし続けたわけですね！」

「そういうことにしておきます」

「はっはっは！　こりゃ一本取られました！」

タイトルが決まって気分が楽になった俺は手を付けてなかったパフェを食べようとスプーンに手を伸ばそうとするが――

「どうぞ」

それを先に手に取った供御飯さんが、パフェを掬《すく》って俺の口元に差し出してくる。

「え？　いや、さすがにそれは……」

「担当編集ですから」

そうか担当編集はこんなことまでしてくれるのか作家っていいお仕事だな……と思いつつ、

パフェをあーん。甘い……。

「このお店、『次はお仕事抜きで』と話していたのに結局お仕事絡みで来てしまいましたね？」

「……ま、それが俺たちらしいっちゃらしいですけど」

供御飯さんと俺の出会いは十年前の小学生名人戦。

準決勝で負けて泣きじゃくってた供御飯さんに俺が声を掛けた……らしい。実は決勝の前の緊張であんまり憶《おぼ》えてないんだけど。

『これから俺が面白《おもしろ》い将棋を見せてやるから泣き止めよ』

みたいなこと言った……らしい。完全にナンパだ。

学年は二つ違うけどそれがきっかけで友達になり、大阪と京都《きょうと》を行き来しながら将棋を指した。たまに月夜見坂《つきよみざか》さんも一緒に。

けどその関係はすぐに変わった。

供御飯さんが女流棋士になり、奨励会員の俺は公の場で彼女を『先生』と呼ばなくちゃならなくなったこともあったんだけど——

『今日から観戦記者の鵠《くぐい》として活動することになりました』

口調も服装も普段とガラリと変えて新しい名刺を差し出してくる中学生の少女からそう告げられた時の衝撃は、今も忘れられない。

『だから九頭竜さんのことを取材させてください』

その強い眼差《まなざ》しに圧倒されて……俺はただ、頷いていた。

「あの時は『いろんな仕事するなぁ』くらいに思ってましたけど……タイトルも狙《ねら》える逸材が記者と二足の草鞋《わらじ》を履《は》くなんて、批判もあったんじゃないですか？」

「うちは師匠がその方面に大変理解がありまして。むしろ背中を押されたくらいです」

「ああ……お元気ですか？《老師》は」

「引退してからのほうが元気で困ります。もともと将棋を指すより観戦記を書くほうが好きな人ではありましたから」

「綾乃《あやの》ちゃんも記者になりたいって言ってますもんね。ずっと」

供御飯さんの師匠に当たる加悦奥《かやおく》七段は将棋関連の書籍を大量に執筆し、むしろその方面で名高い人物だ。故に将棋界では《老師》と尊称されている。なんせ嫌われると文章でメチャメチャ悪く書かれちゃうからね……俺はかなり誤解されてるっぽいが。

「けど、幸せですよね。供御飯さんの恋人になる男は」

「へ⁉」

「だって毎回いい店に連れて行ってもらえるもん。湯豆腐といい今回のカフェといい。打ち合わせですらこんなに楽しいんですから、デートなら最高でしょ？」

「ふふ……でしたら次こそはお仕事抜きで来ないといけませんね？　…………次こそは」

長いスプーンの先端を唇に当てながら、供御飯さんは冗談を言った。

☖ 盤に辿《たど》り着く前に

「待って。一緒に行くから」

わたしが公式戦のために千駄ヶ谷へ向かおうとすると、鹿路庭先生がコートに袖を通しながら後を追ってきました。

「え？　でも……先生は今日、対局ありませんよね？」

「大学も春休みに入って時間あるから、今日は連盟で頼まれてた色紙を書いたり雑誌のインタビューを受けたりすんの。人気女流棋士は将棋を指す以外にもいっぱいお仕事があるんだよ」

そんなわけで二人一緒に家を出ることに。

今日、わたしは女流名跡リーグの六回戦です。

相手の焙烙《ほうろく》和美《かずみ》女流三段とは初手合《はつてあ》い。《群馬《ぐんま》の爆弾》って呼ばれるくらい破壊力のある攻めが特徴で、A級棋士と対局して勝ったこともあるような強豪です。わたしは今日、後手《ごて》だから、受けることになると思います。的確に受け切れるかな……？　確かマイナビ女子オープンのチャレンジマッチで、桂香《けいか》さんが受け損ねて負けちゃったはず。あのときの将棋は、えっと……。

「ストップ」

対局相手のことを考えながら歩いていたら、不意に呼び止められました。

「神社には入らないこと」

「はぇ？」

千駄ヶ谷駅から将棋会館へ向かう途中にある、鳩森八幡神社《はとのもりはちまんじんじゃ》です。師匠とＪＳ研のみんなでお参りをした思い出の場所でした。

「けど……せっかく将棋堂があるし、お参りして行こうかと――」

東京で対局があるときはいつもそこに寄っていたから、今日もそうしようと思ったんですけど……そもそも神社に入っちゃダメって？　なんで？

「行きも帰りも神社の中には入らない。公園とかもＮＧね。なるべく人が多くて明るい場所を歩くこと。ついでに言えば、一人で行動しないこと」

「そんな……」

公式戦があるのは基本的に平日だし、毎回誰かと一緒に行動するなんて不可能ですよね？どうしていきなりついてきてそんな無茶言うんですか？

それに……ただでさえ小学生っていうことで侮られるのに、誰かにずっと付き添われてたらもっと子供扱いされちゃうじゃないですか！

「お言葉ですが！　わたしは一人で強くなるために東京に来た――」

「おっはよーございまーす！　たまよんですよ～☆」

こっちの憤りなんてまるでそよ風くらいにしか感じてないように鹿路庭先生はさっさと将棋会館に入って、まず事務局に顔を出しました。

関西将棋会館とは比べものにならないくらい広いフロア。

知らない人ばかりで、わたしはいつも緊張で声が出なくなっちゃいます。お仕事の邪魔になるといけないから、事務手続きがあるとき以外は入ることすらしません。

鹿路庭先生は職員さん全員と気さくに挨拶《あいさつ》をしています。

フロアの入り口近くで黙ってその様子を見ていると――

「そうそう！　この子、一緒に暮らすことになったんですよ～」

ぐいっ！

強引に腕を引っ張られて、職員さんたちの前に立たされました。

「ほら。挨拶しなよ」

ええ⁉　い、いきなり⁉

「ひっ、雛鶴あいです！　あの……よろしくおねがいします……」

「んじゃ、この子は対局あるんで。私もいったん女流棋士室に行ってから色紙書きに来まーす」

滞在時間は約五分。

事務局を出ると、鹿路庭先生はわたしにこう命じました。

「挨拶は超大事だから。さっきみたいに黙ってるんじゃなくて、必ず自分から挨拶すること。そんで連盟に来るたびに事務局に顔を出して挨拶すること。おけ?」

「け、けど……わたし、どなたが関係者さんなのかもわからなくて……」

「じゃあ全員に挨拶すりゃいいじゃん。わかりやすいっしょ？」

「…………」

将棋会館には道場に将棋を指しに来た普通のお客さんもいっぱいいらっしゃいます。そういう人にも挨拶しろということなんでしょうか……？

次にわたしたちが向かったのは五階の薄暗い廊下の一番隅っこにある、小さな部屋でした。『女流棋士室』って書いてあるその部屋に鹿路庭先生は入っていきます。

「どうしたの？　早く入りなよ」

「…………でも……」

「私《ひと》の家には押しかけておいて、女流棋士室は怖くて入れませんってか？　あんたも女流棋士なんだから使う資格はある。来い」

また強引に腕を引っ張られて足を踏み入れた部屋の中を見て、わたしは驚きました。

「せ、狭くて…………物が多い、ですね」

「素直に『汚い』って言っていいんよ？」

さすがにそこまでは……。

「あんたここ初めて使うの？　じゃあ今まで対局前はどうしてたわけ？」

「あの……近くのお店に入って、時間を潰していました……」

「店って……あんたみたいな小学生が平日のこんな時間にコンビニや喫茶店《きっさてん》でフラフラしてた

ら補導されるって！」

「じ、実はもう……お巡りさんに……」

「連れて行かれたのかよ……」

「その時は、連盟職員さんにお電話して、説明していただいて……お巡りさんに将棋会館まで送っていただきました。パトカーで……」

「パトカー……」

「はい……パトカー……」

もしかしたら師匠が乗ることになるのかなぁ？　とは思ってましたが、まさか自分が先に乗るとは予想外でした。

「呆《あき》れた……交番に連れて行かれて不戦敗になったらどうするの？　女流棋戦は持ち時間が少ないんだから、ちょっと遅刻するだけで不戦敗だよ？　それでなくとも冷静に対局なんてできなくなるだろうに」

「…………」

実際にその将棋は負けてしまったので何も反論できなかったです。

実は神社に寄るのも、将棋会館には居場所がなくて、けど外を歩いてたらまたお巡りさんに見つかっちゃうかもしれないからそれを避けるっていう意味もあって……。

そういうの全部、鹿路庭先生にはお見通しだったと思います。

「帰りも一緒に行くから。早く終わっても女流棋士室で待っててな」

その日の将棋は焙烙先生の攻めを丁寧に受け切ることができました。女流名跡リーグで指した六局の中では一番いい内容だったと思います。

受ける将棋を指すのは、心が落ち着いてないと難しいです。

わたしにとっては攻めるより何倍も難しいから、それができたのは対局前に心を落ち着けることができたのが大きかったんだと思います。

――鹿路庭先生は、このために一緒に来てくれた……の？

そうとしか思えませんでした。

――先生にお礼を言わなくちゃ！　ありがとうございますって……！

これで三勝三敗。

まだ陥落のピンチはありますけど……星を五分に戻せたことで、このリーグで戦っていける自信が持てました！　その……ちょっとだけ。

終わってから感想戦をして、それから今日の将棋は中継されたから、記者の方に簡単なインタビューを受けました。

けど相手が時間をほとんど使わない方だったから、それでも鹿路庭先生をしばらく女流棋士室でお待ちしていたんですが――

「あなた、雛鶴あい……女流初段よね？」

部屋に入って来たのは、別の女流棋士の先生方でした。

「ちょっといいかしら？　話したいことがあるんだけど」


鹿路庭先生が棋士室に戻っていらしたのは、それから三十分くらい後でした。

「お？　そっちが先に終わってたか」

「おつかれさまですっ！」

わたしは立ち上がると、先生に向かって頭を下げました。

「あの……おかげさまで今日は勝ちでした！　ありが――」

「知ってる。ところでエレベーターのとこで何人か女流棋士とすれ違ったんだけどさ。もしかして、中で何か話してた？」

「ふぇ⁉　は、はい…………あの、先生方が声を掛けてくださって……」

「何の話だったの？」

「あ…………いえ。特には……」

わたしは言葉を濁しました。

鹿路庭先生には、ちょっと……言いづらいことだったので。

「ふーん。ま、別にどうでもいいけどね！」

先生はそう言うと、そのまま部屋を出て行きます。わたしも慌てて後を追いました。

女流棋戦の持ち時間は、一時間か二時間が多いです。

だから時間いっぱい使っても終わるのは夕方より前。まだ明るい時間帯です。

けど今日はそこからさらに時間がたってるから、連盟の周囲はもう薄暗くなっていました。

――ここって……こんなに暗くなるんだ……。

関西将棋会館は大通りに面していて、周囲にお店や駅もあるから、夜でも明るいです。

けど神社があったり細い道が入り組んでたりする千駄ヶ谷は、すぐ近くに駅があるとはいえ……一人で歩くには、ちょっと怖いかもしれません。

そんな道を歩いていると――

「……？」

なんだろう？

さっきから、誰かが後ろをついてきてるような……。

「気付いた？　振り返らずに早歩きで一気に大通りまで行くよ……で、途中の店に入ってやり過ごすから」

「っ……!?」

歩きながらそう囁《ささや》かれ、わたしはパニックになってしまいました。

そこからはもう何も考えられずに……ただ必死に、先生の後について行って。

お店に入るとものすごくホッとして。それから後ろをついてきた人を、中から確認します。

見たことのない男の人……。

手にはスマホが握られていました。

その人は、しばらくお店の前をウロウロしていましたが……やがて、どこかへ行ってしまいました。

膝《ひざ》が震えて声も出ないわたしに、鹿路庭先生が言います。

「あんたの将棋は今日、リアルタイムで中継されてた。対局場がどこで、何時に始まって何時に終わったかも全世界へ発信されてた。それがどういうことか、わかる？」

「……？」

「待ち伏せできるってこと」

「ッ⁉　待ち――」

そんな、まさか……。

「善良なファンのことは否定しない。ほとんどの人はそうだと思うし、実際そういうファンに支えられて私たちは将棋を指せてる。そこは間違えちゃいけないってのは、あんたに言われなくたってわかってる」

鹿路庭先生はお店を出ると「ま、念のためね？」とタクシーに乗りました。

そして車の中で、色々とお話を聞かせてくださったんです。

女流棋士が見知らぬ男の人から声を掛けられたエピソードを。

中には自転車や車で追いかけられた人もいるって……。

「善良なファンだとしても、見ず知らずの男性から将棋に関係ない場所で声を掛けられるのって、女にとっては怖いよね。向こうはこっちのことをいろいろ知ってても、こっちは知らないわけだからさ」

「け、けど……今の人は、声も掛けてこなかったですし……やっぱり勘違いかも――」

「声を掛けてくるならまだマシかも」

「……？」

「声を掛けずに、ずっと後を付けられたら？　私が気付かなかったら、あんたのせいでジンジンと私の住む家まで特定されてたかもしれないんだよ？」

「あっ………！」

「東京で生きていくってそういうこと。自分で自分の身を守るしかない。だから今日、あんたと一緒に行動するって言ったの。私自身の身を守るためにね」

あまりにも衝撃的な一日が終わろうとしていました。

頭の中はグチャグチャで、もう何も考えられそうになかったけど、一つだけ。

――とにかく………先生にお礼、言わないと……。

自分のためと言ったのは照れ隠しで……きっとわたしのために来てくれたから……。

タクシーを降りて部屋の前まで来ると、わたしは深々と頭を下げて、先生にお礼を申し上げようとしました。

「あの！　鹿路庭先生、今日は本当にありがとうござ――」

「やっぱあんた女流棋士に向いてないわ」

「ッ………⁉」

投げかけられた言葉の厳しさに、わたしはその場に立ち尽くします。

「今日一緒に行ってわかった。今はたまたまラッキーで勝ててるかもしれないけど、このままじゃいずれ勝てなくなる。さっさと大阪に帰ったほうがいいよ。マジで言ってるから、これ」

「………どうして、ですか……？」

「あんたは盤に辿り着く前にもう不利になってるんだもん」

「盤に……辿り着く、前……」

「あんたの妹弟子《いもうとでし》はその点、強《したた》かだよね」

「天《てん》ちゃん……？」

「ボディーガードを付けてることも含めて、財力で有利な状況を作ることに負い目がない。盤上だけが勝負じゃないことを知ってるからだよ。イヤミだし、羨《うらや》ましいけど、だからって腹が立ったり不公平だと思ったりもしない」

鹿路庭先生は、怒っているようには見えませんでした。

「でも、あんたは公平さってものを勘違いしてる」

ただ淡々と、事実を重ねていきます。

わたしが女流棋士失格だという事実を。

それは怒られるよりもよっぽど……つらいことで……。

「金持ちと貧乏人は公平か？ 違う。男と女は公平か？ それも違う。『誰にとっても盤上は公平』なんて言葉は綺麗《きれい》だけど、綺麗なだけで何の意味も無い」

「で、でも！ 将棋はスポーツと違って、男女の差はありませんよね⁉ 空《そら》先生がプロ棋士になったのがその証拠じゃ――」

「あんた生理になったことある？」

「せ……………」

「まだっぽいね。じゃあ今のうちに教えておいてあげる」

あまりの発言に何も答えられないでいると、

「人それぞれだけど、私は生理になったら将棋どころじゃない。お腹《なか》も痛いし、精神的にも不安定になるし、考えもまとまらない。でも公式戦は指さないといけない。それは女にとって普通のことで、病気じゃないから…………って、将棋連盟の偉い人は考えてる」

先生はさっき以上に淡々と、そう説明してくれました。

知識としては……男性と女性が違うんだってこと、わたしも知ってます。でもそれが将棋にどう影響するかなんて、今まで意識したことすらありませんでした。

わたしは今まで、強くなれば勝手に道が開けると思ってました。

頑張ればどこまでだって強くなれると思ってました。厳しい環境に身を置けば、それだけ早く強くなれるって思い込んでました。

でもそれは、何の保証も裏付けもなしに……勝手に自分で、そう思ってただけで……。

そんなこと鹿路庭先生はとっくにお見通しで――

「あんたは自分が九頭竜八一みたいになれるって思ってるかもしれないけどさ。なれねぇよ絶対に」

わたしが抱いていたいちばん大切な希望を、打ち砕くのです。

いとも簡単に。言葉だけで。

「自分の弱さを直視できない人間が、そこを直せるわけがない。あんたは夜叉神天衣《やしゃじんあい》以下。あいつがいる限り女流タイトルも獲れない。残りの人生、タイトルを獲れなかった二流の女流棋士で終わるんだよ。人気はあるけどタイトルは獲れない女流棋士として」

次々と浴びせられる強い言葉は、まるで鋭い刃のようでした。

切りつけられるたびに、わたしの心が血を流します。

痛くて。苦しくて。

けれど不思議と、先生に対する怒りや憎しみといった感情は、少しも起こらなくて。

それはきっと――――

言われたわたしよりも……鹿路庭先生のほうが、苦しそうな顔をしていたから……。

「強いとか弱いとか、才能があるとか才能がないとか、そういうの以前の問題だよ。あんたは女流棋士として当然やるべきことがやれてないの。やれるのにやってないから、より一層タチが悪い」

やれるのに、やってない……。

「だからみんなイラつくんじゃないかな？　あんた見てるとさ」

鹿路庭先生はそう言うと、ドアを開けて、一人で部屋に入っていって……。

わたしはその場に立ち尽くすしかありませんでした。

一歩も動けないほど打ちのめされていたから。

「…………」

たった一日で見抜かれてしまうほど底の浅い自分に、気付かされたから。

わたしは何もわかってなかったんです。

師匠と一緒にいたとき、自分がどれだけ甘やかされていたのかを。

大阪にいたとき、どれだけ周囲に守ってもらっていたのかを。

浅い考えで師匠のところを飛び出して、山刀伐先生や鹿路庭先生にどれだけ酷くご迷惑をおかけしているのかを。

──もう………一歩も、前に進めないよ………。

心が折れかけていました。

将棋には勝ったのに、心がポッキリ折れて……一瞬だけ、ぜんぶ投げ出して、東京《ここ》から逃げてしまいたくなりました。

「…………それでも、わたしは……！」

つらいけど。苦しいけど。

それでも───何をしたらいいかは、もう教えてもらったから。

そしてもう一つ。

『やれるのにやってない』という、言葉の意味。

「……わたしならやれる……そういうことですよね？」

零れ落ちそうになっていた涙を手の甲で拭います。

そして無理矢理《むりやり》に笑顔を作ると、わたしはドアを開け、大きな声でこう挨拶しました。

「雛鶴あい、ただいま帰りましたー‼」

鹿路庭先生はわたしの声の大きさにビックリしたものの、何も無かったみたいにこう言ってくださいます。

「おかえり」

それから、ちょっと気まずそうに顔を赤らめて「早くごはん作ってよ」って。

☗将棋じゃん

「……した」

投了を告げる声が上手《うま》く発せなくなっていたのに気付いたのは、公式戦で二ヶ月ぶりに連敗した瞬間だった。

十連勝。からの二連敗。

「まっ……連続するものは、いずれ止まるからね☆　連勝も連敗も」

感想戦を終えて一人になると、私は軽い口調で自分にそう言い聞かせる。大丈夫……大丈夫……と言い聞かせると本当に大丈夫になりますって、偉い人も言ってた☆

「んなわけあるか」

はっきり言って、負けた相手はどちらも格下だった。白星を計算に入れてたから、それを落としたショックはでかい。リーグ表を確認しないとわからないけど……挑戦権争いのトップから転がり落ちてる可能性は、ある。

事務局で結果を確認するまで心臓はバクバクだ。受験の時とまるっきり同じか、それ以上の……生きた心地がしなかった。

少し前まで、視界の先には真っ白なゴールテープが見えていて。

私は女流棋士になって初めて、そのゴールへ真っ先に飛び込むはずだったのに――

絶望で吐きそうになりながら成績表を見る。

「ああ…………………ギリ、助かってたかぁ……」

女流名跡リーグは本日の対局で七回戦が全《すべ》て終了。四勝三敗という私の成績は、同星が三人いるものの、まだトップではあった。

同じ日にあった別の対局の結果が目に入る。

○雛鶴あい女流初段（4勝3敗）　●花立薊《はなだちあざみ》女流四段（3勝4敗）

小学生はタイトル経験者を相手に当然みたいな顔で勝って、リーグ四連勝。

そして今日の将棋で遂に私と星が並んだ。

「珠代《たまよ》ちゃ～ん！　こっちこっち～！」

「お疲れ様です鹿路庭先生っ！」

千駄ヶ谷の小洒落《こじゃれ》たイタリア料理店に入ると、テーブル席に座ってた二人が同時に私に声をかけてきた。

奥に座る恰幅《かっぷく》のいい女性に向かって、直立不動で頭を下げる。

「ご、ご無沙汰ッス！　お招きいただき光栄ッス!!」

そんな私の様子を見て小学生が目を丸くした。

「……先生？　あの……キャラが……」

「あんたは初代女王だった頃の薊姐《ねえ》さんを知らないからそんなポヨンポヨンした態度でいられるんだよっ……！」

茨城《いばらき》出身の《茨姫《いばらひめ》》は、そりゃもう怖いなんてもんじゃなかった。

初対局の感想戦で泣かされた私が言うんだから間違いない。

『おめ将棋舐《な》めてっぺ？』

そこからは感想戦というより単なる説教だ。対局より長く続いたそれは深夜まで及び、最後はラーメン屋の『ホーム軒』まで歩いて行って二人でカウンターに並んで食べながら「ずびばぜん……！　じょうぎなめでででずびばぜん……!!」って鼻水垂らしながら謝り続ける中坊の私に、姐さんは何も言わず餃子も奢《おご》ってくれた。

当時の薊姐さんと比べたら月夜見坂燎《りょう》なんてあらゆる意味で小物だ。おかげで《攻める大天使》相手にも、私は臆せず戦えてる。

私のプロ意識は薊姐さんから教えていただいたもの。

だから姐さんが関西へ移籍して、しかも《浪速《なにわ》の白雪姫》の誕生で関東の女流棋界が暗黒期を迎えた頃から、私は『たまよん』として、あざとすぎるくらいあざといキャラを貫き続けている。

私には姐さんみたいな将棋の才能も実力も無い。気高い美しさとも無縁だ。なら自分なりの方法で女流棋界を盛り上げるしかないと思ったから。

……まっ、タイトル持ってない私が何を言おうがやろうが説得力なんて無いから、理解してもらえることは今でもほぼ無いけどね☆

「にしても……この小学生と姐さんが対局後に飯食い行くくらい仲がいいってのは意外でした。同じ関西でも、姐さんは産休と育休でお休みされてましたし……」

「あいちゃんは八一くんや天衣ちゃんと一緒に大阪の我が家へ遊びに来てくれたの！　関東へ移籍したって聞いた時は心配したけど……珠代ちゃんが一緒にいてくれるなら安心ね？」

「いえ、そんな……」

先に小学生から何か聞いてたみたいだった。どうせ私にいじめられたとか言ってるんだろうけどな！

「ところで、どうして上位者の薊姐さんが関東へ？　普通ならこのチビが大阪に出向いて対局するのが筋でしょ？」

「旦那の順位戦が昨日、関東であったから。手合課にお願いして私も関東で対局させてもらうことにしたの。で、これから娘たちを新宿御苑《しんじゅくぎょえん》で遊ばせてくれてる旦那と合流して茨城の実家に顔を出す予定」

「ご家族のみなさんで夢の国にも行くんだそうですよ！　さーちゃん、喜ぶだろうなぁ」

「さーちゃん？」

「花立先生の上の娘さんです！　三歳になったばっかりで、とってもかわいいんです！」

「へー！　そんなかわいいんだ？」

「はい！　師匠なんかもうメロメロになっちゃって、さーちゃんに会った次の日は『かわいかったなぁ』って十六回も口にするくらいで……あの方はほんとうに小さければ小さいほどお好きなので…………あいのことなんてどうせすぐ忘れていまごろもっと小さい女の子をかわいがってるにきまってて…………そうにきまっとるもん……だらぶち…………！」

「へー」

こっわ。触れんとこ。

「そういえば姐さん。旦那さんの順位戦はどうだったんですか？」

「全然ダメ。相手は昇級候補筆頭の神鍋七段だもの。旦那なんかじゃ手も足も出なかったわ。あの子、本当に名人になるかも」

一時期ジンジンが熱を上げてた若手棋士だ。

ちょっとだけ研究会をやってたけど、すぐにフラれた。理由は『A級で当たる可能性があるから』。当時B級2組だった十九歳の若造が、A級棋士との研究会を断って、おまけにそんな台詞まで吐いたんだ。さすがのジンジンも苦笑してたけど……。

どうやら口だけじゃないらしいね。

「だから釈迦堂先生は、これから数年は死に物狂いでタイトルにしがみ付くと思うわ」

「え？」

理由がわからず聞き返す私に、一瞬だけ《茨姫》の顔に戻った姐さんが言った。

「弟子が名人になったときに、自分も女流名跡でいたいだろうから」


帰りの電車の中で、私はずっとモヤモヤしてた。

『そっちで対局があるから、終わったら久しぶりに食事でもどう？　あいちゃんと三人で』

そんな連絡が来たときから嫌な予感はあったけど。

私の知ってる《茨姫》は将棋に負けた後あんなふうにヘラヘラ笑える人じゃなかった。

ましてや自分を負かした相手と仲良く飯を食うなんて……。

あの《茨姫》が優しいママになるなんて想像すらしてなかったし……ああなった姿を見て、少しだけ裏切られたような気がしていた。

そして同時に…………別の感情も、胸を焦《こ》がす。

「…………なあチビ。今日の薊姐さんだったけど、対局中はどんな様子――」

隣に座ってタブレットを見てる小学生に尋ねようとした私は、画面を見て思わず別の言葉を口にしてしまう。

「おま……対局した帰りの電車の中で、詰将棋してんの？」

「これは息抜きです」

「は？　将棋じゃん」

「それに詰将棋は頭が疲れたときにやると効果的なんです」

「そっかー☆　確かに！　終盤の疲れた頭で解けないと実戦じゃ意味無いもんねっ！　じゃなくてッ‼」

思わず電車の中で乗りツッコミしてしまう。乗ってるだけにね！　って、ちゃうわ‼

「息抜きってさぁ。もっとこう、何も考えずに気楽にやれることだろ？」

「じゃあ……振り飛車を指すとか？　ですか？」

「てめーそれ人類の半分以上を敵に回してっかんな⁉」

しかも私を含めて女流棋士の四分の三は振り飛車党だからな⁉　覚悟あんだなこら⁉

「だったら棋譜並べを――」

「だから！　それ！　将棋じゃん‼」

どうして私が喚いているのか全くわからないといった表情で、小学生はただぽかんとこっちを見詰めている。

やっぱりこいつは女流棋士に向いてないと思った。

『将棋が強いのと、将棋を仕事として成り立たせるのは、全然違うんだよ』

中学生の私に薊姐さんが教えてくれたことだ。

将棋は『仕事』で、女流棋士は『職業』だと。

だから遊びの延長線上でやるのは間違ってると。

金を貰《もら》う以上、そこには必ず責任が発生する。

責任ってのはつまり、楽しくなくてもやり遂げなきゃいけないってこと。私たちは勝つために将棋を指してるけど、一度も負けずにいられるのは百人いる女流棋士の中でたった一人。

それ以外は『いなくてもいい』って烙印を押される。

だから仮に、楽しいと思える瞬間があるのだとしたら、その瞬間《ゴール》は一つだけしかない。

誰にも負けなかった時。

つまり……タイトルを獲った時。

「……五万問あるって言ってたよね？　それ誰が作ったの？　そんな桁外《けたはず》れに大量の詰将棋が権利フリーでどっかに転がってるなら絶対に私も見たことあるはずだと思うんだけど？」

「…………プレゼントです。ある人からの……」

顔を見ただけで『ある人』が誰かはすぐにわかった。

私もこいつと同じくらいの年頃で、同じような経験があるから。憧れのプロ棋士から宿題に出された詰将棋を夢の中ですら解き続けたことが。

その人に与えられた詰将棋を、私もきっとこんな顔して解いてたんだろう。ラブレターを貰ったみたいに浮かれまくって。

でも当時の私に出会うことがあったら、言ってやりたい言葉がある。

将棋じゃん。それ。

☖　ゴール

「山刀伐先生残り一時間です」

「はい。ありがとう」

記録係へ礼を言うと、ボクは視線を正面へ戻す。

そこでは髪を掻《か》きむしりながら盤面だけを見据えている名人が……いや、今は盤王と呼ぶべきだね。

今回の番勝負で、この人について新たに発見したことがあった。

——本当に追い詰められたとき……あなたはこんなにも苦しそうな顔をするんですね？

もう十年以上、一緒に研究会をしてきた。

だというのにまだ知らないことがあるとは驚きだった。

けどそれも当然かもしれない。

四年前の帝位戦ではストレート負けしてしまったから。

「フフ……あいくんに偉そうに言っておきながら、ボクのほうが相手の大きさに飲まれてしまっていたとはね……」

この人の一挙手一投足に怯《おび》えていた。

この人の指す手は、全て最善だと思っていた。

この人の手が震えたときは、相手が絶対に負けるのだと思っていた。

けれどそうじゃないことをコンピューターが教えてくれた。絶対不可侵だった神様の将棋をパソコンが採点してくれた。

そしてこの人が終盤に繰り出す魔術《マジック》以上のものを、ボクはもう、何度も見た。

——小学生の女の子でも、もっと上手に指しますよ？

盤王はとても苦しそうだった。身悶《みもだ》えし、半開きの口からは呻《うめ》き声が漏《も》れる。

見苦しい、と思った。

——今……楽にして差し上げます。

「山刀伐先生残り五十分です」

「はい」

ボクは駒台《こまだい》に手を伸ばすと、そこにあった駒を掴《つか》んだ。

そして介錯《かいしゃく》するためにその刃を振り下ろす。

決して届かないと思っていた————神様の首筋に。


「最近たまよん絶好調じゃん！　ユーチューブのチャンネル登録者も一気に増えたし、相変わらずイベントにも出まくってるし！」

「あはは☆　ありがとうございまーす」

栃木で行われてる盤王戦第三局。

その大盤解説会場に、私と小学生は指導対局のお仕事で来ていた。

コラボで動画配信してる威力は絶大で、こうやって二人で並んで指導対局をしてると次から次へとお客さんが押し寄せて来る。代わりに大盤解説が過疎ってるけど。

「明後日も女流名跡リーグの対局があるのにイベントで指導対局してるし。人気者だよね！」

「いえいえ☆　これも大事な仕事なんで――」

「だから連敗したんじゃないの？　ユーチューブなんてやって遊んでるから」

「……ですかねー☆　あははははー」

私は笑顔で相槌《あいづち》を打つ。乾いた笑顔で。

さっきから私に話しかけてるのは指導対局の常連さん。

棋力はアマ二段くらいで、常に平手で挑んでくる。今日は私じゃなくて小学生の指導受けてるけど、構わずこっちに話しかけてくる。

「こっちの小学生はまだこれからだけど、たまよんは今期が最後のチャンスかもしれないんだよ⁉　もっと身を入れて将棋の勉強しなくちゃ！　これ、たまよんのために言ってるから！」

このお客さんは別にイヤミを言ってるわけじゃない。

本人的には有益なアドバイスをしてるつもりなの。応援なの。これ。

だから怒っちゃダメ。こうやって笑顔で「はーい☆」って元気よくお返事して、気持ちよーく将棋を指してお帰りいただく。そしたらまた来てくれるから。

私の笑顔に気を良くしたお客さんは、ますます大声で喋る喋る。

「それにしても、あの名人が来るタイトル戦だっていうのにお客さん少ないよねぇ。ま、相手が山刀伐じゃ客も入らないか！　昔はイケメン棋士ってもてはやされたけど、今は神鍋歩夢《あゆむ》とか篠窪大志《しのくぼたいし》とか若くて強いイケメンが他にいるからなぁ。やっぱり《浪速の白雪姫》が失踪《しっそう》したのが将棋界的には大打撃だったよね！　一回負けただけで失踪するなんて奨励会からやり直せよって思うけど、女流棋士に負けたのがよっぽどショックだった——」

パチン。

「指しました」

小学生が乾いた駒音《こまおと》を立てて着手《ちゃくしゅ》する。

お客さんは盤面に顔を寄せて、

「王手か……ふむふむなるほどねぇ。けど知ってる？『ヘタな王手、休むに似たり』って格言があってさ。要するに王手って空振りすると一手パスみたいになるから——」

「なに言ってるんですかもう終わりですよ」

「は？」

おいチビまさか……。

「とっくに詰んでますよ？　お気づきにならなかったんですか？　たった十九手じゃないです

か。こうこうこうこうこうこうこうこうこうこうこうこうこうこうこうこうこうこうこうで、はい詰みました！　こんな簡単な並べ詰み、ゆーちゅーばーだって一秒で見えるもがっ⁉」

「はいはいストーップ。おしゃべり終わりね」

「もがが！　もがががががが‼」

荒ぶる小学生の口を両手で塞《ふさ》ぎながら、私は眉をハの字にしてお客さんに謝る。

「ごめんなさーい☆　この子、詰将棋が大好きで！　しかも子供《ガキ》だから自分の終盤力を自慢したがるんですぅ！　でもまだ十一歳なんで大目に見てあげてね？」

「お……いや。うん。つ、詰みは詰みだしね……」

狐につままれたような表情でお客さんは席を立った。まるで手品みたいに自玉を詰まされたから、怒りよりも驚きが強いって表情だわ。

さて。

あとはお客さん相手に舐めたクチを利いたこの小学生をどう処するかだけど。

「私のためにキレてくれたのは嬉しい……なんて言うと思ったかこのボケ！」

「もごごごご！　もごーっ‼」

「うんうんわかるわかる。腹立つよな？　けどああいう人でもさ、将棋のことは好きなんだよ。だから将棋が嫌いになるようなことしちゃダメだ」

「でもッ‼」

私の拘束を振り切って小学生は叫んだ。

「でも鹿路庭先生、強いじゃないですか！　わたし先生に負かされましたよ⁉　それをあの人に伝えるくらい――」

「『タイトル獲ってから言え』って言われるだけだって。わかるっしょ？　それにああいうこと言うお客さんは他にも死ぬほどいるから」

「……今日のイベントだって事務局で頼み込まれて……お客さんの集まりが悪いから、会場の要望で『どうしても人気のある女流棋士に出てもらわないと困る』って言われたから、それで鹿路庭先生、大事な将棋が二日後にあるのに、山刀伐先生のタイトル戦を盛り上げようと――」

その時。

『ここで盤王が投了されましたね。挑戦者の山刀伐八段が二勝目を挙げ、初タイトルまであと一勝と迫りました！』

大盤解説会場から聞こえてくるその報《しら》せに、何故だか胸がザワついた。

「獲らなきゃいけないの。タイトルを。それでようやく……」

「…………ようやく？」

盤王戦第三局はジンジンの圧勝。

早い終局だったため両対局者が大盤解説会場に来ることになったけど……私は次のイベントに備えて休憩するため、そのステージは見なかった。

「単純に覚悟が足りて無いんすわ。将棋で食ってく覚悟が」

　指導対局を終えて次のイベントまでの休憩時間。私は仲のいい女流棋士と二人だけで遅めの弁当を食べてた。

「わざわざお客さんの顔潰すようなマネをするなんてさぁ。いくら腹が立ったからってあり得ないでしょ。そういうことはバレないようにコソッとやれっての！　詰みをわざと逃して嬲《なぶ》り殺《ごろ》すとか色々あるでしょうが！」

「それを小学生に求めるほうが酷なんじゃないし？」

「フツーのガキならそうだけどさ。もう女流棋士になってんだから」

　愚痴《ぐち》を聞いてくれてるのは、恋地綸《こいじりん》女流四段。

『リンリン』の愛称でファンから親しまれてる人気者。私とは学年が同じで、それでこうして仲良くしてる。腹を割って話せるほぼ唯一の女流棋士だ。

　もっともリンリンは誰からも愛されるキャラで、たとえば私と相性《あいしょう》の悪い月夜見坂燎ちゃんなんかとも仲がいい。

「リンリンだって小学生で女流棋士になったから、わかるっしょ？　あいつの意識の低さが」

「うちは………ほら。親が厳しかったし」

　私が見るところ、女流棋士は二つに分類される。

『親が厳しい系』と『みんなから甘やかされてる系』だ。

リンリンは典型的な親が厳しい系で、アマ強豪の父親に泣きながら将棋を叩《たた》き込《こ》まれた。私は直接見てないんだけど、大会で負けたらみんなのいる前で大声で罵倒《ばとう》されてたって。次の対戦相手がリンリンのこと気の毒になってわざと負けてあげるレベルで。

そんなに親が厳しいのに奨励会に進まなかったのは、岳滅鬼翼《がくめきつばさ》っていう超天才が同世代にいたから。

史上初めて女子で小学生名人になって奨励会に入った《不滅の翼》と自分の娘を比較して、パワハラ親父はこう言ったんだそうな。

『お前の才能じゃあいつには絶対に勝てない。だからお前は女流棋士になれ』

私だったら将棋辞めてるわ。

「うちの親の口癖は『一度でもタイトルを獲ったら人生が変わる』でさ……そりゃ才能に見切りを付けられたみたいで悔しかったし？」

「リンリンが凄いのはそこで腐らず女流タイトル獲ったことだよ」

「タイミングがよかったし。『岳滅鬼翼と月夜見坂燎が奨励会にいるうちに獲った偽物《にせもの》のタイトル』なんて言われたし」

「そんなこと……」

「実際その通りだったし」

さっぱりした表情でリンリンは言う。

「一回しか獲れなかったけど、それで一気に女流三段になれて。勝ち星稼いでこの歳《とし》で女流四段。親から離れて一人で暮らせてるし、プレッシャーからも解放されて勝ちにこだわらず好きな戦法だって自由に採用できるようになったし」

──余裕あるよね。タイトル獲った人ってさ……。

金メダルを取ったスポーツ選手がさっさと引退して、タレントに転身して、華々しく活躍するのに似てるのかもしれない。

そんなリンリンの就位式は伝説となっている。

振《ふ》り袖《そで》姿で舞台に立ったリンリンは、式が始まってからずっと号泣しっぱなしだった。周囲も思わず貰い泣《な》きしてて、超感動的な式だった。

途中までは。

『その涙の理由を教えてもらえますか?』

司会者のそんな質問にリンリンはこう答えたのだ。

『これで……もう、お父ちゃんに怒鳴られずに将棋を指せると思うと、ホッとして……』

そのお父ちゃんも就位式には当然出席しており、満座ドン引き。

私はリンリンみたいなお父さんが欲しいとは絶対に思わないし、むしろうちのパパはイケメンだし私のこと溺愛してくれるし最高なんだけど……それでも誰かに早く教えてほしかった。

『一度もタイトルを獲れなかったら苦しいだけの人生だぞ』って。

こうして一緒にお弁当食べてるけどさ……。

本当はリンリンのこと死ぬほど羨ましい!!

タイトルが欲しい!!　ゴールしたい!!

そうすれば私もリンリンみたいに誰からも愛されるキャラになれる!!　自由に、楽に、好きなように生きていけるッ……!!

そのリンリンもタイトルを一期で失って以来チャンスらしいチャンスも作れないでいる。

──じゃあ……同じ歳の私に残されたチャンスは……?

大学の同級生が次々と大企業に就職を決める中、私は女流棋士の道を選んだ。

タイトルという肩書きを手に入れればこの先も私は同級生と友達でいられるし、将棋を好きでいられる。

でもこのまま、ただの女流棋士で終わったら……いつかその決断を後悔しそうで……。

ジンジンが初タイトルにあと一勝と迫ってることすら妬ましい。

他人の幸福を心から祝えない自分が……みじめだった。

──薊姐さんのことだって…………本当は、羨ましかった……。

出産は、将棋から長期間離れることを意味する。

しかも子供を産むことができる年齢と、棋士としての絶頂期は、重なってる。

産休と育休の制度はあるけど、それは不戦敗にならないってだけで、誰かが代わりに将棋を指してお金や勝ち星を稼いでくれるわけでもない。

──だから結婚はしても……子供を産む決断ができる女流棋士は……。

初代女王という最高のゴール《タイトル》をしたからこそ《茨姫》はその決断ができたんだと思う。そしてタイトルを失ったことで将棋に一区切りを付けることができた。

一方で、釈迦堂里奈女流名跡は結婚も出産もしていない。

「……幸せなのかな？　ずっとタイトルを持ち続けてるのって……」

「釈迦堂先生？　確かに大変そうだし。プライベートを犠牲にしてまで将棋に全てを捧げてる感じするし」

ただ……結婚直前まで行ったって話は、関東の女流棋士なら誰でも知ってる。

相手は奥さんを亡くした棋士で、子供が一人いて。釈迦堂先生はかなり乗り気だったらしいけど……。

同じようにタイトルを持ち続けてる名人は、結婚して子供もいて。本もいっぱい出して国民栄誉賞ももらって地位も名誉もお金もたくさん。

でも釈迦堂先生は一人ぼっちだ。この差って何なんだろう？

女流棋士《わたしたち》はプロと比べて対局料も少なければ対局数も少ない。

最近は人数もぽこぽこ増えてて、一局あたりの対局料はどんどん安くなってる。だから生活を成り立たせるためには対局以外で稼ぐ必要がある。

記録係のバイト代。イベント出演料。大盤解説の聞き手。指導対局。それと企業の将棋部の顧問とか。

でも将棋界での仕事は数が限られてて、自分がそこで稼ぐということは……他の誰かの収入を奪ってることを意味する。

それがわかってたら、わざわざ指導対局に来てくれるお客さんの顔を潰すようなマネ絶対にできないよね？

ってなわけで最初の愚痴に戻る。

「やっぱ実家が金持ちだとああいうふうに育つのかね？　今んとこウチに下宿してるけど、ダメならいつでも立派な旅館のお嬢様として何不自由なく暮らせるんだもんねー」

「実家が太い人は余裕あるなって感じはするし。万智《まち》ちゃんとか」

「供御飯万智……」

不意に飛び出した名前は、どこか現実離れして聞こえた。

「……不思議な人だよね。お嬢様で、タイトルも獲って、記者もやって……」

私より年下なのにもうクイーン位まで獲っていて。

普通の女流棋士なら人生を何回やり直したところで到達できないくらい、圧倒的なゴールを決めてて。常に飄々としててコンプレックスなんて欠片も感じない。

それともあの人も、私みたいに焦《あせ》りや妬みを抱えて生きてるんだろうか？

毒を吐いても晴れない気持ちを抱いたまま、私は『たまよん』になって会場へ戻る。

次の仕事はサイン会だ。

色紙は三千円。直筆扇子《せんす》は一万円。これほど割のいいお仕事もそうそうない。追加イベント、ごちでーす☆

「あ、鹿路庭先生！　もうお客さんいっぱい待っていらっしゃいますよ！」

「ほいほい。人気女流棋士は大変だよねぇ」

私の隣は小学生だ。そっちの列もすげーことになってんな……まあこういうサイン会って人気が同じくらいのメンツを並べないと、片方だけ客がゼロで誰にとっても気まずい公開処刑みたいなことになっちゃうから、このほうが気楽っちゃ気楽だけど。

「…………ん？」

ふと、隣でせっせと揮毫《きごう》する小学生の色紙が目に入った。

嫌味なほど達筆な文字はお客さんのリクエストに応じたのか『おは幼女』『ロリこんにちは』っていう「これ事案じゃね？」な揮毫が並んでるんだけど。

それよりも。

「っ！　……あんた、それ――」

その右上に押された、小さな印に視線が吸い寄せられる。

『無極』

どこまで行っても極《きわ》まらない。

つまり……強さには果てがないという、言葉。

ストレートに。純粋に。強さを求める。強くなりたいと願う。どこまでも果てのない道を永久に歩き続けるという決意。

けれどその時、私にはその赤い文字が、こう言ってるように見えた。

『ゴールなんて無い』

タイトルを獲れば楽になれると思ってた。

ファンから侮られることもなくなって、同じ女流棋士からも一目置かれて……何より自分のプライドを満たしてくれると思ってた。

だからタイトルを獲った後の人生を想像して、そのために努力してきた。

——でもその努力って何だ？

愛想笑いを浮かべながら温《ぬる》い将棋を指して客を摑み、書いた色紙の枚数で貰えるお金を計算してる。

将棋が好きで、好きだから負けると悔しくて、誰にも負けないよう強くなるためにしてたはずの努力は……いつしか将棋にしがみついて生きていくための努力に変わってた。

──それってさ……何かが違わない？

私はそんなことのために女流棋士になったの？

名人や釈迦堂先生やジンジンがそんなもののために将棋を指し続けてるとでも？

絶対に違うよね。

「…………そっか。私じゃん。覚悟足りてないの……」

いつからか私は、本気になるのを恐れていた。

対局直前に仕事を入れたのだってそうだ。だって本気の全力で努力して、それでも届かなかったら……もう逃げ場が無いから。

だから見当違いの努力をして、頑張ったふりをして……。

女流棋士に向いてないって偉そうに説教した相手から教えられてりゃ世話は無い。

「チビ。その関防印《かんぼういん》どうしたの？」

「これですか？　女流棋士になった時に、師匠と相談してこれにしました」

ロリコンやるじゃん！　さすが史上最年少タイトル保持者。ただのロリコンとは違うね。

「くれ。それ」

「ええ⁉」

「いーじゃん！　また作れば？　あ、私が使ってるのと交換してあげるから」

ちなみに私のは『耐雪梅花麗《ゆきにたえてばいかうるわし》』。苦労が私をもっと美しくする、みたいな？

「あんたのは二文字。私のは五文字。倍以上だよ？　得した気分になるっしょ？」

「なりません！　っていうかどうして交換する必要があるんですか⁉」

「扇子や色紙ってマニアがいるんだよ。揮毫が変わったり段位や肩書きが変わるたびに買ってもらえるの！」

小学生からカツアゲした関防印を色紙にペタペタ押しながら、私は会場一杯に響き渡るような声で叫んだ。

「さぁさぁ！　鹿路庭珠代女流二段の揮毫が手に入るのは今日が最後かもしれないよ〜！　次は女流名跡って書くし、来年失冠しても女流三段になってるからね！」

「よく言った！」「たまよん一枚！」「俺は二枚くれっ‼」

次々と押し寄せるお客さんたち。これでもう後に引けなくなっちゃったな！

さっき指導対局で絡んできた人は扇子と色紙を両方とも注文してくれて、

「おっ⁉」

そしてすぐに気付いてくれたんだ。

「関防印、前と変わってるね！　こういうのを期待してたんだよ‼」

「こういうの？」

「だってたまよんが『死ぬ気で強くなりたい！』って言ってくれなきゃ、俺たちも思いっきり背中押せないじゃん！」

私は隣の小学生の脇腹《わきばら》を肘でつつく。

「な？　いい人だろ？」

「………悪い人ではないと思います」

まだ納得いかない表情で小学生は渋々認めた。確かに言葉は選んで欲しいと思う。

けど、応援してくれる気持ちは嬉しい。

ファンの声援を素直に嬉しいって思えるの、いつ以来だろう？

「いやー無極無極。ほんと無極だわ。あんたの妹にもリベンジするって宣言しちゃったしさ。ゴリゴリに強くならないといけないわけよ」

「天ちゃんにですか？」

「そ。あのクソ生意気なガキにさ、言ったんだよね。マイナビの一斉予選で負けたときに……『四十年後にまた戦って、弱くなった貴様に勝つ‼』って☆」

「鹿路庭先生が天ちゃんに勝つのは四十年後でもかなり難しいと思います……」

「言うなお前⁉」

小学生のぷくっとしたほっぺに墨で○を書きながら、誓う。本気で強くなることを。

そして二日後に行われた女流名跡リーグ第八回戦で、私は連敗を止めた。

「……………………………書けないんです………」

五度目の打ち合わせの席で俺は頭を抱えていた。

志賀直哉《しがなおや》の『暗夜行路』や川端康成《かわばたやすなり》の『古都』にも登場し、文豪どころか新撰組《しんせんぐみ》も訪れているというスッポン鍋の老舗《しにせ》。

京都では『○鍋《まる》』と呼ぶスッポンの滋養強壮《じようきようそう》スープを啜《すす》っても……書けそうにない……。

ちなみに三度目は明治創業のすき焼き店、四度目は大正創業の猪鍋《ぼたん》店。どちらも個室で打ち合わせをさせていただいてる。

「……こんなこと言って申し訳ないです。打ち合わせ、毎回奢ってもらってるのに……」

「それはお気になさらず。編集長からは『九頭竜を落とすためなら金に糸目を付けるな』と言われていますから」

そこまで期待されていながらこのザマだ。自分が情けなくなる……。

「今はどちらで執筆を?」

「喫茶店とかファミレスとか……環境を変えてみたら筆が進むかと思ったんですけど、人の目があると、書いてるものを見られてる気がして恥ずかしくなっちゃって……」

店員さんが後ろを通ったり水を入れに来てくれたりするたびに慌てて画面を隠すから、ちっとも進まないのだ。

内弟子時代にパソコンが共用だった頃を思い出す。エッチな画像を検索してる最中に桂香さんや銀子《ぎんこ》ちゃんが部屋に入って来たら慌てて隠していた日々……なお履歴でバレてたので後から制裁を受けた。銀子ちゃんから『キモ乳パイチ』と呼ばれたと言えばどんな画像を漁ってたか大体わかってもらえたと思う。

「集中できないのでしたらご自宅で作業なさっては？」

「でも自分の家にいても、いまいち執筆に専念できないっていうか……」

晶《あきら》さんが『先生？　家に居るなら暇なんだよな？　だったら将棋を教えてくれ！』ってしつこいのである。あの人、天衣が小学校に行ってる時間は暇そうにしてるから……。

それに――

「供御飯さんと打ち合わせをした直後は『これで書ける！』って本気で思えて、頭の中に具体的なイメージもいっぱい湧くんです！　けど、いざパソコンの前に座って手を動かしてみると……頭の中にあるはずの言葉が、ぜんぜん出てこなくなっちゃって……」

俺がソフトに関する本を書こうと思ったきっかけ。

それは二ツ塚四段の言葉が引っかかっているからだ

『ソフトに体系的な思考なんて無いのに、それが存在すると錯覚して異様な感覚を育て……普通なら妄想で終わるそれが、九頭竜八一だけは勝ち続けてる』

あいつ俺のこと雷《いか》よりヤバいって言いやがったからな……だったら頭の中にあるものを見せてやろうと思ったんだけど……。

やっぱこれ、俺の妄想なのか……？

「頭の中にある言葉、ですか」

供御飯さんは机の上の鍋を片付けると、脇に置いていた鞄《かばん》から何かを取り出す。

「九頭竜先生。こういう方法ならいかがです？」

「へ？」

ふわりと机に布盤を広げ、駒を並べて俺に問う。

「この局面。私ならこう指しますが、先生のお考えは？」

「ああ、矢倉《やぐら》の新しいテーマですね」

供御飯さんの研究用らしい布盤は着物の端切れを再利用したもののようで色鮮やか。駒も使い込んだ物で手に馴染《なじ》む。

「これって後手の急戦《きゅうせん》が超強力なんですよ。ソフトの登場によって矢倉の戦い方は火縄銃が伝来した前と後くらい変わったんだけど、その典型的な形ですね。あっ、ちなみに火縄銃ってのは大駒《おおごま》の利きのたとえで、ソフトの矢倉は大駒の稼働率を高めるのがメチャ上手いんです。で、鉄砲を持った後手に対して先手がどう対抗するかというと、右の金をモリモリ上がって金矢倉……にするんで・す・がッ！　居玉《いぎょく》のままで入城しない。右銀も放置です。なぜかってと、これも大駒の可動域を確保するためなんです。銀が動かないから飛車の横利きを遮《さえぎ》らないし、玉の周囲を固めないから角も自由に動き回れる。プロの共通認識的には先手陣がまとめづらくて実戦的には後手良しみたいな雰囲気になってるんですがホニャラララホイで、ほら！　先手も指せるでしょ？　俺だったらこれ、むしろ先手持ちです」

「できるじゃないですか」

「え？」

「ホニャララホイと駒を動かしていた部分はもう少し説明を加えていただきたいですが、とっても面白かったですよ。鉄砲のところなんてすごくわかりやすくて」

「……今みたいな感じでいいんですか？」

「はい。文字に起こせばそのまま使えます。次からは録音しましょう」

「で、でも本に書く文章ってもっとこう、格調高い表現を──」

「読みやすければ読みやすいほど棋書《きしょ》の価値は高くなります。たくさんの人が手に取ってくれやすくなりますからね」

子供を優しく諭すように供御飯さんは言葉を紡《つむ》いでいく。

「文学作品であれば表現を凝らす意味もありますが、将棋の本で心がけるべきは、難しいことを簡単に、そして楽しく読めるように工夫することです。文字の読めない子供にだって『九頭竜ノート』を読んでほしいですから」

「あっ……！」

その通りだ。

俺も名人の書いた戦法書を貪《むさぼ》るように読んだけど、あの頃《ころ》はまだ平仮名と数字しか読めなかった。内容もたぶん、半分くらいしか理解できてなかった。

それでもページをめくるたびにワクワクして、早くここに書いてある戦法を実戦で体験してみたいって思って……。

――そんな本を、俺も書くんだ‼

数分前まで書けないと悩んでたのに……気付けば今すぐ原稿を書きたいと思っていた。アイデアやイメージが溢《あふ》れんばかりに湧いてくる。熱い……‼

これが……編集者の力なのか……⁉

「この調子でお願いします。締め切りにはギリギリ間に合いそうでしょうか？」

「い、いやでも！　今のは供御飯さんが俺の言葉を上手く引き出してくれたっていうか、一人じゃまだ全然自信ないっていうか……」

「では……今みたいに私がお手伝いすれば書けそうですか？」

「そ、そうですね。一人で書くよりは、ずっといい…………でもそんなの無理ですよね？　だって女流名跡リーグも佳境だし、山城桜花《やましろおうか》の防衛戦の準備もしなきゃだし……」

「……確かにあまり長く時間を割くことはできません。が、一つだけ方法があります」

供御飯さんが口にした、その方法とは――

「カンヅメになりましょう」

「か、缶詰？」

「九頭竜先生をどこかの旅館に閉じ込めて執筆以外のことをできなくしたうえで、今のように私が付きっきりでお手伝いします」

あっ、そのカンヅメか。売れっ子の漫画家とか文豪が出版社に原稿を急《せ》かされた時、最後の手段として登場するやつだ。

すごいなぁ。俺も文豪みたいな扱いを受けるほどになったんだなぁ。そんな感じでワクワクした気持ちにすらなっていたのだが――

「ん⁉　あれ⁉　ちょっと待ってください！」

とんでもない事実に気付いて青くなる。

「そ、それってつまり……俺と供御飯さんが二人で旅館に何日も泊まるってことですか⁉」

「短期間で仕上げるには他に方法がありません」

私のことはご心配なく――と、供御飯さんは言った。

「編集長からきつく命じられていますから。『九頭竜を落とすためなら手段を選ぶな』と」

「そういうわけで、しばらくどこかの旅館にカンヅメになることになりまして……」

帰宅後、直ちに事の成り行きを内弟子に報告した。

黒いレースのネグリジェ姿でスマホ片手に寛いでいた天衣は視線だけこっちに向ける。

「どこかって？」

「いや俺も知らないっていうか、多分その、京都のどこかだとは思うんですけど……きっと昔の文豪とかがカンヅメになってたような古い旅館なのではないかと……はい」

「誰と行くの？　一人じゃないのよね？」

「へ……へんしゅうしゃさん……」

「………………」

痛い！　沈黙と視線が痛いィィッ!!

天衣はおそらく俺が誰と棋書を作ってるか知ってる。このカンヅメの提案が誰からされたものかも知ってる。

当然このカンヅメ旅行がエッチなものになりかねない可能性についても気付いているだろう。仕事なのにどうしてエッチなのかって？　なぜならそれは供御飯さんの存在自体がエッチだからだ。エッチ×温泉旅館＝∞《おっぱい》という公式が成り立つからだ。

そりゃねぇ……俺だって供御飯さんからカンヅメの話を聞いたときは思ったもん。『やばいな』って。締め切りじゃなくて理性がね。カンヅメされる本人すら自分が信用できないんだから天衣が俺を信用してくれる可能性なんてゼロでしょ？　あ、これ詰んでるかも……。

「ま、いいわ。仕事だしね」

「えっ⁉　いいの……？」

「仕事しに行くんでしょ？　いかがわしい行為に耽《ふけ》るためにその編集者とやらと旅館に引きこもるわけじゃないんでしょ？」

「違います違いますいかがわしくないです仕事です‼」

ぶんぶんと首を縦に振ったり横に振ったりしながら俺は「仕事です‼」と繰り返す。

「そもそも将棋のタイトル戦だって女流棋士と一緒に温泉旅館に泊まるじゃない。いちいち気にしてたらキリがないし、お互い気詰まりだもの」

天衣はそう言って髪を軽く搔き上げると、

「私もどこかで家を空けるつもりだったし。タイミングを合わせるわ」

「そういえばお前、いつもどこ行ってんの？」

一緒に暮らしてわかったが、天衣は家にいる時間が極端に短い。

同じ小学生だというのに、あいとは全く違う行動を取るのだ。同級生を家に集めてワイワイやるなんてことも一切ないから寂《さび》しい……いやいや！　その……女子小学生としてちょっと寂しいんじゃないのかなー？　って意味だぞ！

門限を決めた割には自分がそれを破るのもしばしばで、そのせいであんまり顔を合わせないから同居してるって感じが薄いんだよな。ま、家が広いってのもあるんだけど。

「どこって、仕事よ。普通でしょ？」

「普通、小学生は仕事しないんだが」

「時間のあるうちに家業を承継する準備を進めてるの。女王戦と女流玉座《じょりゅうぎょくざ》戦の進行が止まったままだから。ほら将棋手帳を出しなさい」

「あ、ああ……」

天衣はスマホのスケジューラーに、俺は将棋手帳に、それぞれの予定を書き込んでいく。

そうしていると、不意に「ふっ」と天衣が柔らかく微笑《ほほえ》んだ。

「……不思議ね」

「ん？」

「家の中で一緒に過ごす時間よりも……こうやってお互いの予定を摺り合わせてるときのほうが、一緒に住んでるっていう気がする」

「っ……！」

不意打ちのように飛んできた言葉と笑顔に、俺の心臓は大きく跳ねた。

あいならきっと、供御飯さんと二人でカンヅメなんて絶対に許さない。姉弟子は許すふりをするけど後々まで根に持って、将棋で供御飯さんに仕返しをするだろう。

けど天衣は……許した上で、こうやって俺の心に首輪を掛ける。

『信頼』という名の首輪を。

グランドゲ
引っ込み思案な
少女と織りなす、
もどかし
青春ラブコメディ！
GA文庫
ジーエー
GA EXPLORER
えくすぷろ〜らあ
2021年9月
September No.188
イラスト：maruma（まるま）
https://ga.sbcr.jp/

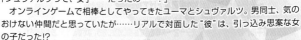

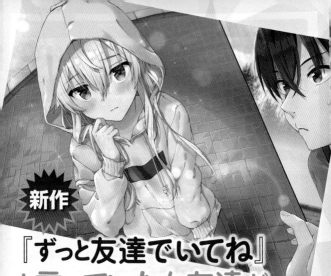

第四譜

☖タイムスリップ

その特急電車は、京都《きょうと》駅の隅に停まっていた。

「ここ……で、いいんだよな？」

あまりにも駅の隅っこなので若干不安を感じつつ、俺《おれ》は供御飯《くぐい》さんを待っていた。あの人が待ち合わせ時間に遅れるのは珍しい。

「にしても、まさかカンヅメする場所があんなところだとはなぁ。てっきり京都市内だと思ってたけど——」

と、その時である。

「竜王サァ〜ン♡」

ぽよよよん。ぽよよよん。と弾むような足取《あしど》りでこっちに向かって駆けて来る美女に、俺だけではなく京都駅に集う人々の視線が全集中する。

「じゅ、じゅんびが………はぁはぁ………手間取って………」

遅刻して登場した供御飯さんは、髪は黒髪ロングだけど眼鏡《めがね》はしていて、棋士の時と記者の時のちょうど中間みたいな感じだ。

「身支度する時間まで取れなくて……恥ずかしいわぁ。こない中途半端《ちゅうとはんぱ》な格好で……」

大きなキャリーバッグを二つも引いている供御飯さんの服装は、ぴったりしたニットのセーター。胸が強調されて大変なことになっている。

「すごい…………お荷物、ですね………お、お疲れ様です……」

二つの大きな荷物（隠喩）をチラ見しつつ、俺は供御飯さんを労《ねぎら》った。

黒髪ロングに眼鏡って、どうしてこんなに合うんだろう？　あと、ニットのセーターに巨乳の組み合わせも全《すべ》ての男を頓死《とんし》させるためにあるんじゃなかろうか？

色気が服着て歩いてるみたいな存在からドギマギして目を逸らしつつ、尋ねる。

「こ、この電車でいいんですか？」

「あい。先頭どす」

ゴロゴロとキャリーバッグを転がしながら先頭車両に向かう。

先頭車両の、さらにその前半分だけがグリーン車になっているようで、供御飯さんはそこに席を取ってくれていた。

「ガラッガラだな……もしかして俺たちだけ？」

「平日ならこんなものどすよ」

貸し切り状態のグリーン車だが、切符に印字された席は隣同士。

うーん……。

こういう場合、他に人がいなければ離れた席に座ってもいい……よね？　一応仕事だし、さすがに俺は彼女もいるから…………まだ振られてなければだけど……。

「九頭竜《くずりゅう》先生」

左手で眼鏡を押し上げながら、記者の口調になって供御飯さんは俺の服を引っ張る。

「グリーン車にしたのは観光を楽しむためではありません。快適な環境で執筆することで一文字でも多く書き進めていただくためです。私が隣の席でサポートさせていただきますので、どうぞこちらに」

「あっはい」

そんなわけで俺は供御飯さんの隣に腰を下ろす。

ノートパソコンを開いて仕事の準備をしてるあいだに電車が出発した。さすがに気になって窓の外をちらちら見てると、供御飯さんが聞いてくる。

「嵯峨野《さがの》線に乗るのは初めてですか？」

「だと……思います。あっちのほうでタイトル戦はやったことありませんから」

亀岡《かめおか》とか福知山《ふくちやま》とか、京都の北へ向かう路線のはず。

「子供の頃に姉弟子《あねでし》と二人で電車に乗っていろんな地方へ道場破りに行ったこともありましたけど、岡山《おかやま》とか広島《ひろしま》とかそっち方面でしたね。強い道場があるからって」

「そろそろお仕事に集中しましょうか」

「あっはい」

カチャカチャとキーボードを叩《たた》く新人作家。

それを美人編集者さんが、じっと見詰めている。

真横で監視されてるから一瞬たりとも気が抜けない。誤字脱字はもちろん、キータッチの変な癖《くせ》も「効率が悪い」と厳しく指摘された。あれ？　これって想像以上の拷問なのでは？

しばらく仕事をして、進み具合が悪くなってくると――

「集中が切れてきたようですね。駅で買っておいたお弁当で栄養補給をしましょう」

「やった！　駅弁ですか？　どんな種類の――」

「そのまま！」

はしゃぐ俺を鋭く制し、供御飯さんはとんでもないことを言い出す。

「私が食べさせて差し上げますので、先生はそのまま作業を続けてください。目は画面、手はキーボードです」

「ええっ⁉　さ、さすがにそれは――」

「はい。あーん」

「あ……………あーん……」

「手はキーボード」

「はい」

ごはんをもぐもぐ。お茶をぐびぐび。パソコンをカチャカチャ。

まるで介護である。たまに「おいし？」とこっちを覗《のぞ》き込んで聞いてくる供御飯さんを見ていると……なぜだか既視感があった。

向こうも同じことを考えていたようで、

「小学生名人戦が終わってから、こなたが竜王サンを将棋《しょうぎ》合宿に誘ったことがおざりました。そのときもこうやって、将棋に夢中の竜王サンにこなたが横からご飯と飲み物を。ふふふ」

「あっ……」

そうだ。思い出した。

食事の時間も将棋を指したくて、でも出てきたご飯が海苔《のり》の付いてないおにぎりだったから手が汚れるのを嫌って食べないでいたら、万智《まち》ちゃんが食べさせてくれたんだった。

懐かしいなぁ……。

「そういえばそうでしたね。あの頃《ころ》はほら、万智ちゃ……供御飯さんみたいに甲斐甲斐《かいがい》しくお世話してくれる女の子が新鮮で。だから甘えちゃってたんだと思います」

当時を思い出しながら、しみじみと語る。

「俺の周りには……俺が世話を焼かないと何もできない女の子しかいませんでしたから……」

「銀子《ぎんこ》ちゃんとお燎《りょう》やね？」

「名前を口にできない方々です」

しっかりと口を閉ざして執筆のお仕事に専念する。無駄口を叩いてる暇は無いのだ。

カチャカチャカチャカチャ……ッターン！

と、キリのよいところまでキーボードを叩いた俺は、書き上げたばかりの原稿の量を見て驚いた。

「……二時間でけっこう進みましたね」

「移動中の仕事は捗《はかど》るんです。経験上」

供御飯さんは満足そうに頷《うなず》く。原稿が進んだからか機嫌がいい。

「俺……何とかなる気がしてきました！　宿に着いたらバリバリ頑張りますッ‼」

「ふふ。期待しています」

頭をなでなでしてくれる美人編集者。飴《あめ》と鞭《むち》の使い方が絶妙だ。飼い慣らされていくなぁ。

そんなことをしていると、電車が止まった。

「あれ？　もう目的地ですか？」

「あと一駅です。ただ――」

眼鏡を外した供御飯さんは元の口調に戻りながら、

「この宮津《みやづ》駅からは逆方向へ走るんどす。数分だけやから、座席をひっくり返す必要はおざりませぬ」

その言葉通り、電車は後ろ向きにゆっくりと進み始める。

不思議な感覚だった。

「……こうして後ろに向かって走っていくと、なんだかタイムスリップしてるみたいな気持ちになりますね」

「タイムスリップ？」

「ええ。景色も時間も、ぜんぶ逆回転していって……気がついたら俺たちも、子供に戻ってるんです」

「子供に……戻る……」

仕事のしすぎで疲れていたんだろうか？

執筆作業は己《おのれ》の内側だけを見詰め、過去の記憶を呼び起こす作業だからだろうか？

急に変なことを言われて戸惑ったんだろう。供御飯さんは小さな声で、

「……竜王サンは、やり直したいん？　今までの人生を……」

「どうだろう？　間違えてばっかの人生ですからね。ここ最近は特に悪手《あくしゅ》しか指してない気がします。『待った』したくもなりますよ。ははは」

でも、やり直したところで結果は同じな気がする。

細部は変わるかもしれない。

しかし結局……銀子ちゃんは俺の前から消え、あいも離れていく。

「将棋もそうでしょ？　その時に自分が指せる最善を追究し続けてきたからこそ、やり直しても全く同じ棋譜《きふ》が残る。いつもだいたい同じところで間違えますからね」

「竜王サン……」

痛ましいものを見るように、俺の横顔を見詰める供御飯さん。

その視線に耐えられず話を打ち切った。

「そもそもタイムスリップなんてできないんだから、こんな話をしても無意味ですね。すみません供御飯さ――」

「してみやす？　タイムスリップ」

「え？」

俺の手に、するりと指を絡《から》ませると。

その女の子は出会ったばかりの頃のように、俺のことを下の名前で呼んだ。

「着いたで。…………八一《やいち》くん」

あの頃みたいに、ちょっと恥ずかしそうに。

設営

「あそこに見えるのが日本三景の一つ『天橋立《あまのはしだて》』になります」

「おお〜〜〜!!」

眼下に広がる絶景に目を奪われる。松林に覆《おお》われた白い砂の道が、海の上を走っていた。

電車の旅の終点は、ここ――天橋立。

松島《まつしま》や宮島《みやじま》と並び称される名勝だ。もちろん俺は初めて来る。

チェックインまで少し時間があったため、せっかくなのでと駅のロッカーに荷物を預けて『天橋立ビューランド』なる展望台にやって来たのだ。

絶景をバックにした俺の写真を撮影しつつ、供御飯さんは言う。

「天橋立の別名は『飛龍観《ひりゅうかん》』。こうして上から眺めると空を飛ぶ竜のように見えることからそう呼ばれているそうです」

「なるほどねぇ。『九頭竜ノート』を書き上げるにはもってこいの場所ってわけですか」

「ふふ。いつかこれも九頭竜八一伝説の一つになるかもしれませんね？」

それにしてもこの展望台、カップルだらけである。

映える写真を求めてツーショット自撮りする恋人たちの中で、飛び抜けて美しい女性が俺みたいな平凡な男を一方的に撮影してるという状況は嫌でも周囲の目を引く。

「お、俺たち……明らかに浮いてますよね……？」

「本を作るには写真も重要です。表紙や著者近影に使いますから。これも仕事ですよ？」

細かくポージングの指示をしながら淡々とシャッターを切る供御飯さん。

電車を降りるとき一瞬だけ俺のことを「八一くん」と呼んだ幼い頃の面影は、既に消え去っていた。

もしかしたら幻聴だったのかもしれない。

過去を懐かしむ俺の心が、勝手にそう聞き間違えたのかも……。

「にしても駅のすぐ裏に展望施設まであるなんて、さすが日本三景って感じですね！　しかもここ、土産物屋や小さな遊園地まであるし」

「宿もここから徒歩三分ですよ」

時計を気にしていた供御飯さんが俺を促す。

「行きましょう。そろそろチェックインの時間です」


「へぇ～！　いや、鄙《ひな》びたいい部屋じゃないですか！」

供御飯さんが確保してくれたのは、海沿いに建つ歴史ある旅館。

その二階の角にある和室が、俺がカンヅメになる部屋だった。

「窓から天橋立も見えますし最高ですね！　ここならいくらでも原稿書けちゃいますよ‼」

「そうですか。ではさっそく設営します」

「せ、設営？」

動揺する俺を放置して供御飯さんはキャリーバッグをバコンと開ける。

中から出てきたのは、パソコンに電源コード、養生テープ等々。およそ女子旅に似つかわしくない工具の数々である。

そりゃこんだけ工具類を詰めてたら遅刻もするし、自分の身支度も後回しになるよなぁ……と思っていると、供御飯さんはそれらを使ってテキパキと執筆環境を整えていく。

「ひぇぇ……あっというまに、タイトル戦の記者室みたいに……！」

「紙と万年筆だけで本が書けるわけじゃありませんからね。昔の文豪のカンヅメとは違って」

コード類をまとめながら供御飯さんは説明する。

「それにタイトル戦の会場になる旅館は、この宿のように年季の入った場所も多いですから。このくらいできないと囲碁将棋の記者は務まりません」

普段から様々な旅館で記者として仕事する供御飯さんだからこそ、こういう鄙びた宿でカンヅメができるってわけか……いい担当さんに手伝って貰《もら》える幸せを改めて噛《か》みしめる。

「よーし！　バリバリ書くぞ!!」

俺も自分のノートパソコンを机の上に置くと、さっそく仕事に取りかかる。

「あ、その前にスマホの充電したいんですけどコンセントってどれ使ったらいいです？」

「スマホはお預かりします。執筆の妨げになるので」

「え!?　で、でも………ほら、最新の棋譜を調べたり――」

「それはおっしゃっていただければ私が検索いたします。カンヅメなんですから、先生は外部とのあらゆる連絡手段を絶っていただかねば」

「いや、けど、その………れ、連絡が取れなくなると、心配する人が――」

「いませんよね？　内弟子《うちでし》は出て行ったし彼女には捨てられたし」

「あうあう……」

天衣《あい》と一緒に住んでることは内緒なので反論する材料がない。

「誰《だれ》のせいでカンヅメをすることになったんでしたか？」

「お、俺です……」

「『供御飯さんと一緒じゃないと書けない』って泣きついてきたのは誰でしたか？」

「お……俺…………です……」

「タイトル戦に来たと思って執筆だけに集中してくださいね？」（ニッコリ）

ついでに財布も取り上げられた。

あれ？

知らない街でこれやられるのって……ソフトな監禁じゃない？

ようやく事態の重大性を認識し始めた俺を、さらなる衝撃が襲う。

「さてと、次は……そうそう。作業スペースを確保するために押し入れの布団《ふとん》を全て撤去してもらわないと。フロントの番号は――」

「ちょっと待ってよ！　どこで寝るんです⁉」

「食事や睡眠は隣の部屋で行っていただきます。一室で全部やるとダラけてしまいますから」

うん。確かに隣の部屋も取ってたよね。

当たり前だよね。だって仕事とはいえ男と女が一人ずつだもんね。

けど俺はそこにあなたが泊まるもんだと思ってたんだ。

「じゃ、じゃあ……供御飯さんは、どこで寝るんです……？」

「私も隣の部屋で休ませていただくつもりです」

それから供御飯さんは眼鏡を外すと、弦の端を軽く咥《くわ》えて囁《ささや》いた。

「ちなみに……お布団は、一組しか敷きません」

「そ、それって……！」

「ええ。先生のご想像の通りですよ……」

吐息のようなその声に、俺の脳内でご想像が炸裂《さくれつ》する！

鄙びた宿。温泉。

色気ムンムンの美人編集者と、幼馴染《おさななじ》みの新人作家。

一室にカンヅメになり執筆に励む二人。

しかし作家はスランプに直面！

刺激を与えようと文字通り一肌脱ぐ、お色気の化身――

『先生……今夜は寝かしませんえ？』

そして二人はその夜、初めて繋《つな》がる……天橋立のようにッッッ!!

なーんてのは妄想でしかなく。

「九頭竜先生が起きているあいだに私が寝て、私が起きているあいだは九頭竜先生も起きているんです」

「いま俺が寝る時間なかったよね？」

「その通りですが」

そ、その通りですがって……。

敏腕美人編集者はニッコリ微笑《ほほえ》むと、牢獄のように整った執筆環境を示して言う。

「原稿が終わるまで、まともに寝られるなんて思わないでくださいね？　せ・ん・せ♡」

今夜は寝かさないどころの話じゃなかった。

死ぬわこれ。

☖　合宿

「八一くん。おきて……」

目を開けると黒髪の少女が不安そうにこっちを見詰めていた。

ここは…………どこだっけ？

あっ！　そうだ思い出した。小学生名人戦で知り合った女の子に誘われて、将棋合宿に来てたんだった……ここはその会場の、京都のお寺だ。

夜中にぼくを起こしたその女の子の名前は――

「万智ちゃん？　どうしたの、こんな夜中に……」

「…………っこ……」

「ん？」

「……トイレ、付いてきて？　暗いし……こわい……」

「ええ!?　ぼ、ぼくがぁっ……!?」

確かにお寺は暗いし、古いし、お化けとか出そうでこわい。一緒に付いてきて欲しいって気持ちも、わからなくもない。

けど……お、女の子のトイレに一緒に行くなんて、それいいの!?

「おねがいどす八一くん……このままやったら、こなた………ふぁ……！」

「わ、わかったよ！　行く行くっ！」

万智ちゃんはいい子で優しくて将棋も強いけど、すぐに泣いちゃうから、ぼくはいつも困ってしまう。

「一緒に行くから泣かないで？　ね？　万智ちゃん……」

モジモジしてて泣きそうな万智ちゃんとこっそり布団を抜け出して、ぼくらはトイレに向かった。

真っ暗な廊下を、ぼくが先頭に立って、足音を殺しながら歩く。

万智ちゃんはぼくの服の裾《すそ》をギュッと握り締めて、後ろから付いてくる。

お寺のトイレは古い和式が一つだけで、ぼくらは交替でおしっこを済ませた。万智ちゃんがいちゃいけない気がして慌てて耳を塞《ふさ》いだ……ちょっとだけ聞こえちゃったけど……。

「んっ…………ふわぁ……ぁ……♡」って気持ちよさそうにトイレに入ってるのは、何だか聞
そしてぼくの布団まで戻ると、

「八一くん。このこと……こなたと二人だけの秘密にしてね？」

万智ちゃんは自分の布団まで帰るのがこわいからと、ぼくの布団に潜り込んでそう言った。

……また秘密が増えちゃったな、と思った。

そもそもこの合宿に来たのも、銀子ちゃんが検査のための入院をすることになって、それでぼくが師匠の家で一人になるからで。

『加悦奥《かやおく》先生の主催する合宿に招かれるなんて大したもんや！　あの《老師》は若手の才能を見抜いて異名を付けるのが得意やからな。将来の名人候補と本に書いて貰えるよう、しっかり実力をアピールしてくるんやで？』

師匠は大喜びで背中を押してくれたけど、桂香《けいか》さんは難しい顔をして、

『でも八一くん。このことは銀子ちゃんには秘密のほうがいいわね』

『へ？　桂香さん、どうして……？』

『だって自分は入院してつまんなかったのに、八一くんだけ楽しく将棋合宿に行ってたなんて

知ったら……銀子ちゃん、どうなると思う？』

『はわわわわ……』

そんなわけで、この合宿に来たことは絶対に秘密なのだ。

布団の中で万智ちゃんは、ぼくにこう囁き続けていて——

「八一くん？　もう寝てもうた？　こなた……八一くんのこと、もっともっと知りたい。八一くんの好きな駒《こま》。八一くんの好きな戦法。八一くんの好きな棋士。八一くんの好きな………」

——はっ⁉

「九頭竜先生？　起きてください。九頭竜先生！」

目を覚ますと、将棋盤の向こう側から身を乗り出して俺の肩をゆさゆさする供御飯さんの姿があった。

その姿は……さっきまで見ていた少女のものとは全く違う。

全体的に大きくなってる。

特に胸は大きくなりすぎてて、俺の肩を揺するたびに、そっちはさらに大きく揺れて——

「ご、ごごごッ、ごめんなさい‼　見てません寝てません見てません寝てませんッッ‼」

「寝るなとは言いません。作業さえ続けていただければ」

無理です。

「あと、私の胸を見て作業が少しでも捗るならいくらでもお見せしますから言ってください。右ですか？　左ですか？　それとも両方？」

「ご……ご冗談を。ははは……」

完全に目が醒めたわ。さーてお仕事お仕事！

供御飯さんと同じ部屋でカンヅメになることにより作業効率は飛躍的に向上した。

敏腕編集者は俺が一人で書き散らしてた原稿を一読すると、開口一番、

「九頭竜先生の頭の中にある特殊な感覚に名前を付けるところから始めましょうか」

と、執筆の方向性を定めた。

「感覚に名前を付ける？　それって具体的にはどういう……？」

「たとえば『幼女にしか興奮しない』という感覚に『ロリコン』と名前を付けると、ぐっと伝わりやすくなりますよね？　そういう感じです」

「すごく納得できるけど納得できない……」

火縄銃のたとえで出した大駒《おおごま》の『稼働性』の他にも、囲いの『相対性』や『可塑性《かそ》』、駒の価値の『可変性』、居飛車《いびしゃ》と振り飛車《ふびしゃ》の『二形性』など、供御飯さんはコピーライターとしても有能さを見せつけた。さすが《浪速《なにわ》の白雪姫》の名付け親……。

俺の妄想でしかなかった手順の数々は瞬く間にラベリングされていき、現実世界で通用する戦法へと昇華していった。

実際に将棋盤を挟んで会話と手談《しゅだん》の両方を駆使しながら、供御飯さんは俺の頭からアイデアを搾《しぼ》り取っていく。

たとえば『意外性』のページを作る際は、こんなやり取りをした。

「俺たちプロ棋士は駒の利《き》きを感覚的に摑《つか》むことができるけど、それでも完璧《かんぺき》じゃない。脳内将棋盤を動かすことで視覚的に思考している以上、やはり『盲点』はあるんです。けどソフトはそこを補ってくれる」

「人間的に違和感のある評価が出た場合、そういった部分をソフトの間違いと断じるのではなく、逆に深く調べてみると？」

「はい。相手は研究してない場合が多いし、そもそも盲点になってて深く読んだ経験すら無い局面が続くから中盤以降も正確な指し手が返ってくる可能性は極《きわ》めて低い。こっちが一方的に殴り続けられるんです」

「九頭竜先生の実戦例だと、たとえばこの将棋などでしょうか？」

「そう！　この手順を選んだのは、まさにその発想で――」

供御飯さんの頭の中には、俺の指した将棋が比喩ではなく全部入っていた。

公式戦で指した将棋はもちろん、その感想戦で出た変化や、発言した俺ですら忘れていた手順までもが。

――観戦記者だからこそ、だな。

俺はあいと一緒の部屋に住んでいた。けれどその内弟子《あい》ですら立ち入れない場所がある。

公式戦の対局室。

そこで俺と一番長く過ごしたのは……あいでも、姉弟子でも、対局相手でもなく、観戦記者として常に盤側《ばんそく》にいた――供御飯万智。

あいの稽古《けいこ》や姉弟子との研究会で手を抜いてたわけじゃない。ただ公式戦に比べればどうしても真剣味が薄れるのも事実。実戦でなければ出せない殺気というものがある。

『一局の実戦は千局の練習将棋に勝る』

将棋だけじゃなくどんな勝負の世界でも当てはまることだろう。

さらにタイトル戦ともなれば、その真剣度は普通の公式戦とも桁違《けたちが》い。

名人を筆頭に、タイトル保持者《ホルダー》は誰もがあの閉鎖空間でしか見せない極限の勝負術を持っている。格闘ゲームの超必殺技みたいなものを。

それは練習将棋を一万局指したって届かない世界だ。

供御飯さんは俺の直近のタイトル戦のほぼ全てで記者か記録係として対局室にいた。しかも相手がソフトの化身みたいな於鬼頭《おきと》先生のタイトル戦で。

――俺の感覚を受け容れる下地はできていたということか。

そして南禅寺《なんぜんじ》で指した将棋は、供御飯さんが『意外性』のある局面の中盤でも驚くほど正確な指し手を返すことができると証明していた。

「あの……供御飯さん？　俺からもちょっと質問いいですか？」

「何でしょう？　私が選んだ局面に何か問題がありましたか？」

「あっ、いえ！　将棋の話じゃなくて――」

仕事中にこんなこと聞いて怒られないかな？

でも、どうしても気になるから、思い切って質問する。

「俺って昔、供御飯さんのこと『万智ちゃん』って名前で呼んでたじゃないですか？　そっちも俺のこと『八一くん』って名前で呼んでくれてたし」

「っ……」

「さっき夢の中に小さい頃の供御飯さんが出てきて。それで少し気になったんです。いつから名字で呼び合うようになったのかなって」

あの泣き虫だった万智ちゃんと、今のしっかり者の供御飯さん。

その二人がどうしてもピッタリ重ならなくて、それがずっと気になっていた。

「……小学生名人戦が終わった後、夏休みの初日に関西将棋会館へお燎と遊びに行ったことがおざりましたよな？　憶《おぼ》えてはる？」

供御飯さんは盤面を一人で動かしながら話し始める。

「ああ……ありましたね。なぜか俺が途中で家に帰ったという。何で帰ったんだっけ？　姉弟子に何か言われたような……？」

「あのとき、銀子ちゃんに勝負を申し込まれてん。お燎と二面指しで」

……へ？

「『わたしが勝ったら二度と関西将棋会館に来るな』って。お燎はその条件で受けたけど、こなたは別の条件にしてほしいと願いしたのどす。研修会に入ることが決まっていたゆえ」

盤上には矢倉《やぐら》九一手組みと呼ばれる昔の定跡《じょうせき》が出現していた。

それは当時、あ、の、子が一番よく使っていた定跡で。

「そして銀子ちゃんは将棋に勝って、言うたんや」

圧倒的優勢だった後手《ごて》が最後の最後で頓死するという衝撃的な棋譜を並べ終えると、供御飯さんは質問への答えを口にする。

「『二度と八一って呼ぶな』……と」

そう語る時の供御飯さんの表情は、まるで今にも泣き出してしまいそうで。

あの時の少女と、ピッタリ重なって見えて――

「そんなことを約束させたんですか？　銀……姉弟子が？」

「あの日から一度も、こなたは銀子ちゃんに勝てぬままや」

終局図を悲しそうに見詰めていたその女の子は……やがて顔を上げると、俺の目を見て微笑んだ。

「けど、今なら勝てそうな気がしやす。きっと九頭竜ノートのおかげやね？」

天橋立神社

「単に長い泥道にしか見えないですね……」

実際に天橋立を歩いてみると、驚くことに五分くらいで飽きた。

「上から見たらあんなに綺麗《きれい》で幻想的だったのに、歩いてみると松の生えた泥道が延々と続くって感じしかしなくて……想像以上にテンション下がりますね……」

「そう？　こなたは楽しい！」

せっかく観光地に来たんだからせめて一時間だけでも観光させてくれという俺の懇願《こんがん》を、供御飯さんは渋々といった感じで認めてくれた。

しかし外に出てみると様子は一変。

最初に行った知恩院《ちおんいん》というお寺からもうテンションは爆上がり。扇子《せんす》の形をした珍しいおみくじを引き（境内の松の枝にぶら下げる）、頭がよくなるという煙を浴び（お前もたくさん浴びろと言われた。馬鹿《ばか》だからか？）、天橋立に繋がる廻旋橋《かいせん》という珍しい橋ではキャーキャー言いながら写真を撮りまくり（船を通すために回転するらしい）、途中に建っていた茶店で名物の『あさり丼』に舌鼓《したつづみ》を打つ（美味《おい》しかった）。

そして今、道の端に見つけた石碑？　のようなものを見て俺にカメラを押しつけながら、

「竜王サン！　これっ！　これとこなたで写真撮って！」

「何ですかこれ？　石碑が二つ並んでますけど……」

「与謝野鉄幹《よさのてっかん》と晶子《あきこ》の歌碑やないのっ！」

めちゃテンション上がってるなぁ……。

歌碑の前で記念写真を撮ると、今後は「ふあ⁉　あ、あそこには岩見重太郎《いわみじゅうたろう》の試し切りの石がっ‼」と、地面に転がってる石をキラキラした目で見詰めている。

わ、わからん……歴女ってやつなのか？

妹弟子《いもうとでし》の綾乃《あやの》ちゃんにちょっと似てるな……みたいなことを思っていると、俺のかなり前を弾むように歩きながら、供御飯さんはテンションが高い理由を口にする。

「実はこなた、卒論は与謝野晶子について書こうと思ってましてん。せやから縁《ゆかり》の地であるこの天橋立は絶対に来たい思うてたのどす！」

「卒論？　将棋の観戦記についてとかじゃないんですか？」

「そっちはお仕事。せっかく大学でお勉強するんやし、社会に出てからでは学べんことを今のうちに取り組んでおきたいゆえ」

真面目《まじめ》な人だなぁ。

「与謝野晶子ってアレですよね。ほら。き、きみ、き…………金底《きんぞこ》の歩岩より固し？」

「『君死にたまふことなかれ』のこと言うてるん？」

すまんな中卒で。

「それも有名どすけど、こなたは処女歌集《デビュー》の『みだれ髪』が特に好きなんどす」

「あっ！　それ聞いたことあります。内容は知らないんですけど……」

「セックスの歌やね」

「ぶっ！」

何もないはずの泥道で俺は盛大に転んでしまった。

せ、せせせせ……セッ……！

「髪が乱れるほど激しいセックスをした後を想像させるのが『みだれ髪』の歌どす。収録歌は他にもかなり際《きわ》どい歌がぎょうさんあって……ふふふ。初めて読んだときはこなたもドキドキしたものやわぁ♡」

明治時代に二十歳の女性がそんな歌を発表したもんだから、世間からはメチャメチャ叩かれたらしい。

おまけに——

「晶子はここ天橋立近くに実家がある先輩歌人の与謝野鉄幹と不倫関係になって、駆け落ちみたいに結婚したのどすが、そういう行状も世間から批判されたんどす」

「略奪婚ってやつですか……」

「実際には、その時の鉄幹の妻と晶子はそう悪い関係ではなかったみたいどすけど」

話を聞いてみると、むしろ鉄幹に問題があるようだった。

晶子と再婚してからも他の女性にフラフラ惹《ひ》かれたり……どうしてそんなクズがモテるのかな？　俺には全く理解できないな……。

「世間から批判を受けつつも、夫を支え、子供をたくさん育てて、さらに歌人としても業績を残す。こなたの理想の人物どす」

「周囲から何を言われても自分の信じる道を突き進んだんですね。確かに凄いと思います」

実際、それをするのは難しい。

将棋だけやっていればいいのに、盤面だけ見ていればいいのに、生きていると他のものにもどうしても目が行ってしまう。

しがらみ、とでも呼べばいいのか。

そういうものから解放されて、ただ将棋だけと向き合うためにプロになったのに……自分だけの力ではどうしようもなくなってしまうことが、ある。

もっと先に供御飯さんが一番行きたい場所があるというので、退屈な道を再びテクテク。

「あっ！　あすこどすー」

「あれですか？」

小さな神社だった。

『天橋立神社』っていうそのまんまの名前の、どこにでもありそうな神社なんだけど――

「あれ？　この神社……何か変じゃないですか？　鳥居に小石がいっぱい載ってる……？」

供御飯さんが理由を説明してくれた。

「この鳥居に石を置くと、お願いごとが叶《かな》うんやと」

「へぇー……それでこんなに石が載ってるんですね！」

鳥居だけじゃなくて、周囲を取り囲む塀にも石が載ってる。鳥居は結構高い場所にあるから
そこに手が届かない人たちが妥協したんだろう。

さっそく供御飯さんも石を持ってチャレンジするが――

「んっ……！　やっ……！　も、もうちょっとぉ……」

あとちょっとで届かない。

いや、それにしても眼福だ。

ぴょんぴょんと供御飯さんが跳ねるたびに、お胸もばぃんばぃんと時間差で上下運動をです
ね……真の日本三景はここにあった（あと二つは桂香さんと鹿路庭《ろくろば》さん）。

「どないしはったん？　いきなり地面にうずくまって」

「すまない。膝《ひざ》に矢を受けてしまってな……」

矢を受けたのはもう少し別の部分だが、今はちょっと立てないんだ。

「ふーん？」

供御飯さんはうずくまる俺のところにトコトコと寄ってくると、立ったままこっちをじっと

見下ろして、

「誰かに肩車してもらったら、届くと思うんやけど」

「かっ」

肩車……だと？

「ちょうどいま目の前に、乗りやすそうな肩があるなぁ？」

「……」

視線を少しだけ上げれば……供御飯さんの、細身の割にむちむちした太腿《ふともも》が見える。

あれが……俺の肩に⁉

供御飯さんはうずくまっている俺の前にしゃがむと、にっこり笑ってこう言った。

「して？　肩車」

「……はい」

うずくまったまま、斬首《ざんしゅ》される罪人のように俺は首を前に落とす。

その首筋に――

「よいっ……しょ。ええよー立っても」

じんじんと熱い供御飯さんの太腿《ふともも》や……こ、股間の感触が、首筋や頰《ほお》を包み込む。はわ……

はわわわわ……！

さっきまで走って汗をかいたからだろうか？

少し、その……しっとりしてらっしゃる気が……。

「んッ……！」

やめて色っぽい声出さないでバランス崩れるから！　ギリギリのところで立ってるから!!

「八一くん。ちゃんと脚、持って」

「はっ、はひっ！」

「きゃっ！　も、もっとしっかり摑んでおくれやし！　ぐらぐらして、こわいわぁ……！」

「お、置けました？　石」

「あい」

俺はゆっくりと後ろに下がると、供御飯さんを肩から降ろした。そのまましばらく立ち上がれない。あれだ。膝がダメージを受けてしまったのでな。

耳の辺りから肩にかけての部分が……熱い。

「どないしたん？　こなた、そない重かった？　顔が真っ赤《まっか》になるくらい……」

「い、いやこれは……ちょっと…………う、運動したら熱くなって！　ははは……」

「あっ！　それなら――」

供御飯さんはそう言うと、神社から少し離れた場所へ小走りに向かう。

そこには小さな井戸があった。

「順序が逆になってしもうたけど、参拝前にこの『磯清水《いそしみず》』で清めるんどすー」

「磯……清水？」

「和泉式部《いずみしきぶ》も歌に詠《よ》んだ霊泉や。四面海水の中にありながら少しも塩味を含まぬ清浄な淡水が湧出しておるゆえ、古来から珍重されておざります」

「言われてみれば確かに不思議ですね？　海の上を走ってる砂地に掘った井戸なのに、どうして真水が出るんだろ？」

ネットで調べてみたかったけど、残念ながら財布とスマホは今も敏腕美人編集者に取り上げられたままなので、それはできない。

「せやからこの磯清水はな？　浴びると『真の姿に戻る』いう言い伝えがおざりますのや」

「真の姿に……？」

「戻ってみる？」

「へ？」

供御飯さんは流れ出る磯清水で、丁寧に両手を清めていく。丁寧に、丁寧に……。

木漏《こも》れ日《び》を浴びてキラキラと輝くその姿に見蕩《みと》れていると――

「ほら。次は八一くんの番」

「っ……!!　………う、うん…………」

まだ立ち上がれない俺のために、供御飯さんは両手で磯清水を汲んで――ぶっかけた！

「えいっ」

「わっ⁉　ど、どうして顔にかけるのさ⁉　冷たい冷たい！　やめてってば‼」

「だって八一くんはいろいろこびりついてるやろ？　念入りに清める必要がおざりますのや」

「こびりついてるって何が⁉」

「悪い虫がいっぱい。あと、悪霊とか」

霊泉で俺のことをびしょ濡《ぬ》れにしてから、供御飯さんは期待のこもった眼差《まなざ》しで、

「……呼んで？　こなたの名前」

「くぐ…………まち、さん」

「ちゃん」

「ま、万智…………ちゃん……」

「うん！」

少女のように素直な笑みを浮かべる…………万智、ちゃん。

そして小さくこう漏《も》らす。

「…………ようやく取り戻せた……」

「取り戻す？　……何を？　誰から？」

「ないしょ」

何故《なぜ》だろう？　昔みたいに名前を呼び合っただけなのに……とても罪深いことをしているような気持ちになって、それ以上、問いを重ねることができない。

俺は立ち上がると、その罪悪感から目を逸らすように話を変える。

「と、ところで万智ちゃんは何のお願いを？　やっぱ女流名跡戦《じょりゅうみょうせき》の挑戦者になること？」

「ぶぶー。不正解」

「じゃあ女流名跡を獲得して女流二冠になること？」

「ヒント。八一くんに関係あることどす」

「俺に？」

立ち止まって少し考える。

答えはすぐにわかった。簡単だ。

「ああ……そりゃそうですよね。そのために天橋立まで来たんだから」

供御飯さん……いや、万智ちゃんのお願い事。

それはズバリ！

「俺の処女作の大ヒットを祈願したんでしょ!?　正解ですよね？　ね!?」

「……ないしょどす。ふふふ♡」

「ちょっ！　そ、そりゃないでしょ!?　肩車までしたんだから教えてよ！」

「あははは！　ここまでおいでやすー♡」

少女のように笑いながら、万智ちゃんは松林を抜けて、白い砂浜へと逃げていく。

俺も笑いながら追いかけた。子供の頃に戻ったみたいに二人で追いかけっこだ。

「八一くん。お願い事はまだ言えぬけど……」

万智ちゃんは波打ち際でこっちを振り返り、

「『みだれ髪』に収録されとる歌の中でこなたが一番好きな歌、教えてあげる」

そして胸に両手を当てると――その歌を詠む。


「むねの清水　あふれてつひに　濁りけり　君も罪の子　我も罪の子」


万智ちゃんの唇が編んだ歌は、波の音と一緒に風に乗って俺の耳に届いた。

最初は、綺麗な歌だと思った。

けど……濁る？　……罪？

そんな言葉が散りばめられているのが意外だった。

どういう意味だか調べたかったけど……スマホを没収されてしまっていたので、やっぱりそれは、できなくて――

パシャ。

「っ……？」

立ち尽くす俺の顔をカメラに収めた万智ちゃんは、イタズラっぽくこう言った。

「記念写真。八一くんが元に戻った」

天橋立を渡りきると小さな船着き場があって、そこから船に乗って宿に戻った。

船を待つあいだ二人とも黙ったままだったけど……清めた手で、万智ちゃんはずっと俺の服を摑んでいた。

あの合宿の夜のように。

☖　最後の鍵《かぎ》

湯煙の向こう側に見える渋いイイ男へ向かって、ボクは笑顔で挨拶《あいさつ》をした。

「こんにちは。店主が一番風呂《ぶろ》かい？　役得ってやつだね！」

「山刀伐《なたぎり》、お前……」

「ふふ♡　来ちゃった！」

突然、全裸の奨励会同期が目の前に現れたことに、さすがの《捌《さば》きの巨匠》も驚きを隠せないようだね？

肩まで湯に浸かっていた生石充《おいしみつる》くんは、気まずそうにボクから目を逸らす。

「……来るなとは言わんが、タイミングを考えろよ。もうすぐ順位戦で当たるだろ……」

「いつもならボクだってそのくらいの配慮はするさ」

どれだけ親しい間柄でも、対局が迫れば挨拶すらしなくなるし、研究会だって中断する。

特に生石くんは闘志を重んじるからその傾向が強い。

「けど今は……ね。他の将棋のことなんて考えてる余裕なんて無いんだよ」

浴槽《よくそう》から桶《おけ》で湯を掬《すく》って浴びる。

生石くん好みの、肌が焼けるくらい熱い湯。しかしそれすらも今は生温く感じる。

「いいかな？　隣」

「入ってから聞くなよ……」

「だって入る前に聞いたらダメって言うでしょ？　いつもそうだったよね」

初めてここ『ゴキゲンの湯』に来たのは、お互い奨励会で三段リーグを戦っている頃。

当時のボクは関西へ遠征するたびに将棋会館の和室で寝泊まりさせてもらっていた。支給される遠征費を少しでも生活費に回すために。

そんなボクに声をかけてくれたのが、生石くんだった。

『ウチに来るか？　風呂くらい入れてやる』

銭湯の手伝いをしたら、お風呂にも入れてくれて、ご飯も食べさせてくれて、機嫌が良ければ彼の絶品の振り飛車も見せてくれて。

最高に幸せな時間だった。

お風呂上がりに一緒に飲んだ白くて新鮮な牛乳の味……。

あれがボクの暗い修行時代で、一番輝いていた思い出だった。

だからボクは銭湯が好きだ。

様々な出会いを求めて、それから銭湯巡りをするのが趣味になった……。

熱い湯と、そして思い出に浸っていたボクに、生石くんがポツリと言う。

「フルセット……に、なったみたいだな」

「フルセットだねぇ…………決めきれなかったよ。優勢になった局面もあったはずなのに、なぜか最後は負けていた……」

盤王戦第四局。

前日に徳島《とくしま》で行われたその将棋は、終盤の入り口までボクの優勢だった。

「けれど気がついたら負けになっていたんだ」

感想戦で敗因を分析しても、コンピューターに聞いてみても、どうして負けたのか今でもわからない。

勝つための手順は、対局中も読んでいた。ボクにも読めていた。

でも、なぜそれを指せなかったかは……コンピューターにわかるはずもない。

「今回のタイトル戦で、ボクが見たことのないあの人の顔を見ることができた。ようやくあの人の一番深い場所にある顔を見ることができたと思ったのに…………もっと深いところから、さらに別の顔が現れたんだ」

人間の勝負術。

その極限を見せられた思いだった。

「『見切った』と思ってそこに照準を合わせていると、別のところから不意打ちを食らう。あれだけあった自信が今は粉々さ。最終局でどう戦えばいいかわからなくなっちゃったよ」

「俺だってあの人からタイトルを奪ったが、その後また取り返されて、通算成績でも負け越してる。まだ強くなってるんだよあの人は。わけがわからんが」

「まだ強くなるのか…………フフ。勘弁して欲しいよね？」

「ああ。上にも下にもバケモノばかりさ。勘弁して欲しいぜ、全く……」

『谷間の世代』とボクらは呼ばれている。

名人をはじめとする名棋士が揃《そろ》った黄金世代と、九頭竜八一を筆頭に台頭しつつある新世代との間で、一番割を食った不幸な世代だと。一度も自分たちの時代を築くことができなかった世代だと。

今のままだと、その評価のまま終わると思う。

だけど……。

「そういえば清滝《きよたき》さんから聞いたぞ。あいちゃんはお前が預かってるらしいな？」

「うん。ボクの研究部屋には女流棋士が住み着いててね。一人預かるのも二人預かるのも一緒かな？　って」

「いきなり関東へ移籍したって聞いたときは心配したが……まあ、お前の家にいるのは不幸中の幸いだ」

不幸はひどくないかな？

「たまには俺や飛鳥《あすか》にも連絡してくれって言っておいてくれ。あいちゃんは今でもこの『ゴキゲンの湯』の大事なメンバーなんだからな……」

そういえば、あいくんはたまにゴキゲン中飛車《なかびしゃ》を指す。

居飛車党なのにセンスのいい捌きを見せると思ってたけど……《捌きの巨匠》直伝なら納得かな。

「ところで八一くんはどうしてる？　あいくんがいなくなって落ち込んでないかな？」

「行方《ゆくえ》不明」

「へ？」

「数日前から連絡すら取れなくなった。桂香ちゃんが心配になってアパートに見に行ったら、なんとそのアパートに『取り壊し予定』って札が立ってて、とっくに退去済みだっていうじゃないか。それで大騒ぎだ。うちの飛鳥《むすめ》も動揺して、福島《ふくしま》中の電柱に八一の顔写真を印刷したビラを貼《は》って回る勢いでな……」

迷子の子猫を探してるみたいだね。

「空《そら》さんを探しに行ったのかな？　八一くんは」

「だとしたら、どうだ？　女々しい奴だと軽蔑《けいべつ》するか？」

「以前はそう思っていたかもね。恵まれた才能があるのに、将棋だけに集中してないのは才能への冒瀆《ぼうとく》だって」

「今は違うと？」

「あれだけの伸びを見せつけられたら、逆に自分が間違ってたと認めざるを得ないだろう？」

ボクは八一くんのプロデビュー戦の相手だった。

その時、正直に言って『この程度か』と思った。

評価が変わったのは竜王を獲得してから……と考えていたんだけど、それはどうやら違う。

タイトル獲得は周囲の見る目が変わったただけに過ぎない。

本当に彼が変化、いや『進化』したのは――

「八一くんが凄《すさ》まじいのは、自分だけじゃなくて周りの人間も一緒に引き上げるところだよ。来期のA級入りはほぼ確実な神鍋歩夢《かんなべあゆむ》くんと今後も二人であの世代を牽引していくだろうし、女流棋士でも月夜見坂《つきよみざか》くんと供御飯くんがいる。それに空銀子さん。あとは――」

「二人の『あい』……か」

そう。二人の弟子の存在が、八一くんを大きく変えた。

八一くんの棋風の変化や成長のタイミングを見て、ボクはそう確信したんだ。

だからそのうちの一人と接触した。

ボクの弱点である終盤力に特化した、雛鶴《ひなつる》あいくんと。

ネットで研究会をするだけで効果はすぐに出た。

盤王戦でタイトル挑戦できたし、他の棋戦でも好調だ。

「そういえば生石くんも鹿児島《かごしま》へ護摩行《ごまぎょう》に行って行方不明になってたよね？　あれは意味あったのかい？」

「風呂屋の仕事を辛いと思わなくなったから意味はあったんだろうな。熱さに強くなった」

「将棋に、だよ」

「将棋が強くなりたいなら将棋を指すしかないだろ」

アホかお前、といった感じで言い放たれて思わず鼻白《はなじろ》んじゃった。フフ……そういう態度も好きだよ？

「生石くんは名人に三回挑戦して弾《はじ》き返《かえ》されて、四度目の挑戦でようやくタイトルを獲得できたんだよね？」

「ああ………どうやって名人からタイトルを分捕ればいいか、それを聞きに来たのか？」

「ううん。聞きたいのは三度目のことなんだ」

「あん？」

三度目の挑戦で、生石くんは名人と互角に渡り合った。そしてフルセットまでもつれ込んで……最後の最後で力尽きた。

その時に何を感じたのかを聞きたいと思ったんだ。ボクも同じようにフルセットになった今。

手応えを感じたのか、それとも――

「フルセットで負けるって、どんな感じだい？」

「……………そうだなぁ……」

熱い湯を両手で掬って、生石くんは顔を洗った。

それからこんなたとえ話をする。

「一番高くて険しい山の頂上にある、小屋をイメージしろ」

「うん」

「何度も何度も崖から転げ落ちながら、それでも何とかその小屋の前にようやく辿《たど》り着いて」

「うん」

「だけどそこでハッと気付くんだ……ドアの鍵を家に忘れて来ちまったことに」

「つらいね」

「つらいさ」

せっかく頂上まで登ったのに、何の成果も無くただ家に鍵を取りに引き返して、それからまた登り直さなくちゃいけない。

それって普通に麓から挑戦するより遙《はる》かにキツいよね？

そうかぁ……。

「ストレートで負けるより傷はずっと深い。完敗するよりも最後に頓死で逆転負けするほうが悔しいのと同じだよ。はっきり言っておいてやるが、フルセット《ここ》まで来たら勝つ以外に楽になれる方法なんてありゃしないぜ？」

「生石くんは厳しいなぁ…………昔からそうだったよね？　甘い言葉は絶対にかけてくれなかった……」

「それが関西だからな」

奨励会時代に聞いたことがあった。

関西奨励会では、有望な子ほど褒めずに厳しい言葉をかけるんだと。みんなで叩いて、それで才能を伸ばすんだと。

「泥臭くて粘り強くて……それにお節介で押しつけがましいのが関西流だ。お前はスカした関東の連中よりも関西《こっち》の水が合ってると、昔からそう思ってた。だから――」

「だから？」

「お前にとっての最後の鍵は、お前じゃない誰かが持っているのかもな」

ボクじゃない……誰か？

自分以外の誰かのために戦えっていうことかな？

ファンのためにとか、家族のためにとか？

「自分のためにしか戦えないと思ってるやつほど、実は自分よりも他人のために力を出せたりするものさ。まあ……試してみろとしか言えんが」

「ありがとう生石くん。そうだ！　お礼に背中を流してあげるよ！」

「いらん」

フフ！　恥ずかしがっちゃって♡

「でも、困ったな」

「何が？」

「生石くんが教えてくれた最後の鍵だけど……ボクはもう持ってるっぽいんだよね。それ」

あなたの目に写るもの

天橋立神社での一件後も俺のカンヅメ生活は途中で湯上がり万智ちゃんのお着替えシーンを見てしまうというドキドキ☆ハプニングはあったものの基本的には色っぽい展開もなく淡々と作業が続いていた。別に残念じゃないですけど？　快適な執筆環境に感謝してますけど⁉

序盤中盤の執筆もほぼ終わり、残すは終盤。

「あと一息どす。今宵《こよい》は蟹《かに》でも食べて精を付けて、ラストスパートに備えまひょ」

「やった！」

冬の日本海といえば蟹。

修羅場《しゅらば》と化した執筆部屋を久しぶりに出て、俺と万智ちゃんは旅館の食堂でひたすら蟹を食いまくった。パキポキと蟹の脚を折る音だけが響き渡る……。

「そうそう。蟹といえば――」

「蟹といえば？　なんどす？」

「万智ちゃんは、ソフトが完璧な終盤を指してると思う？」

「？　それ、蟹と何の関係がおざりますのや？」

言われてみれば他人からは蟹と何の関係があるか理解できないだろう。

でも俺にとって、蟹を見るとどうしても思い出してしまう存在がいて……積み上がった殻を見詰めながら、説明する。

「俺の考えは少し違うんだ。ソフトは人間と違うアプローチで強くなった。だから人間には指しづらい将棋を指してるだけで、完璧にはほど遠い……って」

「見つけにくい穴がぎょうさんある、と？」

「うん。ソフトにも苦手な局面っていうのがあって、それが顕著に出るのが振り飛車と終盤の詰みの形だと思うんだよね」

「ソフトは自己対局で居飛車を学習しつづけるゆえ、振り飛車の評価値が微妙いうんはわかりやす」

カニミソを掬ったスプーンを咥えたまま、万智ちゃんは小首を傾げる。

「けど、終盤は得意なんと違うん？　長手数《ちょうてすう》の詰みが読めへんいう意味どすか？　八一くんが帝位戦第一局で見せた7七同飛成のような――」

「手数の長さってよりも……うーん……苦手な形としか表現できないなぁ。人間でいうところの『盲点』ってやつ。簡単な五手詰めでも詰みが見えないことってあるだろ？」

「詰将棋《つめしょうぎ》の問題ならおざりますなぁ。けど実戦でそういうのは――」

「出現しなかった。今までは」

　自然と言葉に力がこもる。

「けどそれは人間に見えにくい詰みが出ないように将棋を組み立ててたからなんだ。具体的には穴熊《あなぐま》で、絶対に詰みがない状態にしてしまえば詰みが見えなくても問題ない」

「なるほど。こなたには特によぉわかるたとえどすなぁ」

　他にも『特定の駒を渡さなければ詰まない』状態は人間も把握しやすい。桂ゼットとか角ゼットとか呼んでるやつだ。

「一方ソフトは計算力に自信を持ってるから固く囲わない。序盤も中盤も違うんだから、終盤の局面だって人間の将棋とは違うものが登場する。だろ？」

「あっ……！」

「そうやって出現するソフト同士の将棋の終盤には、人間なら読めるのにソフトはなぜか見逃す詰みがあったりするんだ。具体的には、大駒をタダ捨てするような詰みを読み抜けることが多い。それこそ詰将棋に出てきそうなやつさ。理由はよくわかんないけどね」

鍋の中で茹《ゆ》でられている蟹を眺めながら俺は言った。

そういう詰みをよく見つけてくれたのが……。

「ま、要するに今は人間がソフトを信用しすぎた結果、ソフトの将棋に発生する穴を見過ごしちゃってる気がするんだよ」

「信用……どすか」

「みんなが信用するから流行が生まれる。その流行に乗れれば成績は上がるし、乗れなければ下がる」

当然ながら、最も恩恵を受けるのは流行の発信者だ。

「以前はそれが名人で、だから名人の読みやすい局面がプロの将棋のスタンダードになったんじゃないかな」

「オールラウンダーでおざる名人が、今のソフトと同じ位置にあったと？　それが名人だけタイトルを積み重ねることができた秘密……？」

「そう。名人は革命的な序盤戦術こそ創造しなかったけど、あらゆる戦法で改良案を出した。けどその改良案っていうのは、将棋の真理に近づいたというより――」

「精度を上げつつ、名人が指しやすい形にした……いうわけどすな？」

「さらに名人には自己の将棋観を流行に乗せるためのツールがあった。他の棋士とは圧倒的に違う……それこそ棋力の差以上に違うその発信力を活《い》かせるツールが」

「本」

万智ちゃんの短い答えに、俺は蟹の脚を折って肯定を示す。

「戦法書はもちろん、勝負術や人生観を語った新書もベストセラーになったからね。いつのまにか将棋界は、将棋だけじゃなくて生き方そのものも名人に寄せていった。自分のライフスタイルが戦場に反映されてるんだから、そりゃ勝ちやすいさ」

もちろん名人がそれを狙《ねら》ってたとは考えづらい。

研究を公表するのは短期的に見れば不利だし、本を書くのは想像以上に時間と労力を奪われる。だからこれは結果論でしかない。

とはいえこの世界は結果が全て。

「俺たち関西は昔から力将棋という名の割といい加減な序盤をやってたからね。自由度が高かったぶんだけソフトの将棋を吸収する余白があった」

通算成績で俺が名人を上回ってる理由は多分それだ。

年齢や才能の差よりも環境の差が大きい。

「そして何より……泥臭くて粘り強い俺たち関西棋士にとって、名人のスマートな生き方は、真似《まね》しようったって真似できないからさ！」

「八一くんの目には……世界はそう写ってるんやね」

「へ？　……世界？」

「もっと教えて。八一くんの目に写るものを」

万智ちゃんは俺の目をじっと見る。

昔からこの子は、こうして俺の顔をじっと見ることがあった。将棋を指してるときも盤面より顔を見ることが多かったし、ふと顔を上げたら視線が真正面からぶつかる……なんてことが何度もあって、そのたびに俺が慌てて目を逸らした……。

「ま、まあ……人間同士の将棋がそうなるのはもっと先だと思うけどね？　相手が付いてこないと、そういう終盤にもならないから」

「けど編集者としては、九頭竜ノートが出版されたらそういう世界が実現するいう手応えがありやす。この世界を根本から変える手応えが」

いつも冷静な万智ちゃんは珍しく自分の言葉に酔ってるみたいだった。疲労でハイになってるのかな？

目は潤み、肌は湯上がりのように上気している。あまりの色っぽさに俺はドキドキして目を逸らしてしまう。

「知的財産をオープンにすることで、将来的に市場を独占する。そういう戦略を取った企業が急成長するように、八一くんの革新的な将棋観を本にすれば名人にも匹敵《ひってき》する長期政権を……うぅん！　名人よりも若くしてタイトルを獲得した八一くんなら、名人を超える大記録を樹立することすら可能どす！　こなた、見てみたいわぁ……八一くんが名人よりも若くして全冠同時制覇するの」

「……そうなるといいですけどね」

「そのためにも」

万智ちゃんはニタリと笑って頬に手を当てると、

「今夜も眠らせませんえ？　こなたら二人の大事な大事な赤ちゃん《処女作》を早《はよ》お作るためにも、しっかり励んでおくれやし♡」

デザートを運んできてくれた仲居さんが『あらあら♡』みたいに笑いを噛み殺《ころ》しながら、なぜか栄養ドリンクも持ってきてくれた。

絶対に誤解されてる……。

☖　咆哮《ほうこう》

一分ごとに画面に映る男の人の手が、さっきから大きく震えていた。

「名人……いや盤王の手が震えてるぞ⁉　先手《せんて》の勝ちなのか⁉」

盤王戦第五局。

フルセットとなった対局は東京《とうきょう》の将棋会館特別対局室で行われてて、わたしは鹿路庭先生と一緒に、検討《けんとう》室となった『桂の間』で勝負の行方を見守ってた。

この桂の間は特別対局室と同じ四階にあって、つまり少し離れただけの場所でタイトル戦が行われてることになる。

そんな緊迫した空気の中で――

「ど、どう？　雛鶴……さん。も、もう関東には……慣れた……？」

わたしに話し掛けてくれるのは女流棋士の岳滅鬼翼《がくめきつばさ》先生。

女流名跡リーグ入りの大事な一戦で当たったものすごく強い先生なんだけど、今日わたしと桂の間で再会したら優しく声を掛けてくださった。

とってもとっても嬉《うれ》しくて、ついつい検討よりお喋《しゃべ》りを優先してしまう。

「関西将棋会館の棋士室は対局室とは別の階にあるので、こんなに近くで検討するのがびっくりです。あの……こっちの声、聞こえちゃわないんです？」

「そっかぁ……うん。大声を出せば聞こえちゃうこと、あるよ……でも対局者は集中してるから影響は無い…………かな……」

「ありがとうございます岳滅鬼先生！　あっ、わたしのことは『あい』って呼んでいただけたらうれしいです！」

「えへへ。ひへへ……じゃ、じゃあ私も…………つ、つつ、つ……翼で……いいよ？　女流棋士になったタイミング、ほとんど同じだし……っていうか私は女流1級で、あ、ああ、あい……ちゃん……より、下……だし……」

「はい！　よろしくおねがいします翼さんっ！」

「あ、あいちゃん………トモ……ダチ…………ヘッ……！　へへへ……♡」

翼さんは元奨励会2級。

記録係もたくさんやってきたから、女流棋士だとなかなか入りづらい桂の間でも、プロの先生たちと一緒に継ぎ盤で検討してる。

わたしも翼さんみたいにここの常連さんになれるよう、がんばらなきゃ！

「どう？　ジンジン行けそう？」

鹿路庭先生は継ぎ盤は見ずに、対局室を中継してるモニターと、記者の人が持ち込んだノートパソコンをじっと見守っている。

既に両者一分将棋。

振り駒で先手になった名人が流行の矢倉を志向すると、後手の山刀伐先生も急戦《きゅうせん》矢倉で激しく攻め合う順を選んだ。

水面下で掘り下げてた研究手順を惜しげも無く投入して、山刀伐先生は不利な後手番《ごてばん》ながら互角の形勢を最終盤までキープ。

そして――

「後手がジリジリ差を広げてます！　山刀伐、強しッ!!」

ソフトの弾き出《だ》す評価値が次第に後手へと傾いていく。

「何でだ⁉　名人の手はずっと震えてる……勝ちを読み切ってるんじゃないのか⁉」

「名人すら形勢判断を誤るほど難しい局面ってことじゃ……？」

盤王のことを思わず言い慣れた『名人』って呼んでしまうくらい、みんな落ち着きを失っていた。

わたしの肩に手を置いて、鹿路庭先生が耳元で囁く。

「鍛えた終盤力の差が出てる。あんたのおかげでジンジン勝つかもね」

「………………」

……でも、これ…………？

こう、こう、こうこうこうこうこう…………………。

「で、出ましたッ‼　後手勝勢です‼　山刀伐八段が間違えなければ……奪取ですッ‼」

鹿路庭先生はわたしの肩に置いた手をギュッと握って、

「やった⁉　は、初タイトル……⁉」

「いえ」

わたしは横からパソコンの画面を確認して、すぐに別の結論を出した。

「これ、評価値間違ってます。たぶんコンピューターさんは後手玉の詰みをうっかりしてます」

「け、けどソフトがジンジンの勝勢って！　つーか後手玉のどこに詰みがあんのよ⁉」

「ここに――」

わたしは検討用の継ぎ盤に手を伸ばして、

「竜を叩き切って後手玉が詰む順があります」

「「………あっ⁉」」

示されればすぐにわかるような、派手な手順。

けどソフトが『詰まない』って言ってるから、みんな見えなかったんだと思う。関西の棋士室でもよくこういうことがあった。

「読み抜けです。たまにあるんですよ？」

ちょっと得意になってわたしは言う。

東京に来てから将棋会館でこんなにたくさんの人とお話しできたことがなかったから。

けど。

褒めてもらえると思ったのに、みんなむしろ、わたしのことを……気味の悪い生き物みたいな感じで見て――

「………ソフトでも読めなかった詰みを、小学生が……？　じょ、冗談だろ……？」

「い、いや………確かにあの子が言うように、ソフトは短時間だと深く読まないから……長手数の詰みをうっかりすることは普通にあるし………」

「けど………ここに何人プロ棋士がいる？　その誰一人として読めなかったんだぞ？　そ、それを、こんな――」

最も激しく反応したのは、正面に座ってた翼さんだった。

「うッ……‼」

両手で口元を押さえて部屋の隅に転がっていくと、激しく空嘔吐《からえず》きをする。

「つ、翼さん⁉　だいじょうぶですかっ⁉」

「だ……だい…………じょぶ…………へへへ……あ、あいちゃんやっぱり凄いね…………絶望…………しちゃうなぁ…………」

青ざめた翼さんの背中をさすりながら、鹿路庭先生が溜息《ためいき》と共に言う。

「《不滅の翼》にトラウマ植え付けてるとか……これは白雪姫でも心が折れるわ。よくもまあ、ここまで残酷な才能を手元で育てたもんだよ魔王様は……」

「ざんこく？　ただ詰将棋を解いただけですよ？」

「無邪気か」

鹿路庭先生にそう切り捨てられて、ようやく自分がやってしまったことに気付く。

「あ…………⁉」

わたし……恩人の負けを、得意になって指摘してた……。

直後。

名人の手が、わたしの示した竜切りを敢行する。

駒を持つ手は大きく大きく震えていた。途中で竜を落とすほどに。

「「おおおおおおおおおおおおおおおおおおおおお!?」」

コンピューターの評価が反転して先手勝ちを示すと、検討室からどよめきが起こった。対局室まで届いちゃうくらいの……。

そして画面の中の山刀伐先生から、熱気が急速に抜けていくのがわかった。

背筋を伸ばし、和服を整え、水差しからコップに水を注《そそ》ぐ。

その水を飲んで――

『負けました』

次の手を指さずに、挑戦者は投了《とうりょう》を告げた。

そしてすぐに勝者へこう尋ねる。

『どこが悪かったでしょうか？　ボクにはわからなかったです。どうして……負けたのかが』

感想戦は、激闘とは一転して和気藹々《わきあいあい》とした雰囲気の中で行われた。

わたしと鹿路庭先生も報道陣の後ろに座って、特対の隅でその様子を見学させていただいたんだけど、こんなに和《なご》やかな感想戦は普通の公式戦でも見ないくらいで。

もともと名人と山刀伐先生は研究パートナーだし、お二人が互いを尊敬し合ってるのは、こうして同じ部屋にいるだけで伝わってきた。

素敵な関係だなって思う。

そのおかげで挑戦失敗した山刀伐先生もすぐに笑顔が戻って、前向きに敗因を検討できてるようだった。

あと一歩で念願の初タイトルだったのに……もうこの瞬間から再び前を向いてることに、わたしは感動していた。その心の強さが眩《まぶ》しかった。

「強いですね。山刀伐先生……すごいです」

「…………」

わたしの言葉に、鹿路庭先生は何も返してはくれなかった。

打ち上げの関係で感想戦は三十分くらいで終わって、両対局者は和服を着替えるために控室へ。

すると、とたんに報道陣や関係者がこんな会話を始める。

「結局あの世代も生石充と於鬼頭曜《よう》の二人だけしかタイトル獲れなかったな」

「その生石も今や無冠だし、於鬼頭だって玉将だけじゃん。下の世代の篠窪大志《しのくぼたいし》が先にタイトル獲っちゃったし、レーティング的にはもう神鍋歩夢のほうが上だろ？　ラストチャンスだったと思うぜ……」

「それにほら。あの関西の天才がそのうち全部かっ攫《さら》っちまうさ。《西の魔王》が」

「一番割を食った世代だよな。かわいそうに」

……そんなこと今ここで言わなくてもいいのに。

竜王戦で、師匠が名人に三連敗しちゃったときを思い出す。

よーし！　わたしと鹿路庭先生が壁になって、打ち上げで山刀伐先生にこういう声が届かないようにしないとっ！

「帰るよ」

「え……」

帰る？　もう？

っていうか――

「山刀伐先生と一緒に帰らないんです？」

「いいから」

ぐいっ！　と想像以上に強い力でわたしの腕を引っ張ると、鹿路庭先生は明るい声で周囲にこう宣言する。

「すいませーん。小学生はもう寝る時間なんで先に上がりまーす」

「おいおい。女子大生は打ち上げに参加してくれないのかい？」

「女子大生も女流名跡リーグの最終戦があるから帰りまーす☆」

関係者からの誘いを華麗にかわしながら、鹿路庭先生はわたしを引きずるようにして将棋会館を後にした。

山刀伐先生を残して。

帰宅すると、鹿路庭先生はすぐに服を脱ぎ始めた。

「ほら。さっさと風呂入って寝るよ」

「え？　起きて待ってないんですか？」

そのとき初めて怒りのようなものを覚える。

元気に感想戦をしてたといっても、山刀伐先生だって本当は傷ついてるはず。なのに自分の対局があるから、さっさと寝ちゃうの？

いくら何でも薄情すぎるよ！

そんなに早く寝たいなら一人で寝たらいいじゃないですか！

「わたしは……師匠が負けちゃったときは、温かいご飯とお風呂を用意してました。遅くなったら先に寝てないと怒られたけど……せめて簡単なお食事だけでも山刀伐先生のためにご用意して――」

「やめて」

切羽詰まった声だった。

怒るというよりも……むしろ哀願するようなその声と表情に、わたしはびっくりして何も言い返せなくなってしまう。

結局、二人でシャワーを浴びた。鹿路庭先生は桂香さんといい勝負だった……。

「さ、寝るよ。今日はあんたもこっちで寝な」

パジャマに着替えると、ベッドにわたしの寝るスペースを空けて先生はそんなことを言い出した。

「へ⁉ ろ、鹿路庭先生と一緒にベッドで寝るんです⁉」

急にどうして⁉ お風呂も一緒だったし……いきなり距離を縮められて、嬉しいというより困惑してしまって。

「わたしは床で大丈夫――」

「いいから。電気消すよ」

腕を引っ張られる感じでベッドに連れ込まれる。わわわ……。

そしてすぐ消灯。

タイトル戦の緊張で気持ちは昂《たか》ぶってたけど、お風呂に入ったことでリセットされたみたいだった。

しかも久しぶりのベッドはふかふかで、おまけに鹿路庭先生のお胸はもっとふかふかで体温があたたかくて……これはすぐ寝ちゃいそうですねぇ……。

ふわわぁ~…………うとうと……。

結局すぐに眠くなっちゃって、一時間？ か、二時間くらい寝ていたら――

おおおおおおおおおおおおん。おおおおおおおおおおおおおおおん。

獣のような咆哮が聞こえた。

「ッ⁉　……え？」

驚きのあまり眠気が完全に吹き飛んでしまったわたしは、震えながら耳を澄ます。

おおおおおおん。おおおおおおおおん。

これまでの人生で一度も聞いたことが無いような異様な音。動揺したわたしは思わずベッドから転がり落ちそうになる。

「ひっ……な、なにこ――」

「シッ！　……静かに」

怯《おび》えるわたしをギュッと抱き締めて、鹿路庭先生が耳元で囁く。

「そのまま寝てな。気配を消して………そう。大丈夫だから……」

「………」

最初は……なにか大きな動物が吠《ほ》えているんだと思った。

だって、人間の声とは思えなかったから。

でも聞いてるうちに混乱してきて……。

なぜなら………わたしはその声に、聞き覚えがあったから。

「え？　………これ、山刀伐……先生……？」

おおおおおおん。おおおおおおおおおおおおおおおおん。

隣の部屋から壁越しに聞こえてくるその咆哮は、理性を失ったとしか思えなくて。

優しくて、穏やかで、いつも余裕のある山刀伐先生からは……想像すらできなくて……。

声は大きくなったり小さくなったり、激しくなったり弱々しい啜《すす》り泣《な》きみたいになったりしながら……かなり長く続いた。

鹿路庭先生はわたしを抱く腕の力を緩《ゆる》めつつ、口を開く。

「……あれだけ努力しても、トップ連中と当たれば負けることのほうが多いの。あんたの師匠は勝つほうが多いんだろうし、負けたって自分より遙かに歳上《としうえ》の相手でしょ？　『いずれ勝てる』って心の余裕がある」

「……」

「けどジンジンはもう後がないの」

桂の間で関係者の人たちが言ってたのと同じことを、鹿路庭先生も言った。

だからわたしは反論しようとした。

山刀伐先生、あと一歩だったじゃないですか！

必ず勝てますよ！　名人にだって、きっと……!!

でも次の言葉を聞いて……何も言えなくなってしまう。

「あんたの師匠に負けてからは、特に酷《ひど》い。あれで世代交代の大波が迫ってることを痛感したんだろうね」

「ッ…………！」

「上の世代にも勝てず、そうこうしてるうちに下の世代からタイトル保持者が出ちゃった……しかも十六歳で初タイトルで、十八歳で二冠なんてバケモノがさ。来年は何冠になってるのかな？」

わたしは師匠の勝利を一番に願ってる。

師匠はいつもその想《おも》いに応《こた》えてくれて。必死に頑張れば超えられない壁は無いって教えてくれて。

だから…………。

だから他の誰かにとって師匠が壁になるなんてこと……考えたこと、なくて……。

「タイトルが欲しいんだよ。一度だけでもいいから……誰にも負けなかった勲章を手に入れたいんだ。それがあれば…………」

「あれば……？」

「少しだけ…………自分を許せるから。楽に生きられるから……」

その答えは、大阪《おおさか》にいた頃のわたしなら首を傾げてたと思う。

だって将棋を指して生きていくことは楽しいことばっかりで、ちっとも苦しくない。負けた

ときは悔しいいし、泣いちゃうことだってある。でも『楽になる』ことなんて目指してなくて、
むしろ苦しいときこそ熱くなれるんだって思ってて。

けど……今は少しだけ理解できた。

一番になれないことの苦しさを。

締め付けられるような胸の痛みを。

ずっとずっと……胸が苦しいままなんだって知ってしまったときの、焦《あせ》りと絶望を。

それを知ったから、わたしは…………師匠のもとを離れて、東京に来たのだから。

「……獲らせてあげたいなぁ」

ちょっとだけ震えている声で、鹿路庭先生は言った。もしかしたら泣いているのかもしれないけど……先生はもう壁を向いて寝てるから、その顔を見ることができなかった。

「前にさ」

「え？」

「どうしてずっとこの部屋に住み続けてるかって、聞いたよね？」

「……はい」

「この声を聞いたから」

この声を……？

次第に小さくなっていって、今はもう啜り泣きくらいにしか聞こえないその声を、鹿路庭先

生は理由に挙げた。

「あの人の寝顔を見た人や、裸を見た人は、男女問わずいっぱいいる。けど……この声を聞いたことがあるのは私だけなんだ。だから…………」

「…………あの」

「ん？」

「わたしも聞いちゃったんですけど……」

「無邪気か」

それから鹿路庭先生は教えてくれた。山刀伐先生との……将棋との出会いを。

鹿路庭さんの事情

「小学四年生の夏に、通ってた小学校にプロ棋士が来たの」

鹿路庭先生は灯りの消えた天井《てんじょう》を見上げたまま話し始めた。

「爽《さわ》やかなイケメンで、女子はみんなキャーキャー騒いでた。東京から来たその人に顔と名前を憶えて欲しくて。必死になって勉強したのが、私が将棋を始めたきっかけってわけ」

「それが山刀伐先生だったんですか？」

「……連盟の棋士派遣事業ってやつの一環でね」

直接は名前を言わずに先生は話し続ける。

「将棋雑誌と連動企画で、カラー写真の入った記事にするって。その時の編集者が私のことを気に入ってくれて、小学生の女の子がプロ棋士から定期的に指導を受ける別の企画も始めたんだ」

月に一回の頻度で鹿路庭先生は山刀伐先生の指導を受けて、めきめきと成長していった。

駒の動かし方すら知らなかったのに四ヶ月でもうアマ初段。

半年で研修会の入会試験を受けて、合格。

企画は一年間続いて、そこでいったん山刀伐先生との繋がりは途切れちゃったけど、将棋はそのまま続けた――

「中一で女流アマ名人になって、鳴り物入りで女流棋士になったわけよ。天才将棋少女たまよんだって」

そして一年目から女流名跡リーグ入りして、あっというまに女流初段。

将棋を覚えたのが比較的遅かったことも含めて、鹿路庭先生の話は意外にも、わたしと重なる部分がたくさんあった。

誰かに憧《あこが》れて将棋の道に飛び込んだことも含めて。とてもよく。

「でも私の快進撃はそこまででさ」

苦笑しながら鹿路庭先生は話し続ける。

「女流でも、タイトル持ってる連中は別格だった。上の世代の釈迦堂《しゃかんど》先生や薊姐《あざみねえ》さんにも勝てないうえに、同世代には燎ちゃんや万智ちゃんがいて……さらに下からはイカとか白雪姫とか本物のバケモノが出てくるしね」

聞いていて、わたしも焦りを感じてしまった。

今はそこに天《てん》ちゃんも加わって、壁はさらに高く、厚くなってる。

もっともっと強くなりたくて、身体《からだ》が熱くなる……。

「けど当時はまだ、地方に住んでるビハインドさえ覆せれば何とかなるって思ってた。だから無理して新宿《しんじゅく》の大きな道場に通ってたんだよ。関東は将棋会館で研究会しちゃいけないから、プロ棋士がそこで研究会やってたんだよね。だから飛び込みで『将棋教えてください！』って拝み倒して入れてもらって」

「沼津《ぬまづ》から新宿まで通ったんですか⁉」

「片道二時間以上かかるけど、行けない距離じゃない。私が中学生とか高校生の頃はソフトもそんな強くなかったし、強い人と研究会やらないと強くなれない時代だったの」

《研究会クラッシャー》という異名はその頃のものらしい。

鹿路庭先生が手当たり次第に声をかけた研究会のうちの一つが、メンバーのアマ強豪が結婚して地方へ引っ越すことから解散になった。

「それがなぜか『メンバーが鹿路庭を取り合って解散した』ことになっちゃったわけ。ま、そういうこと言われても耐えないと強くなれないって、当時は思ってた。将棋の強さと陰口を我慢することなんて本当なら何の関係もないのにね」

「…………」

「でも実際、将棋以外の面で我慢しなくちゃいけないことっていっぱいあるんだよ。プロ棋士や奨励会員から研究会に誘われるのってさ、たとえば将棋道場に『どれだけ夜遅くまでいられるか』みたいなトコも見られるから」

「それはわたしも何となくわかります。関西だと朝早くから棋士室にいるとプロの先生に声をかけていただけました」

「男社会だからね。そのうち私も自分が男になったみたいな気になって……公式戦で負けて『気合い入れました！』って髪を短くしたら、それもウケてさ。もっと強い人から研究会に誘ってもらえて。それだけで何か、自分が強くなったような気がしてた」

「髪を……」

きっかけは違うけど、聞けば聞くほど……鹿路庭先生とわたしは同じ道を辿っていた。

そしてきっとそれは……多くの女流棋士が辿ってきた道。

「笑っちゃうけど、当時は自分のこと『オレ』って呼んでたからね。ははっ」

だんだんと周囲は鹿路庭先生を女の子扱いしなくなっていき、先生本人も自分を女の子だと思わなくなっていった……。

そんなある日、事件は起こった。

「高校二年の冬だった」

暗い声で鹿路庭先生は語る。

「女流棋士になって五年目だけどまだ大きな結果が出てないこととか、周りが大学受験に本気になったりし始めてて……正直焦ってた。だから少しでも長く東京で将棋の勉強をしなくちゃって思って……」

終電ギリギリまで粘る日が何回かあって。けど、それでも結果が出なくて。

だからもっと長く将棋の勉強しなくちゃいけないと思って、遂に終電の時間を超えてしまった……。

「周りに心配されても『今日は東京の友達の家に泊まるから大丈夫ッス！』って言って。終電が詰んで。深夜バスの席も取れなくて。新宿って昼と夜じゃ全然違う街になることも知らなくて……適当に入った漫画喫茶《きっさ》で朝まで過ごそうとした」

奨励会員や地方から出てきた学生のアマ強豪はそうしてるって聞いたから、鹿路庭先生も自分が同じことをしても大丈夫だと思っていた。

でも、違った。

鹿路庭先生は誰もが振り向いてしまうほどの美少女だったから……。

「漫画喫茶なんて暗くて死角が多くて、女子高生が深夜に一人で入るなんて危険すぎる。今ならわかるけど、当時は危機感なんて全然なくて。それで…………痴漢されたの」

「っ……‼」

まるで頬を叩かれたみたいに、わたしは痛みを感じた。

鹿路庭先生がどうしてあんなに口うるさく『人気の少ないところを避けろ』って言ったのか。

ぜんぶ……自分が経験してきたことだったんだ……。

意地悪なんかじゃない。自分がつらかった経験を、わたしに伝えようとしてくれてた。今だって、他人に言いづらいことをこうやって打ち明けてくれてる。

それなのに……わたしは……！

「最悪だった。髪も短くして、自分のこと『オレ』って呼んで……だけどこんな形で自分が『女』だってことを突きつけられて………なんかもう、すげー悔しくてさ……」

「そ、それで……大丈夫だったんですか？　その……被害は……？」

「イライラしてそいつぶん殴って警察に突き出してやった」

つよい……。

「けど、そこからもまた大変でさ。そもそも沼津の女子高生が深夜に新宿にいることがおかしいわけで……しかもやってるの将棋じゃん？　え？　女子高生が将棋？　女子高生が将棋で働いてお金稼いでる？　おじさん相手に指導する？　それは新しいＪＫビジネスなの？　みたいな感じで警察にも全然話が通じないし。こっちが被害者なのに……」

誰か話が通じる大人を呼ばなくちゃいけなくなって、でもご両親に言えば将棋を辞めさせられちゃうかもしれないし、鹿路庭先生の師匠は世間体を気にする人だから弟子が警察沙汰になったなんて聞いたら破門されちゃうかもしれないし……。

「そのとき助けてくれたのが……ジンジンだったの」

携帯電話のアドレスに登録されていた、けれどもう六年近くも連絡を取っていなかった――山刀伐尽《じん》という名前。

鹿路庭先生は縋るような思いでボタンを押して、震える声で事情を伝えた。

山刀伐先生はすぐに来てくれた。

そして怒ったりせず、かといって変に慰めたりもせず、ただ優しく鹿路庭先生に付き添ってくれていた。

「ジンジンも地方から出てきて苦労してたでしょ？　だから話さなくてもだいたい察してくれたみたいで……警察で被害届を書き終えてから、深夜営業のファミレスに連れてってくれて、始発まで将棋を教えてくれた……」

そのときはじめて、鹿路庭先生はボロボロと涙を流して泣いたのだという。

安心したっていうのもあった。

けど……もう変に『男』を目指さなくてもいいんだって。

山刀伐先生に会って、素直にそう思えたから……。

「……久しぶりに再会した憧れの人がまだ独身で、しかもタイトル戦で挑戦者になったばっかでさ。『絶対王者に挑むイケメン棋士』って雑誌やテレビにも出まくってて……そんな人が王子様みたいに助けてくれて、おまけに『強くなったね』なんてニコッて笑いながら将棋教えてくれたら……沼津の女子高生なんてイチコロってわけよ。運命感じちゃうわけよ」

「…………」

「ハッ。ちょろいって言いたいんでしょ？　何とでも言えよ……ああ恥ずかし」

「……鹿路庭先生」

「ん？」

「わかりますっ!!　ものすごぉぉぉぉぉぉくっ！　よくわかりますっっ!!」

「お⁉　お、おう……」

わたしもいっぱい語りたい！　語りたいことたくさんすぎるっ!!

そう思ったけど大事な対局の前日だから堪えた。うぐー！

鹿路庭先生のご両親は娘がそんな危険な目にあったことで『もう将棋なんて辞めなさい！』って言ったけど（ここもすごくよくわかりますっ！）そこでも手を差し伸べてくれたのが山刀伐先生で――

「私が公式戦で東京に行った時とか、あとジンジンが関西で対局がある時に沼津に寄って将棋を教えてくれることになったんだ」

そうやって研究会を重ねるうちに、鹿路庭先生の気持ちは急速に傾いていった。

山刀伐先生の誠実な人柄にご両親もすっかりファンになってしまって『少し歳《とし》は離れているが先生のような方に娘を貰っていただけたら……』みたいな感じになっちゃったんだって！

わかりみ深すぎますーっ！

「で……少しでも近づきたくて、大学は東京の、しかもジンジンの家の近くのW大にしよっかなー（チラッ）って感じで探り入れてみたら『じゃあ落ち着くまでボクの部屋に住めばいいよ』って言われて『え⁉ そ、それって……⁉』ってなって――」

「それもう完全に両想いじゃないですか……」

「だろ⁉ だろッ⁉ 普通そうじゃん⁉」

期待に胸を膨らませて猛勉強した鹿路庭先生は見事ストレートでW大に合格。

そしてこの研究部屋に移り住み、共同生活が始まった。

「……けど所詮《しょせん》、私はいつまでたっても小学生の頃に将棋を教えてもらってた『生徒』でしかなかったんだよ……」

……わかる。

先生は寂しそうに言う。いつまでたっても子供扱いされてしまうと。

「恋人でもなきゃ研究パートナーみたいな対等の関係ですらない。大学の将棋部にも入って必死に勉強したけど……ジンジンが夢中になるのはいつも才能のある若い男ばっかりでさ。あんたの師匠とか神鍋歩夢きゅんとか」

「…………」

た、確かに山刀伐先生が師匠のことを語るときの口調って、ちょっと、こう……熱っぽいっていうか、わたしですら引いちゃうっていうか……。

「んで落ち着いたら出てくって約束だったけどムカついたからジンジンの研究部屋に住み着いてやったの」

「それは少し短絡的な気がします」

「いやいやいやいや！　あんたが言うな、あんたが！」

鹿路庭先生はお布団を跳ね飛ばすと、

「っていうか私は大学生で、しかも部屋は別々だから！　あんたは九頭竜先生と同じ部屋に住んでたんだろ⁉　そんなの絶対に違法だよ！　修行とか言って正当化しようとしてるけど、せいぜい脱法ロリだから！　私それ聞いたときガチで『あっ、捕まるな、この人……』って思って関《かか》わらんとこーってなったから！」

そうですかぁ？

最初こそ押しかけちゃったけど、ちゃんと師匠や両親の合意のもと内弟子してたから合法ロリだったと思うんだけどなぁ？

「で……そんなこんなでそのうち仕事も一緒にやるようになって、いろんな地方に二人で行って。通帳にお金は貯まったし、人脈もできたけど……本当に欲しいものからは、何だか遠ざかってるみたいな気がしてる」

「鹿路庭先生は山刀伐先生のことが好きで、それで将棋に夢中な山刀伐先生に振り向いて欲しくて将棋をがんばってるんですよね？」

「いやいやいや！　それとこれとは別で――」

「ふぅ……ここまで話しておいて、まだ素直になりきれないって。その反応が何よりも雄弁な証拠ですよ？」

「くっ……！　しょ、小学生が生意気に大学生の恋愛分析すんなっつーの……！」

「いまの小学生は進んでるんです」

クラスメートだった恋愛マスターの美羽ちゃんから聞いたことの受け売りだけど、こうかはばつぐんです。

「それで？　鹿路庭先生は山刀伐先生とどうなりたいんです？」

「……向こうも将棋が恋人なら、私も別にずーっとこのまんまでもいいかなって――」

「それはダメです」

「はぁ？　小学生が何を偉そうに……」

「鹿路庭先生は、ご自分の気持ちを正直に伝えたことはあるんですか？」

「うるさいな」

「あるんですか？」

「…………………あるよ」

「いつ？」

「……高校三年の冬」

「それ十年くらい前ですよね？」

「ブッ殺すぞ小学生⁉」

じょ、冗談ですよ……五年くらい前のことなのかなぁ？

「うちの師匠がタイトル戦の正立会人をやったとき、ジンジンが副立会人に選ばれて。私も大盤解説の聞き手で連れてってもらって……珍しく打ち上げでジンジンもお酒飲んだりしてて、機嫌良さそうでさ。会場もすげー田舎の旅館で、星空とか生まれて初めて見るくらいに綺麗で……何かそういうテンションになっちゃって……」

「星空⁉　それってどこの星空です⁉」

「長野《ながの》……」

「ながのけんっ！」

「いや……そこ反応する？」

キャー！　キャー！　キャー！　大盛り上がりなわたしの反応に、鹿路庭先生もまんざらでもなさそうな感じで、続きを教えてくれる。

「それで……まあ、その……打ち上げの夜……二人っきりになったタイミングで、ジンジンに『先生のこと好きです……』って星空みたいにキラキラした目で訴えかけてみたわけさ」

「で⁉　でっ⁉　ど、どういう反応だったんです⁉」

「ジンジンはね？　私の目をじっと見て、こう言ったんだよ――」

どんなロマンチックな返事が聞けるんだろう？　ああ！　でも大事な対局がある前に小学生には刺激が強すぎる展開になっちゃったら困りますー！　けどけど、雄大な長野の大自然は人を大胆にさせるからその可能性も……⁉

ドキドキと胸を高鳴らせるわたしに、鹿路庭先生は「フッ……」となぜか鼻で笑ってから、こう言った。

「『珠代《たまよ》くんってお兄さんか弟さんはいたかな？』って」

「…………」

うわぁ……。

「い、いらっしゃるんですか……？」

「いらっしゃらねーよ‼　一人っ子だっつーの‼」

ドンッ！　と隣の部屋に繋がる壁を叩く鹿路庭先生。よく見るとそこの部分だけかなり凹んでますね……。

「結局あの人は…………ジンジンは、才能のある子が好きなんだよ。将棋しか見えないんだ。

だから私は最初っから眼中にない。あんたにゃわかんないだろうけど」

「わかりますよ」

「え？」

わかるんです。鹿路庭先生のその気持ち、痛いほど。

だって、わたしも――

「どれだけ才能があっても、どれだけ強くなっても……一番見てもらいたい人の目に別の人しか映ってないってわかるのは………つらいです」

「………才能あるって自分で言っちゃってるよ。こいつ」

「それだけを信じてるんです。師匠が言い続けてくれたことの中で、それだけは……嘘じゃないと思うから」

自分で自分を信じられるほど、わたしはまだ強くない。

でも……あの人の言葉だから信じられる。

もっと強くなれるって。

「ふん………生意気なガキだよ、あんたは…………やっぱ嫌いだわ」

鹿路庭先生はそう言うと寝返りを打って、話が終わったことを示す。

今夜、先生の話を聞けてよかったと思った。

だって知ることができたから。

どうして鹿路庭先生が、わたしのことを嫌いって言うのかを。

どうして鹿路庭先生の言葉が……こんなにも、わたしの心に響くのかを。

いつかわたしもあの人と再会して……また髪を伸ばし始める日が来るかもしれないと、夢を見ることができたから。

「………つまんない恋愛してるね。私たち」

そんな鹿路庭先生が『恋愛』と認めてくれたことが、嬉しかった。

☖ 脱稿

「……はい。以上で脱稿となります」

プリントアウトした原稿を読み終えた万智ちゃんが静かにそう言って、永遠にも思えた執筆作業は終わりを迎えた。

「おわったぁぁぁぁぁぁぁぁぁぁぁぁぁぁぁぁぁぁぁぁぁぁぁぁ!!」

俺は絶叫《せいさん》して畳《たたみ》にひっくり返る。

室内は凄惨《せいさん》な有様《ありさま》だ。

畳に転がる栄養ドリンクの空き瓶《びん》とエナジードリンクの空き缶の数は致死量を超えてる。

「つらかった………将棋の修行より、遥かにつらかった……」

蟹食ってラストスパートかけてからが真の修羅場だった。

改稿に次ぐ改稿。終わらない修正作業。

どれだけ数えても必ず間違える歩の枚数……。

「……けどこうやって終わってみると、さっきまで酷かった頭痛や肩や腰の痛みが消えちゃうから不思議だよね！　眠気も吹っ飛んじゃったし！」

「それはよかったです」

万智ちゃんはニッコリ笑って、

「まだ九頭竜先生には前書きと後書きと章のあいだに挟むコラムを五本とカバーの折り返しに入る著者近況も書いていただかねばなりませんから」

「終わってなかったぁぁぁぁぁぁぁぁぁぁぁ————ッッ!!」

消えたはずの頭痛と肩と腰の痛みが即☆復活。

「ふふ。ま、今宵は温泉にでも浸かってゆっくりお休みください……」

そう言う万智ちゃんは既に身支度を整え始めている。

戦場へ赴くための準備を。

「こなたが戻るまでに仕上げてくれたらええよ？　二日間もあったら余裕どすやろ？」

「っ……！」

その言葉を聞いた俺は身体を起こして正座すると、膝に手を置いて深々と頭を下げた。

「万智ちゃんには本当に……本当に、申し訳なかったと思ってます。俺の筆が遅かったばっかりに、大事なリーグ最終戦の直前まで拘束してしまって……」

明日は東京で女流名跡リーグの最終一斉対局が行われる。

しかも五勝三敗で迎えた万智ちゃんは挑戦の目を残していた。

そんな重要な対局の前日まで俺のサポートを続けてくれて……。

ずっと一緒にいたからわかる。

対策を立てる時間なんて一切《いっさい》なかった。

いや！　そもそも万智ちゃんの棋力なら、ぶっちぎりの全勝で最終日前にタイトル挑戦を決めてもおかしくない。

それができなかったのは……俺の本を出すために様々な準備をしてくれていたから。

「ここまで一緒に作業すれば、出版業界に疎《うと》い俺にだって一冊の本を出すためにどれだけ金と時間と労力が必要になるか想像は付くよ。万智ちゃんがこの本のために、どれだけ自分を犠牲にしてくれたかは……」

企画書を仕上げるのだって簡単じゃない。

収録する局面図一つ作るのだって大変なのに、それを何百も作って、ミスがないかチェックして。

「執筆なんて本を出すための作業の一つに過ぎない……万智ちゃんのほうがよっぽど大変だっ

たじゃないか！　俺が『休んでくれ』って言っても全然寝なかったよね？」

　俺は執筆中に何度も寝落ちしてしまった。

『原稿が終わるまで、まともに寝られるなんて思わないでくださいね？』なんて言って脅したけど、そんなの嘘だ。

　万智ちゃんは寝落ちしてしまった俺をすぐには起こさずに、スケジュールの許す限り休ませてくれた。

　そしてタイミングが来たら俺を起こしてくれて。ダラけないよう敢えて厳しい顔もして……優しく鞭を入れて、励ましてくれて。

　つまり万智ちゃんは俺よりも寝てないし、遙かに疲れている。

「そんな体調で東京まで長距離移動して対局だなんて……どれだけ不利な状況か……」

「大丈夫」

　力強い口調と眼差しで、供御飯万智は俺に約束する。

「こなたには絶対に負けられぬ理由がおざります。編集者として」

　編集者として？

　棋士として……じゃなく？

「編集者は本を作るだけが仕事やおざらぬ。本を作ってからもハンソクが重要どす」

「え？　……反則？」

「販売促進。本屋さんにたくさん置いてもろたり、お客さんに手に取ってもろたり。最近やとSNSでインフルエンサーに拡散してもらうのが効果的どすが……将棋界で一番の宣伝は、昔から変わっておざらぬゆえ」

「？　それって……？」

「盤上で優秀性を示すこと」

「ッ……！」

「本の読者が、そこに書いてある戦法を使って、圧倒的な勝利を収める。棋書《きしょ》の宣伝はそれが一番なんや。昔も今も。ま、これは編集長の受け売りどすけどなぁ」

おどけたようにそう言ってから、万智ちゃんは自身の胸に手を当てて、

「九頭竜ノートの最初の読者は、こなたどす」

その瞳には深い自信が宿っていた。

「やったら……この世界を変えるほどのインパクトを盤上で与えるのが、最大の販促活動や。こなたが二冠目《女流名跡》を獲得して、そのインタビューで『躍進の原動力は九頭竜ノート』と答える。最高の販促におざりましょ？」

　確かに供御飯万智という棋士は、俺の本の内容を実戦で試すには最高の存在。

　なぜなら《嬲《なぶ》り殺《ごろ》しの万智》の棋風は玉をガチガチに固める『穴熊』をメイン戦法にしていると思われているから。

それがソフトの得意とするバランス型の将棋にガラッと変わって、しかもそれを並のプロ棋士以上に指しこなしているとなれば、注目が集まるのは必然。

誰もがその理由を知りたくなるはずだ。

──短期間でさらに強くなったもんな。

成長していく万智ちゃんと盤を挟み、言葉を交わすのは……楽しかった。

全てを忘れて没頭してしまうほどに。

幼い頃に二人で隠れて参加した将棋合宿のように。

「明日の将棋、必ず勝ちやす。この本に書いてある研究を使って、八一くんの正しさをこなたが証明する。ただ──」

申し訳なさそうに俯く万智ちゃんの声が、細く震える。

「その相手が、あの子やいうのが皮肉どすが…………あっ」

「ッ!!　ま、万智ちゃん!?」

ふらっ…………と。

立ちくらみを起こした万智ちゃんが、畳の上に正座していた俺の上に倒れ込みそうになる。

その身体を慌てて受け止めながら、

「大丈夫!?　どこも打たなかった!?」

「……あいすみません……少し目眩が…………もうちょっと、このままでも？」

「お……俺は、構わないけど……」

倒れかけた万智ちゃんを下から抱きしめるような格好になっているので、その……当たるんですよね。

大きくて柔らかい、二つのアレが………。

「ふふ。ご褒美をいただけて……得した気分におざりますなぁ……」

弱々しい笑顔を浮かべる万智ちゃん。

過酷な作業で何日も徹夜したせいで、やはり疲労の色が濃い。

支え続けてあげなければ今にも崩れ落ちてしまいそうで……俺はその細い身体を抱いたまま、さっきの話の続きをする。

「構わないよ。全力で倒してやってほしい」

「……ええの？」

「強くなるために東京へ行ったんだ。大舞台で強豪相手に大きなものが懸かった将棋を指すことが、強くなる一番の近道だよ。たとえ負けたとしても。それに——」

「それに？」

出来上がった原稿の束に目を落とし、答える。

「本には監修が必要だろ？　俺の書いた本が、本当に誰も見たことのない世界へと続いているのか……その答え合わせができるのは、一人しかいない」

「第五譜」

☗ 本気で

「……生理んなった」

女流名跡《じょりゅうみょうせき》リーグ最終日。

わたくし鹿路庭珠代《ろくろばたまよ》は、人生で最もタイトルに近づいたその日を、最悪の体調で迎えたのであります。

「せ…………………」

朝食の準備をしていた小学生は、そう言ったきり絶句して立ち尽くしている。

そして恐る恐る、尋ねてきた。

「つ、つらい……ん、ですよね？」

「まあ…………なったらわかるよ……」

貧血気味で、立ってるだけでクラクラする。

食欲も全く無い。おなかいたい。考えもまとまらない。全身がむくんで、正座するのつらい……指先の感覚もいつもと違う……。

要するに、全く将棋《しょうぎ》を指せる状態ではないのよ。

「あーあ。今年こそ……いけると思ったんだけどなぁ……」

何やっても最後は自分が勝つように世の中ができてると思えるほど運に恵まれてたのに……

ここに来て完全にツキに見放された。

いや。

そもそも燎《りょう》ちゃんに勝った後に、順位が下の相手に連敗した時点でダメだったのかもしれない。

それに関しては変な欲が出たからっていうか……まあ油断してたんだよね。こんなことになるってわかってたら変なことせず安全に勝ちに行ってたのになぁ……。

「……あの、先生？　朝ご飯は……」

「いいよいいよ。どうせ食べらんないし」

ベッドに倒れ込むと、そのまま布団《ふとん》を被る。

末端の冷えが全く引かない。震える……。

「不戦敗にしよっかな……どうせまともな将棋なんて指せないんだから。無惨《むざん》に負かされて、それで世間からは『プレッシャーで平常心が保てなかった』とか腹立つこと言われてさ……ま、どうせ誰《だれ》も本気で私にタイトル挑戦して欲しいなんて思ってないし？　私が対局室にいなくても誰も気付かなかったりね！　はははははは…………はぁ……」

「…………」

小学生は黙っていた。

黙ったまま……異様な行動に出た。

冷蔵庫や戸棚から食材を取り出すと、それをテーブルの上に並べ始めたのだ。

「どうしたの？　食べないって言ったじゃ――」

出かかった言葉が途中で引っ込む。

だって、そこに並べられていたのは……。

「ッ……！　あんた、それ……」

「はい。鹿路庭先生が全国各地からお取り寄せしてた食材です」

小学生は次々に、それがどんなものかを説明していく。

「お魚の味噌漬けは右左口《うばぐち》先生のご実家。お素麺《そうめん》は粥新田《かゆにた》先生の旦那さん。お米も、お肉も、お野菜も、果物も飲み物も……食べ物だけじゃありません。服だってお布団だって、この部屋にあるもののほとんどが、女流棋士に関係したものですよね？」

「ど、どうしてそれを――」

「みんな知ってますから。通販でこっそりお取り寄せしてSNSでさりげなく宣伝してあげて……そういうの、みんな知ってます」

違うから。

ファンは棋士のSNSを見て、そこに映ったものを特定する。

だったら女流棋士に関係するものを並べてみたら面白《おもしろ》いかもしれない。そう思っただけ。

別に、深い考えがあってのことじゃない。SNS時代の遊びみたいなもんだ。

そのほうがウケるかなって思っただけで――

「憶《おぼ》えていらっしゃいますか？　鹿路庭先生が将棋会館まで一緒に行ってくれた日のこと」

「ああ……あったね、そんなことも……」

「あの日、対局が終わって女流棋士室にいたら、右左口先生と粥新田先生がいらっしゃったんです。お二人とも対局の無い日なのに、どうしてだったと思いますか？」

そうだ。

私もエレベーター前で二人にすれ違った時、違和感を抱いた。なんでこの人たちがいるんだろって。

その理由を、小学生が明かす。

「わたしがお取り寄せした食材を料理してるのを鹿路庭先生のSNSで知って、それで『ありがとう』って言ってくださったんです！『今まで酷いことしてごめんね』って！」

そんな……ことが……？

「それから……それからみんなで、鹿路庭先生の話で盛り上がって。動画配信してるのも……将棋とは別の方法でお金を稼ぐ手段を模索してくれてるんだって、みんなわかってました……配信で手に入れたお金を女流棋士会の運営費にこっそり寄付してくださってるのが鹿路庭先生だってことも、みんな知ってました……」

そうだったの？

私はてっきり、また何か嫌なことでも言われたんだと思ってた。

けどまさか……全く逆の言葉だったなんて……。

「女流棋士に集まるいろんな声を、鹿路庭先生が……『たまよん』が代表して受け止めて……いつもいつも、つらい目に遭ってるのに、それを笑顔で受け止めて、軽く捌《さば》いて……」

やめてよ。

違うって。私はそんなご立派な人間じゃない――

「『そんなたまよんが一緒に暮らし始めたんだから、あなた絶対にいい子なんでしょ？』って、言ってもらえて……その言葉で、どれだけホッとしたか……鹿路庭先生、ぜんぜんわかってませんよね？」

まるで責めるような口調で、小学生は言う。

「東京《とうきょう》に来て………わたしが自分一人で摑《つか》めたものなんて、なに一つ無いんです……わたし一人じゃ、将棋盤の前に辿《たど》り着くことすらできなかったはずなんです………」

反論したかった。

いや違うから。それはあんたが頑張ってるからだって。

けど、できなかった。

喉《のど》の奥から熱い物がせり上がって来て……言葉を発したら、決壊してしまいそうで……。

「だから……だから！」

喋《しゃべ》ることができない私に、小学生は言葉を浴びせ続ける。

まるであの、とんでもない終盤力でソフト指しをタコ殴りにしたみたいに、弱った私の心をボコボコにする。

「みんな思ってます！　本気で思ってるんです‼　鹿路庭珠代にタイトル挑戦してほしいって‼　鹿路庭先生みたいな方こそタイトル保持者《ホルダー》になるべきだってッ‼」

ボロボロに泣きながら、小学生は私の心を張り飛ばした。

「本気で思ってないの、鹿路庭先生だけですっっ‼」

「…………………」

不思議なことが起こった。

あれだけ辛かった身体《からだ》が……動くようになっていたのだ。

眠っていた闘争心が全身に満ちていく。痛みを忘れてしまうほどに。

熱い。

布団なんて被っていられないほどに。

今すぐ将棋を指さなくちゃ、収まらないほどに。

だから私は目の前で泣いてる小学生に確認した。

「……あんた、わかってる？　私が勝っちゃったら、そのぶん自分がタイトル挑戦から遠ざかるんだよ？」

「わかってます！」

腕で乱暴に涙を拭《ぬぐ》いながら、あいは私を睨《にら》み付《つ》けた。

「わたしも勝ちます！　だから鹿路庭先生は負けちゃったらタイトル挑戦できませんから！」

「ふっ」

子犬が精一杯威嚇《いかく》するみたいなその目つきに、思わず吹き出してしまう。

女流名跡リーグは、勝ち星で並んだ場合、挑戦権を懸けてプレーオフが行われる。

私が勝って、こいつも……あいも勝てば、勝ち星が並ぶ。

もう一度、正々堂々と盤を挟むことができる。

本気を出した雛鶴《ひなつる》あいと。

それは………絶対に指しておかないといけない将棋だった。

「お互い勝って、プレーオフだ。そしたら連盟に直談判して対局を生配信しよーぜ！」

「はいっ!!」

――やっぱ、わかってないよ。

無邪気に喜ぶ小学生を眺めながら、さっき言えなかったことを、心の中で呟《つぶや》く。

ありがとう。あんたがいなかったら……私も、将棋盤の前にすら辿り着けなかった。

☖　最終一斉対局

女流名跡リーグは、最終戦が一斉対局となっている。

十人のリーグ参加者全員が東京の将棋会館に集められて五局同時に行われるのは、挑戦者を決めるだけではなく、リーグ陥落も絡《から》んでくるからだ。

十人中四人が落ちるという超過酷なリーグは、タイトル保持者ですら簡単に陥落の屈辱を味わう。

特に今期は挑戦の可能性を残す者と陥落の可能性がある者の勝ち星が一つしか離れていないという前代未聞の大混戦だ。

挑戦の可能性があるのは、五勝三敗の供御飯万智《くぐいまち》、鹿路庭珠代、そして雛鶴あい。

順位四位で四勝四敗の月夜見坂《つきよみざか》燎にすら陥落の危険があった――


「燎ちん。おはよだし」

月夜見坂燎女流玉将《じょりゅうぎょくしょう》が入室すると、今日の相手である恋地綸《こいじりん》女流四段が将棋盤をせっせと磨いているところだった。

「ごめん。もうすぐ終わるし」

「いや………まだ時間はあっからな。好きなだけ磨いてくれや」

どかりと盤の前に腰を下ろすと、月夜見坂は手持《て も》ち無沙汰《ぶ さ た》な感じで扇子《せんす》を閉じたり開いたりする。

実は月夜見坂も盤を磨くつもりで、かなり早くに入室していたからだ。

盤を磨きながら恋地は苦笑しつつ言う。

「まさか開幕戦のときは、お互いこうして最終戦で陥落の懸かった将棋を指すことになるなんて思ってなかったたし。びっくりだし」

「ヘッ！　最初っから落ちること考えてるバカはいねーだろ」

「そうかな？」

「あ？」

「燎ちんの開幕戦を見た後は、ずっと……落ちる心配ばっかしてたし」

「っ……！」

月夜見坂の開幕戦の相手。

それは――――雛鶴あい女流初段。

恋地はその対局で記録係を務めていた。記録の取り手が少ない女流棋士の世界では、女流四段が小学生の記録を取ることもある。

「あの将棋、勝ったのは燎ちんだったけど……見てて打ちのめされたのは、雛鶴ちゃんの指し回しだったたし。凄い才能を感じたってのもあったけど、女流棋界が上がったり下がったりで浮き足立ってる自分たちが、恥ずかしくなったし……」

恋地は綺麗《きれい》になった盤を両手で抱くようにしながら、

「そんなんだから今期、落ちそうになってるのは仕方ないし……っていうか女流タイトルを失ってからずっとこうしてズルズル落ちてくことに慣れちゃってる自分がいい加減イヤになって、でも簡単に諦《あきら》めずに最後までしがみつくし！　って決意を込めて、こうやって将棋盤にへばりついて磨いてるってわけだし。対局が始まったらホントに盤にしがみついたりできないし――」

「おい」

「だし？」

対局相手に片手を差し出しながら、月夜見坂はぶっきらぼうに言った。

「布を貸せ。オレにも磨かせろ」


四勝四敗で陥落の危機にある月夜見坂。

同じ勝ち星でも、順位が一位の花立薊《はなだちあざみ》は挑戦も陥落も共に可能性が消滅している。

だが、消化試合ではない。

むしろ花立こそが挑戦権の鍵《かぎ》を握っていると言える。

相手の鹿路庭珠代は勝てばプレーオフ確定の一戦とあって、この日最も報道陣が多く詰めかけているのが花立と鹿路庭の将棋だった。

そして下馬評では花立の有利が囁《ささや》かれている。

挑戦も陥落も無く、全《すべ》てのプレッシャーから解放された花立は今日、誰よりも伸び伸びと将棋を指せるはずだから——


そんな花立と久しぶりに顔を合わせた鹿路庭は、予想外の事態に激しく動揺していた。

「うっ!!　…………し、しつれ…………おエエエエ…………!!」

盤の向こう側に座る花立の顔色は、まるで死人のようだった。

自分の体調の悪さを忘れてしまうほどに。

「あ、薊姐《ねえ》さん…………まさか——」

「…………うん。妊娠してる……」

鹿路庭は仰け反った。

「三回目だから悪阻《つわり》も慣れた……って言いたいけど、今までで一番重いみたい……」

「だ、大丈夫なんですか⁉　安定期ってまだ先なんですよね⁉」

一人っ子なので親の悪阻を見たこともなく、苦しむ妊婦と間近に接するのは初めての経験になる鹿路庭。将棋どころじゃないと思った。

そんな優しい後輩に、花立は搾《しぼ》り出すような声で、

「座って将棋を指すくらいで赤ちゃんに影響したりしないわ。ただ……対局中、お見苦しい振

る舞いがあるかもしれませんが、どうかご容赦ください」

口元にハンカチを当てつつそう言って頭を下げる花立に、鹿路庭はうろたえつつも大切なことを伝えた。

「あ、いえ。あの…………おめでとうございます？　で、いいんですよね。もちろん」

「ありがと。もちろんそうよ」

花立は後輩の祝福に表情をほころばせる。

それからハンカチを畳んで膝《ひざ》の上に置くと、凛《りん》とした声で言った。

「精一杯戦いましょ。私はお腹《なか》の子に恥ずかしくない将棋を指します。だから珠代ちゃんも、歴史ある女流名跡戦の挑戦者に名乗りを上げるに相応《ふさわ》しい将棋を指してください」

「…………はいっ‼」

──なんだ。ツイてんじゃん。私。

てっきり幸運に見放されたと思っていた鹿路庭だったが、むしろ今、最高にツイてると思った。

しばらく険悪な関係だった将棋の神様に、改めて感謝を捧《ささ》げる。

相手が悪阻で苦しんでいるからではない。

人生で最も重要な一局を、自分にプロ根性を叩《たた》き込《こ》んでくれた最も尊敬する女流棋士と指せるという、幸運に。

順位最下位。開幕三連敗。

そこから五連勝して自力挑戦の目をわずかに残した雛鶴あい女流初段は、間違いなく今期のダークホースだった。

それでも鹿路庭の対局に報道陣が集まっているのは、今日、あいが戦う相手が悪すぎるからに他ならない。

勢いはある。将棋に華もある。

しかし勢いでどうにかなる相手ではない。勝負はほぼ決まったと見られている。リーグ表が作られた時から、あいが最終戦で負けるのは織り込まれていた。

その相手は――――釈迦堂里奈《しゃかんどりな》女流名跡に続き、女流棋士の歴史の中で二人目のクイーン位を手に入れた、別格の存在なのだから。


「あいちゃん。お久しゅう」

「……ごぶさたしてます。供御飯先生」

いつも通りはんなりと挨拶《あいさつ》する万智に対し、あいの声は固かった。

二人は親しいと言っていい間柄だ。

天衣《あい》が女王戦に挑戦したとき、あいは観戦記を担当した。

初めての仕事に戸惑うあいを指導してくれたのが万智で、だからあいは観戦記者の姿の万智を『鵠師匠《くぐいししょう》』とまで呼んで慕っていた。加えて万智は、あいの親友である貞任綾乃《さだとうあやの》の姉弟子《あねでし》にも当たる。

そんな綾乃から万智の素晴らしさを聞き続けていたあいにとっても、万智は憧《あこが》れのお姉さんのような存在だった。

その万智と、初手合《はってあ》いにして勝負将棋を指すことに、あいは戸惑いを覚える。挨拶もせず関東へ移籍した後ろめたさもあった。

「お元気そうどすな？　こないな大勝負で当たるんやなかったら、食事でもしながらゆっくりお話をしとうおざりましたが……」

労るように話しかけてくれる万智。あいはもっと恐縮してしまう。返事もできないほど。

「綾乃もシャルちゃんも、あいちゃんと会えなくなって寂《さび》しい寂しい言うておざります。落ち着いたらあの子たちにも会うてあげてな？」

「あっ…………」

「それに――」

天女のような表情のまま、万智は言葉の短刀で十一歳の少女を突き刺す。

「八一くんも、あいちゃんのこと毎日気にしててなぁ。こなたに様子を見てきてほしいとお願いしてきはるのどす」

「ッ‼」

あいの動揺は激しかった。その反応に万智は満足する。

——もっと深い部分で繋《つな》がっとることを知ったら……どないなってしまうかなぁ？

一手ごとに、あいは懊悩《おうのう》することになるだろう。

今後ずっとライバルとして戦い続けていく相手だと認めたからこそ、万智は本気であいの心を折ろうとしていた。

あいの心を支えているものを。あいが最後の最後で縋るものを。

——過ちは繰り返さぬ。銀子ちゃんの時と同じ過ち、は……。

供御飯万智山城桜花《やましろおうか》は美しい手つきで駒《こま》を並べながら、千年を生きた妖狐のように嗤《わら》う。

「初手合いや。一生忘れられん将棋にしよ？」


そして対局開始の時刻が訪れた。

「「「「「よろしくお願いしますッ‼」」」」」

五つの盤から、十の声が唱和する。

その声は美しい旋律のように、対局室に響き渡った。

夢と、意地と、プライドと名誉と。

それぞれが一番譲れないものを懸け、女流名跡リーグ最終戦一斉対局が始まる。

観戦する人々

「雛鶴あいも鹿路庭珠代も、二人とも負けてしまえばいいのじゃ‼」

愛弟子《まなでし》の放った言葉に、余《よ》は意外な思いで問い返した。

「そなた、あの雛鳥と親しいのではなかったのか？」

「あんなやつペッペッペ！　なのですじゃ！　わらわの家に下宿すればいいものを、よりにもよって女流棋士の中でも最低最悪な鹿路庭などというユーチューバーと一緒に暮らすとは……しかもチャンネル登録数、わらわよりメチャんこ多いし……！　なぜなのじゃ……わらわのほうが若くてかわいくて将棋も強いのにっ……‼」

余の二人目の弟子である神鍋《かんなべ》馬莉愛《まりあ》は地団駄《じだんだ》を踏んで悔しがっている。

馬莉愛の実兄にして兄弟子《あにでし》・神鍋歩夢《あゆむ》八段は妹のそのような姿に軽く溜息《ためいき》を吐《つ》いてから、余に問うた。

「やはりマスターの防衛戦は《嬲《なぶ》り殺《ごろ》しの万智》が相手となりましょうか？　とはいえ今日の将棋、およそ彼女らしからぬ指し回しですが……」

「ふむ……」

ディスプレイに表示される棋譜《きふ》は、確かに今の供御飯万智らしからぬもの。

しかしこの、一手ごとにギラギラと才能が輝く指し回しに、余は微《かす》かな見覚えがあった。

その記憶を探るために……一葉の写真を取り出す。

「憶えているかゴッドコルドレンよ？　あの日のことを」

「忘れるはずがございません。あの日、我が運命が決しました」

余にとってもその日は特別であった。

大盤解説の聞き手として、余は四人の小学生と出会ったのだ。

「あの日、小学生名人戦の決勝に残ったのは九頭竜八一《くずりゅうやいち》と月夜見坂燎であった。しかし余の目を惹《ひ》いたのは、そなたと……そして供御飯万智であった」

四人と一緒に撮影した表彰式の写真を眺めながら、余は当時を思い出す。

理想の棋士へと成長してくれた愛弟子の姿を見るたびに、自らの目の確かさに満足する。

タイトルを獲得したのは九頭竜八一のほうが早かった。

しかしA級棋士になったのは……名人に近づいたのは、神鍋歩夢のほうが遥《はる》かに早かったのだから。

「あの時なぜ万智だけがずっと泣いていたか、憶えているか？」

「はい」

最速でA級棋士となった弟子は、その理由を即座に答える。

「詰みを逃したからです」

「そうだ。万智は勝っていたのだよ。燎に対して完勝といってよい内容だったが……最後の最後に一手だけ間違えた。だから悔しかったのだ。そして――」

その経験が、あの子を変えてしまった。

「終盤にミスをしても負けぬよう穴熊《あなぐま》を多用するようになった。危険な道と安全な道があれば迷わず安全を選ぶ。奨励会にも興味を示さず、女流棋士になり、そして観戦記者として若き竜王を追いかける……より強く輝く才能を見ることで、己《おのれ》の才から目を逸らすかのように」

それは緩慢な自殺だと、余の目には映っていた。

だが――

「しかしどうだ今日の将棋は！　まるで……まるであの頃《ころ》の才気溢《あふ》れる少女が戻ってきたかのようではないか!!」

不自由な片脚を久しぶりにもどかしいと思った。今すぐにでも将棋会館へ駆けて行き、この目で万智が将棋を指す姿を確かめたいと思った。

余の防衛戦の相手に相応しいかを……では、ない。

消えてしまった白雪姫の代役に相応しいかどうかを見極《みきわ》めるために。


「気になりますか夜叉神《やしゃじん》さん？　今日の将棋が」

会議中に相手からそう問われ、私は驚いてスマホを落としてしまった。

何故《なぜ》ならその人は……こっちが見えていないはずだから。

「……ええ。姉弟子がタイトル初挑戦を決めるかもしれないもの。気になって当然でしょ？」

「もちろんですとも。局面を教えて頂いても？」

床に落としてしまったスマホを拾い上げると、口頭で局面を伝える。

「ほう？　先手《せんて》は供御飯さんのはずでしたが……大勝負で随分と大胆にフォームチェンジをなさったものです」

「そうね。あいは自然に応じてる。後手番《ごてばん》だし。けど、先手の指し回しは――」

「名前を知らずに棋譜だけ鑑賞すれば、つい別人の名前を思い浮かべてしまいますね」

私はその名前を口にしなかった。

必ず自分の元へ戻ってくるとわかっていても……こうして女狐との浮気《うわき》の証拠を見せつけられるのは不愉快だわ！

「……ところで、どうしてわかったの？　私がスマホで将棋を見てたこと」

「スマホを使っていたのはわかりませんでしたが、将棋のことを考えているのは気配でわかりますから」

「は？　…………気配、ですって？」

「ええ。これくらいの距離だと、相手がどの程度の読みを入れているのかは空気の揺らぎでわかるのです」

「…………化け物ね。Ａ級棋士ってみんなそんな感じなの？」

「一芸に秀でた存在であることは確かですね」

もしかしたら私の師匠になっていたかもしれないその人物は、底の知れない微笑《ほほえ》みを浮かべたまま、仕事の話に戻る。

「おかげさまで交渉事にも活用させていただいています。この特技のおかげで、目は見えなくても人を見る目は確かだと自負しておりまして」

「そう。私はお眼鏡《めがね》に適《かな》ったかしら？」

「もちろん」

将棋連盟会長の月光聖市《つきみつせいいち》九段は頷《うなず》いた。

「日本将棋連盟は東西の将棋会館の建て替え事業を御社に依頼する。そして御社は、スポンサーが抜けた女流棋戦の穴を補い……さらに女流棋界の発展のため長期的なパートナーシップを締結していただく。こちらに異存はありません」

「結構よ。それなりに仲良くやっていきましょう」

お互い握手をするような習慣はなかったから、それだけで全てが決まった。この人ともいずれ盤を挟むことがあるかもしれないし、必要以上にベタベタするつもりはない。ま、棋士同士って元々ビジネスパートナーみたいなものだから距離感を誤ることはないと思うけどね。

そうだ。最後に大事なことを言っておかないと。

「ところで夜叉神グループの名前は出さないようにしてくれる？　表向きは別会社を立てて、

そこの代表者が記者会見にも同席するわ。あっ、心配しなくてもそいつ、将棋は指せるから」

「何故です？」

月光会長はこの会議で初めて意外そうな声を出した。

「御社は既に反社会勢力とは縁を切っておられますし、連盟としましてはパートナーとして表に出ていただくのに何ら問題はないと考えておりましたが……」

なぜ、ですって？　そんなの決まってる。

「だって自分が獲るタイトルを自分がスポンサードするのって、自分のお誕生日会を自分で企画するみたいで恥ずかしいじゃない。でしょ？」


「……ふぅ。めちゃめちゃ恥ずかしいものを書いてしまった……」

プリントアウトした原稿は正視できない代物《しろもの》だった。

著書に収録する前書きやコラムを書いていたんだけど……こういう自分の心を剝き出しにするような文章って、書くのが難しいとかそういうの以前に、とにかく恥ずかしい。顔が熱い。

あと、やっぱり女流名跡リーグが気になってしまい執筆に集中できない。

「…………見るか」

敢《あ》えて遠くに置いていたスマホを取り、棋譜中継を開く。

「花立さんと鹿路庭さんの将棋は……え⁉　い、いくら何でもスローペースすぎないか？　慎重になるのはわかるけど……」

鹿路庭さんにとっては初挑戦が懸かってる。

ただ、花立さんは挑戦も陥落も関係ない。なのに序盤で一手指すのに三十分以上かけたり、考えるべきところで逆に手拍子《てびょうし》だったりと、指し手のリズムに一貫性がないのが気になった。

手を進めていくと、どんどん酷《ひど》いことになっていく。

「うわー……お互いに消極的になってるから、局面が見たこともない形に……ど、どうやってまとめるんだこれ？」

指し手もまた止まってるし、これは長くなりそうだ……。

そんなわけでいよいよ本命の将棋を見る。

『☗ 供御飯万智山城桜花　☖ 雛鶴あい女流初段　相掛《あいが》かり』

戦型《せんけい》は、相掛かり。

俺《おれ》とあいの得意戦法だ。だからあいが後手でそれを受けるのは自然といえる。

しかし誰が予想できただろう？

玉型が薄くなりがちな相掛かりを、穴熊使いの《嬲り殺しの万智》が先手で志向するなどという展開を！

「…………万智ちゃん、さすがだ。短期間でよくここまで……」

惚《ほ》れ惚《ぼ》れするような指し回しだった。特に大駒《おおごま》の使い方は天才的ですらある。

「奇妙に見える陣形も、大駒の稼働性を高めるという目的に合致してる。今はまだ、人類には優秀性を理解しづらい形だろうけどな……」

その陣形を見た瞬間にイメージしたのは――――九尾の狐。

一見、虫も殺せぬ高貴な美女のように見える。

「しかしひとたび正体を現した瞬間、盤上はもうその長い尾に支配されている。このままなら得意の終盤にすら辿り着けないまま……ただ嬲り殺されるぞ?」

中継ブログに掲載された、久しぶりに目にする弟子の小さな写真に向かって、聞こえるはずのないアドバイスを呟く。

俺の中でぼんやりと存在していた感覚的なものを、万智ちゃんは見事に言語化してくれた。

棋士の感覚は独特のもので、伝えるのが難しい。

何千何万局と指すことでようやく身につけたものだから当然だ。

けれどそれを言語化し、誰でも理解できるよう理論化することによって、短期間で習得することが可能となる。

編集者として最高の仕事をした証明を、供御飯万智はこの将棋で示そうとしていた。

同時にそれは……俺が師匠として未熟だったという証明でもあって。

何度更新ボタンを押しても、あいの指し手は止まったままで……。

髪をバッサリ切り落としたその痛々しい姿が、さらに痛々しく見えて……。

「…………口下手な俺じゃあ伝えきれなかったものが、いっぱいあったんだな……」

中継を消して執筆に戻る。

大切な人たちへ伝えきれなかった想いを形にするために。

「今さら手遅れかもしれないけど……」

ただその前にもう一つだけ、スマホを使って調べておきたいことがあった。

☖　永遠の五分間

初手《しょて》で万智が飛車先《ひしゃさき》の歩を突いた瞬間、あいの心臓は跳ね上がった。

――相掛かりになる!?　供御飯先生が……？

ドキドキと高鳴る心臓の音が漏《も》れてしまわないか心配しつつ、あいはできるだけ平然とした様子で飛車先の歩を突き返した。

万智の指は再び、突いた歩に触れる。そしてその歩を突いた瞬間、戦型は決した。

――相掛かりだ！

それは、あいの得意戦法。

師匠である八一と数え切れないほど指した将棋が、タイトル初挑戦が懸かった大一番で出現した。受験本番で一番得意な問題が出題されたような幸運に、あいの心は逸《はや》る。

だが、気になることもあった。

穴熊使いの万智が玉の薄くなる戦型を、しかもあいの得意戦法を敢えて選んだ理由は？

それを探ろうとあいは相手の表情を盗み見るが――

「くふ」

「っ……⁉」

不意打ち気味に視線がぶつかり、あいは慌てて視線を盤上に戻す。

万智は平安絵巻の宮女《きゅうじょ》のように扇子で顔の半分を隠しながら、あいのことをじっと見ていたのだ。今もまだ、視線を感じる……。

「ふぅぅ――――…………うんッ‼」

雑念を振り払うと、あいは駒組みを開始する。

万智が採用したのはソフト調の相掛かり。あいが親友の水越澪《みずこしみお》から教わり、月夜見坂から手痛い教訓を得た戦型だ。

そして……八一と指した最後の将棋でもある。

――負けない！　この将棋なら、師匠以外の誰にも‼

あいは後手番ながら積極的に攻勢を取る。

逆に万智の指し回しはまるで後手のようだ。

「……地下鉄飛車？　カウンターを狙《ねら》ってるの……？」

飛車を早々に走ったかと思えば最下段に飛車の通り道を築き、今度は8筋まで振った飛車をすぐまた2筋に戻すといった一手損《いってぞん》するような手も飛び出している。

それによって万智の飛車は制空権を確保しているが、あいは角を前線に繰り出すことで均衡を保つ。

さらに飛車で虎視眈々《こしたんたん》と敵陣への切り込みを狙っていた。

初型から動かないまま無防備に取り残された先手の角へ向けて、あいは攻撃の構えを見せる。

それを察知した万智は――

「おおこわ。怖いから隠れとこ」

そう呟いて、角を引く。自陣の奥底へと。

「……よしっ!!」

あいは形勢の好転を意識した。

――これで供御飯先生の角は封じた！　それに飛車も……!!

万智の引いた角が大きな岩のようになって、せっかく掘り進めた地下トンネルも塞《ふさ》いでしまっていた。二枚の大駒が反発し、機能不全に陥っているのだ。

「くっ……………！」

さらに万智は自陣に……さっきまで角があった場所に、貴重な歩まで打ってしまう。

あいの飛車を過剰なまでに恐れているかのようだった。

「くっ…………く、く…………く……」

万智の肩は小刻みに震えていた。紅の唇からは小さく声が漏れる。

――供御飯先生……もしかして、震えてる？

あいは再び視線を上げて、相手の顔を盗み見た。

「くふふ」

「ッ⁉」

供御飯万智は――――嗤っていた。

「はぁ…………がっかりやわ。あいちゃん」

顔を隠していた扇子を閉じればそこには、あいが想像すらしていなかった表情があって。

そして妖狐《まち》は盤の隅を指先で愛撫《あいぶ》すると、その手を盤上へひらりと舞わせる。

「八一くんと一年八ヶ月も一緒に暮らしておざったのに……十日かそこらしか一緒の部屋で過ごしてないこなたよりも浅い部分でしか繋がっておらぬとはなぁ？」

「ッ⁉」

そこから繰り出された万智の手順は、まさに絶技と呼ぶに相応しいものだった。

「あっ…………‼」

天地が逆転したかのような衝撃を受け、あいは思わず悲鳴を上げる。

「か、角が……いちばん下で邪魔になってたはずの角が、最前線に⁉」

万智が守り駒の銀を引くことで、下段の角が先手陣の中央をするりと抜けて一気に最前線へと躍り出たのだ。

人類には視認しづらい、駒と駒の間を斜めにすり抜ける角の可動域を利用した、ソフト時代の妙手だった。

序盤にして、あいは形勢の不利を自覚する。

大駒の稼働性が段違いなのだ。

十字飛車が制空権を確保し、さらに角までもが大威張りに盤面全体を睨む。

長い尾のような大駒の利《き》きが――――九尾の狐が、その恐るべき正体を現していた！

だが、さらに恐ろしいのは。

「こうこうこうこうこうこうこうこうこう………だ、ダメ⁉　どれだけ読んでも、わたしの攻めが……たった一枚の歩で完璧に受けられてる⁉」

万智が自陣の奥に打ち付けた、歩。

あいの飛車の利きを遮るためと思ったそれは同時に角も受けていた。盲点になっていた歩が読めば読むほど好手となって、あいを苦しめる。

「この指し回し、まるで……まるで、し…………しょ…………」

あまりにも柔軟で斬新な発想に、あいは思わずその名を口にしそうになる。

「ここからどすよ？　あいちゃん」

万智は盤の向こうのあいに顔を近づけると、躊躇《ためら》わずその名前を口にした。

「こなたと八一くんがどこまで深い場所で繋がったか……じっくり教えたるからなぁ？」


対局が続く五つの盤では、それぞれの女流棋士が必死に戦っていた。

挑戦や陥落が複雑に絡み合っていることから、どの対局も必然的にスローペース。一方的に持ち時間を使い尽くさないよう慎重に指していた。

だからそのうちの一つから記録係の声が響いた瞬間、対局室に驚きが広がる。

「雛鶴先生、残り十分です。何分から秒を読みますか？」

「今からおねがいしますっ！」

隣の盤から聞こえてくるそんなやりとりを耳にして、鹿路庭は痛みを堪えながらチラリと目だけで横を見た。

手番のあいは既に秒読みに入り、小刻みに揺れながら一心不乱に読みを入れている。額には大きな汗が浮かんでいて、それを拭う余裕すらない。

このタイミングで秒読みに入るということは……あいだけが一方的に時間を使わされているということだ。

——……盤を見なくても形勢がわかっちゃうな。

それでも一縷の望みをかけて盤面に視線を向けると、そこには見たこともない将棋が展開されていた。

「な、なにこれ⁉　さっぱりわかんね……」

もともと振り飛車党《ふりびしゃとう》である鹿路庭にとって、居飛車《いびしゃ》の最新形は専門外。

しかし隣で繰り広げられている将棋は、そこからも遠く隔たっているように見えた。おそらく中盤の終わりに差し掛かってはいるのだろうが……。

「残り五分です」

記録係の声に、今度は鹿路庭の対局相手が小さく呻《うめ》く。

「……あんな局面で、残り五分？　私なら何を指せばいいかわからないまま時間切れで終わっちゃいそう……」

居飛車党の花立ですら脂汗を流しながらそんな言葉を漏らす。一番遠い場所で対局しているはずの月夜見坂も、トイレに立ったついでにあいの背後から盤を見て舌打ちをしている。

しかし鹿路庭だけは違う感想を抱いていた。

——それだけあれば大丈夫だよね。あんたならさ。

必死に考え続けるあいを見て、思い出す。

同居初日。配信した切れ負けのネット将棋で、あいは五十連勝した。笑っちゃうくらいの勝ちっぷりだった。

しかも五十連勝を達成した次の瞬間、あいはこう言ったのだ。

「『もう一局指していいですか？』だって。ふっ……どんだけ将棋好きなんだっつーの」

だから、大丈夫。

雛鶴あいにとって――その五分間は永遠と同義。


残り五分になってようやくあいが着手《ちゃくしゅ》した手は、万智の予想の範疇《はんちゅう》だった。

「ふむ」

万智は軽く頷いてから、記録係に声を掛ける。

「こなたの残り時間は？」

「六三分です」

わざわざ時間を聞いたのは、あいに対する盤外戦術的な意味もあった。

――指し慣れぬ中盤で多少、予定より時間を使ぅてしもたなぁ。

しかしそれでも相対的に見れば万智の持ち時間は、あいの二十倍以上。

有り余っているとすら言える。

「さてさて。このまま組み合わず遠くから嬲り殺すか、それとも時間に余裕を持ったまま終盤戦に移行するか……どっちがあの人の好みどすやろなぁ？」

聞こえよがしにそう呟いて、あいの様子を確認しようとした……その時。

「………熱っ……!?」

顔の辺りで何か熱いものが爆ぜたような感触に、万智は思わず目を閉じる。

「静電気か？ 今、火花が見えたような……？」

チリチリと焦げるような匂いが鼻を突く。

万智はおそるおそる目を開けた。

盤の向こうで、あいは──

あいはただ、盤だけを見ていた。

将棋盤ににじり寄って、小刻みに前後しつつ、小声でブツブツと呟きながら、一心不乱に何かを読み切ろうとしていた。

額から流れ落ちる大粒の汗が雨滴のように畳を打つ。

「うこう」

あいの全身から発散される熱量。時間を圧縮するかのような呟き。

そして自分の持ち時間だけでは足らず相手の持ち時間すら使い尽くそうとするかのようなその様子に、万智はこの将棋で初めて感じた。

恐怖を。

「ッ⁉　………面妖《めんよう》な……」

棋譜を返却すると、一瞬だけ心に忍び寄った恐怖を振り払うかのように、供御飯万智は駒音《こまおと》高く敵陣へと切り込んで行った。あいを直接その手で殺すために。

「さあ！　こなたが見せたるわ、あいちゃん！」

それは《鏖り殺しの万智》との……これまでの自分との決別の一手であると同時に、この一局を九頭竜ノートの販促とするために必要な一手であった。

「誰も見たことのない終盤を‼」

しかしあいの動きは万智の予想を超えていた。

腰を浮かせ、まるで猫科の肉食獣のように四つん這いになったあいは、すぐさま次の手を着手したのだ。

「ノータイム⁉　ここで時間を使わん？　…………なぜ？」

安い挑発か？　それとも時間がなくて焦ったのか？

どちらにしろ自分までそのペースに合わせる必要はない。そう判断した万智は、腰を落としてじっくりと読みを入れる。

小刻みに時間を投入する万智。

ノータイムで応じるあい。

そして手が進むほどに複雑化していく局面。

「供御飯先生、残り三十分です」

「あい」

万智は時間を確認して心を落ち着ける。持ち時間の半分を費やしたものの、まだまだ三十分もある。残り五分のあいの、六倍もの持ち時間が――

「え？」

記録係の読み上げる残り時間が一人だけ全く変わっていないことに、万智は衝撃を受けた。

「あ、あいちゃんの持ち時間………減ってへんの？」

つまりあいはずっと一手に一分すら使わず指し続けているということだ。

普通ならそんなことをすればミスが出て一気に将棋が終わる。ただでさえこの終盤はこれまでの経験が全く活《い》きない新しい将棋。ごくわずかな時間で正解手を指し続けるなどという芸当はプロ棋士ですら不可能なはず。

しかしなぜか形勢が離れない。万智がどんな手を指そうとも、どれほど難解な局面が出現しようとも、あいは瞬時に正解手を指し返してくる。

そして形勢が全く離れないまま――

「供御飯先生、残り十分です。何分から秒を読みますか？」

「は⁉　い、今…………いや！　五分からやッ‼」

減らない。

あいの持ち時間だけが、減らない。

「くっ…………⁉」

九頭竜八一の研究と深い部分でリンクし、序盤と中盤では完全に弟子《あい》を圧倒した。

しかし終盤に入ってからは万智だけが一方的に時間を使わされている。

その事実から導き出される結論。

「なるほどなぁ……どうやら甘く見ておったようや。ここまで深い部分で八一くんと繋がっておざったんやね？　あいちゃん……」

深く。深く。

深く深く深く深く潜っていったところでようやく見えた、あいと八一の繋がり。

「けど！　こなたも深さなら負けぬわッ‼」

供御飯万智には自負があった。自分が最も八一を理解しているという自負が。銀子《ぎんこ》を除けば自分が最も長く深く八一と接してきたという自負が。誰もが理解していなかった九頭竜将棋の真価に最も早く気付いたのは自分だという自負が。

けれど同時にこうも思う。

——この姿、どこかで……？

終盤になってあいが盤上に没我する姿が、不思議と八一に重なるのだ。帝位戦第一局で7七同飛成という超人的な一手を放った瞬間の八一に……。

違和感はもう一つあった。

普通、手が進めば進むほど時間を必要とする。未知の局面に出会うからだ。

しかし今のあいはまるで逆だった。

まるで最初からこう進むことを知っていたかのように駒を動かしていく。

「ッ⁉　……ま、まさ…………………か……？」

その時、ようやく万智は気付いた。

自分が最初に読んだはずの本。

自分が編集者として世に出す手伝いをした、九頭竜八一の処女作。

その書き手が一人ではなかったことを。

九頭竜八一の将棋《ものがたり》が共著だったという事実を。

「………終盤は……八一くんが…………あいちゃんの将棋を吸収してた…………？」

別れ際に八一が口にした『監修』という言葉の意味。

誰も見たことのない序盤と中盤を経た先にある、終盤。

九頭竜八一の目にしか写っていないはずのそれが、雛鶴あいにも見えているのだとしたら。

「こ、こなたが……読み間違えておったと？　あいちゃんの存在の、大きさを……？」

師匠と弟子。

そんな関係性で説明できるほど浅い繋がりではない。

あいと八一は互いが強く影響し合うことによって全く新しい将棋への扉を開いた。

だとすれば。

その出会いはもう――偶然ではなく、必然。

将棋という千年を超える物語においてそれは、新しい章の始まりと規定されるべき、劇的なものだった。

――将棋だけに限れば、その繋がりは…………銀子ちゃんよりも……!?

頭に浮かんだそんな考えを万智は闘志で塗《ぬ》り潰《つぶ》す。

「潰す！　今のうちに……潰すッ!!」

九頭竜ノートが公開され、そのエッセンスを全ての棋士が吸収したときに何が起こるか？

雛鶴あいにしか読み切れない終盤戦へと突入する。

では、そこで最強になるのは、誰か？

その答えが今――――――供御飯万智の目の前で燃え盛る!!

「こうこうこうこうこうこうこうこうこうこうこうこうこうこうこうこうこうッッッ!!」

「潰す」

圧倒的な速度と熱量《よみ》で放たれるあいの攻めを万智は執念で潰していく。着手のタイミングをコントロールし相手の呼吸を乱す盤外戦術まで解禁して。

「潰す潰す潰す潰す潰す潰す潰す潰す!!　捻り潰す押し潰す擂《す》り潰す踏み潰すッッッ!!」

苦い記憶が呼び覚まされる。

――初めて銀子ちゃんと将棋を指した時、こなたは最後の最後で潰すのを躊躇った。

あの時、銀子の息の根を止めることができなかった。

病弱でかわいそうな年下の少女を潰す覚悟が、小学六年生の万智には持てなかったのだ。

そして二度あった直接対決で敗れたことが万智の人生を変えた。

一度目は名前を口にする権利を奪われ。

二度目は格の違いを思い知らされた。

「三度目は……三度目は負けられんのやッ!!」

だから今、万智は本気で十一歳の少女を殺す。自分が一番だと示すために。

「銀子ならともかく!!　こないな小娘にまで……ッ!!」

供御飯万智は渾身《こんしん》の力を振り絞って、未知の終盤で正解を求め続ける！

しかし直後、無情な宣告が。

「供御飯先生。これより一分将棋です」

「ッ⁉　い、一時間以上あった持ち時間が…………………溶けた？」

一方、あいの持ち時間はまだ五分のまま。

その不条理に万智は叫んだ。

「なんで減らん⁉　なんで……なんで……なんでッ‼　こなたのほうがぎょうさん時間があったやんかッ‼」

こなたのほうが！

こなたのほうが‼

こなたのほうがッッ‼

自分が勝つべき理由を数え上げながら万智は指し続ける……が、転げ落ちるかのように形勢は悪化の一途を辿っていた。

万智がこれまで丁寧に張り巡らしてきた伏線も。時間を掛けて紡いできた物語も。その全てを無視して強引な結末を押しつけてくる、圧倒的な力。

才能。

その理不尽に万智は抗議する。

「潰れろ！　潰れろ!!　潰れろぉぉぉぉぉぉぉぉぉぉぉぉぉぉぉぉぉぉぉぉぉッッ!!」

絶叫と共に、《嬲り殺しの万智》は己が最善と信じた最強の一手を放つ！

その手を見た瞬間。

「こうこうこうこうこうこうこうこうこう――――――――――――――――」

それまで激しく動いていたあいが、急に静かになる。

放射していた熱が一点に収束していく。

そして――――

「こう」

雛鶴あいは静かに着手した。王手を。

その佇《たたず》まいはどんな言葉よりも雄弁にこう宣言している。

『勝ちを読み切った』

と。

一方、万智はまだ結論を出せずにいた。息を荒げ、髪を掻《か》きむしりながら、自玉の逃げ場を探し続けているが――

「あ、あかん……！　時間が…………時間が足らんッ……!!」

難解な終盤戦はまだまだ続く。少なくとも万智にはそう見えた。詰みがまだ見えないから。

だがもう万智にはそれを解く時間が残されていなかった。

――……ここまで、かぁ………。

ゴールが見えるのであればまだ走り続けられただろう。

しかし終わりすら見えない無間地獄のような終盤。まるで次々と出題される難解な詰将棋《つめしょうぎ》の嵐《あらし》に脳は疲れ果て、万智は遂に心が折られてしまう。

「ふっ………完敗や。こなたに読み切れるものやなかったか………」

負けた……が、達成感はある。

あいの終盤力に屈しはした。

けれど序盤と中盤に関しては、八一の思想を最も理解しているのは自分だと証明することができた。

そしてあいの見せた終盤があったからこそ、この将棋は全ての棋士に衝撃を与えるだろう。

この終盤に辿り着けたことだけでも十分な収穫だった。

――こなたの真の目的はタイトル挑戦でも、あいちゃんに勝つことでもない。

いいいいいいいいいいいいい、いいいいいいいいいいいい。

あとは、いかに綺麗に死を飾るか。

一分将棋の中で万智は投げ場を探した。美しい投了図《とうりょうず》を求めて。

しかし。

――で、でもこれ……本当に詰んでるん⁉　投了して、もし詰んでなかったら……⁉

投げられない。

詰みが見えないからこそ、必敗と頭で理解しつつも投げられない。万智の指は死にきれない自殺志願者のように盤上を右往左往し……結局、投了ではなく延命の一手を指した。

そこに。

「こう」

ノータイムであいが次の手を指す。

誰も見たことのない終盤で、あいの描く投了図は複雑怪奇。人類の盲点を縫うように編み込まれた長手数《ちょうてすう》の詰将棋は、ここに至ってもまだ万智にはその解が見えない。

「あ………詰っ、ああ………あぁ？」

秒に追われながらそれを解くなど万智には不可能だった。現役《げんえき》の女流タイトル保持者である供御飯万智にすら不可能だった。

「こう」

ノータイム。

「ひっ………ひぃ……!!」

秒に追われ、心を整える余裕すら与えられず、万智はただ慌てて指を動かした。盤上を這いずるように玉が逃げ惑う。

その玉を――

「こう」

あいの指が静かに、ひたひたと追い詰める。

ノータイムで。

「あっ…………が…………あ、あ…………！」

潔い投了すら許さない。

倒れることすら許されない光速の王手ラッシュを浴びながら、万智は朦朧《もうろう》とした意識の中で
圧倒的な才能の持つ不条理を呪った。

──無敵やん。こんなん。

女流棋士で、この終盤に飛び込んだあいを止められる者などいないだろう。

いや。

プロ棋士ですらきっと、そう遠くない日に狩られる。九頭竜ノートが将棋界に浸透すればす
るほど、あいの才能が猛威を振るう。

──そうなったとき、この子は…………何を目指すん……？

九頭竜八一は魔王となった。

本人は望まなかったとしても、その巨大な翼は将棋界全体を覆い尽くし、その鋭い爪は愛す
る者をも傷つけた。

そんな暗闇の中で雛鶴あいが何を目指して飛ぶのかを……万智は見たいと思った。初めて九
頭竜八一の将棋を見た時と同じように。

自らの破滅すらも魅力的なものに思わせてしまう魔物。

それが将棋だと、それが才能だと、供御飯万智が誰よりもよく知っていた――――

「失礼します」

疾《と》うの昔に詰みを読み切っているあいは、静かな手つきで最後の一手を指す。

頭金《あたまきん》。

自玉の頭に金を打たれての詰みという初心者のような手を指され、ようやく万智は、詰みに気付く。

「………一手詰み？　こ、こないな恥辱を……！」

ブルブルと震えながら、供御飯万智は屈辱に青ざめつつ、頭を下げた。

「あ……ありませぬ。もう……どこにも指せる場所が……ない……」

史上二人目のクイーン位を得たタイトル保持者ですら陵辱され尽くす。

その人智を超えた終盤力に、見守っていた誰もが恐怖した。


勝者は雛鶴あい女流初段。

リーグ三連敗からの六連勝。競争相手の山城桜花を直接対決で下し、暫定首位に立つ。

小さかった《竜王の雛》は今、自らの翼で空を飛び。

そしてこの大都会で、餌を狩ることを覚えた。自らの小さな爪で。

重要な対局が続いていたため感想戦は別室で行われた。

「………そっか。こなたはこの詰み筋が見えておらんかったのどすな……」

あいから詰み手順の説明を受け、ようやく万智は自身の負けを理解する。

渾身の勝負手を指した瞬間に頓死《とんし》していたことを。

それはまるで、十年前の小学生名人戦をなぞるような、最も苦しい敗北だった。

「あいちゃん」

勝ち方が勝ち方だっただけに気まずそうにしている勝者へ、万智は優しく礼を言う。

「ありがとぉな？　これで詰みどす」

「は………い？」

万智は駒を片付けると、立ち上がって出口に向かって歩きながら、

「あいちゃんが元気でおること、八一くんにちゃんと伝えまする。きっと……喜ぶわ。あいちゃんの勝利を」

「あっ……」

腰を浮かして思わず万智の後を追おうとしてしまったあいだが、ギリギリのところで踏み止まった。

——追いかけて……どうするの？　わたしは東京で将棋をがんばるって決めたのに……。

閉じた扉を見詰めたまま、あいは立ち尽くす。

少しだけ引っかかることがあった。

「供御飯先生……笑ってた？　挑戦を逃したのに……？」

負け惜しみとも思えないその表情に不穏なものを感じはしたが、今、あいにはもっと気になることがあった。

「……鹿路庭先生っ……！」

ソファに座り直すと、あいは祈るように両手を組んで、鹿路庭がここへ来るのを待つ。

自分から対局室へ行く勇気はなかった。


完全なる泥仕合だった。

「はぁぁ……もう、どうしてこんな将棋に……」

鹿路庭は盤の前でぐったりとうずくまりながら、手番の花立が必死に読みを入れているのをぼんやり眺めていた。

対抗形の終盤にありがちな、壮絶な殴り合い。しかも互いに決め手を外しまくっているため盤上はさらに複雑怪奇。

というかもう、グチャグチャだ。

「………すっかりツキが逃げちゃったねぇ」

リーグ中盤戦で月夜見坂に勝ったあたりは、考えなくても指が急所に伸びてくれた。それでどんどん連勝が伸びていったのに……。

いいや。本当はわかっている。勝てなくなった理由は。

あいの近くにいたことで、自分もあんなふうに相手を詰ますことができるんじゃないかと思ってしまったからだ。

だから終盤で相手を詰まそうとして、すっぽ抜けて、連敗した。あそこで自分の才能を冷静に見積もることができていたら、最終局を待たず挑戦権を手にしていただろう。

それともう一つ。

――疑っちゃったんだよね。本当に私が挑戦者になっていいのかなって。

自分が一番、頑張ってると思ってた。

才能は足りないかもしれない。けど女流棋士として……《プロ女流棋士》なんて揶揄《やゆ》されるくらい高いプロ意識を持って仕事をしてきたつもりだった。恵まれた環境にあるプロ棋士よりも将棋界に貢献してきた自負があった。

けれどあいを見てその自信が揺らいでしまったのだ。

自分より若くて、才能があって、かわいい……からではない。

――私より必死に戦ってるのがわかったから……。

さっきまで隣で繰り広げられていた壮絶な将棋。

あいが勝つかもしれないとは思っていた。

けれどあの《嬲り殺しの万智》を、投了するタイミングすら与えず一手詰みまで追い込んで逆に嬲り殺すなんて、想像すらしてなかった。

「はは…………鬼だろあいつ」

雛鶴あいがタイトル戦に登場したらきっと、日本中がひっくり返る。

生理痛で考えがまとまらないまま、鹿路庭は盤の前でそんなことを考えていた。集中は切れかけている。そもそもまともに将棋を指せるような体調じゃない。

でも。

——言い訳できないよね。だって相手……妊婦だし……。

花立は何度も何度もトイレに駆け込んで、真っ青な顔をして戻って来ていた。悪阻が重いと聞いてはいたけど、実際に盤を挟むと想像以上の壮絶さだった。

「……女にとって、これが普通？　んなわけねーだろ……」

生理痛も悪阻も。

男性には存在しない肉体の変化だけど、確かにこの世に存在する。

事実を口にするだけで『甘え』と叩かれるけど。

そんな中で、いつしか諦め、固く口を閉ざし、愛想笑いと相槌《あいづち》を繰り返してきたけど。

——でもさぁ！　戦ってるんだよ私たちも!!　人生を懸けて!!

ベストな状態で最高の棋譜を残したいという気持ちまで否定して欲しくない。

決して表に出ない情報だろうけれど、今日の将棋は苦しみの中で生み出した棋譜だということだけは誰かに理解してほしかった。

「花立先生残り十分です。何分から秒を読みますか？」

「…………………」

記録係の呼びかけにすら答えられないほど花立は疲弊している。限界を遙かに超えて戦うその姿に鹿路庭は敬意を覚えると同時に……身体を労《いたわ》って欲しいと強く思った。

最後に残していた虎の子《とらのこ》の持ち時間が容赦なく溶けていく。

花立は残り三分まで必死に考え――――大きく息を吐いた。

「私は……将棋に全てを捧げることで、ようやくタイトルを手に入れられると思ってた」

「……？」

唐突にそんな話を始めた花立を、鹿路庭は驚きの目で見る。

――投了？　いや、まだ記録係は時計を止めてない……。

勝負を捨てたわけではない。しかし花立は自分の中で何か区切りを付けたということなのだろう。

そして同時に、後輩に何かを伝えようとしていた。

鹿路庭は姿勢を正して、尊敬する先輩の言葉に耳を傾《かたむ》ける。

「けどそれは違った。私が捧げたと思った幸せは、別に将棋と引き換えにするようなものじゃなかったの。銀子ちゃんに全部奪われて、そのことに気付くことができた……」

初代女王・花立薊。

女性としての幸せを拒んでいるようにすら見えたストイックなその姿勢から《茨姫《いばらひめ》》とまで呼ばれた彼女は、喪失の末に見つけた答えを口にする。

「不幸になったって、苦労したって、それで強くなれるわけじゃないって」

「ッ……!!」

「じゃあもう思いっきり幸せになりながら強くなる方法を探してやろうって思ったの！　欲しいもの全部に手を伸ばしてやろうって！　将棋も、家庭も、欲しいもの全部！　どうしても男の子が欲しいから三人目を妊娠して、それでも私は強くなってる実感がある。全盛期は過去じゃない。今が一番強いって」

三児の母になる予定の女流棋士は胸を張ってそう宣言してから、盤の向こうに座る後輩へ訴える。

「だから珠代ちゃんも欲張りになっていいの。あなたは周囲に気を回しすぎるから……優しすぎて、真面目《まじめ》で、いつも他人を優先してしまうから。でも、欲しいものを欲しいと言っていい。幸せを掴むために不幸になる必要なんてない」

そして花立は駒を動かす。

「さ、摑んでみなさい。私も簡単に差し出す気はないけどね！」

現れた局面を見て、鹿路庭は息が止まるほど驚いた。

それは勝利を摑むための手ではなく、ぐちゃぐちゃになった局面を整理するための一手。

下駄《げた》を預けた。

花立自身も限界だったのだろう。

自分も読み切れない局面で、鹿路庭に決断を委《ゆだ》ねた。答えを当ててみろと。

「ッ……!!　……………道は、二つ………………」

詰ますか、それとも受けに回るか。単純な二者択一。

しかし激しい疲労と生理痛で意識が混濁しかけている中、残り少ない持ち時間でどれだけ考えたところで鹿路庭では正解に至ることはできないだろう。

運を天に任せ、目を瞑《つむ》って指したほうがまだ確率は高いはずだ。

自分は雛鶴あいではないのだから。

「私が進む道は――――」

鹿路庭珠代は震える手を伸ばした。

本当に欲しいものへと。

部屋の外が騒がしくなったことに気付いてもまだ、あいは顔を上げることができなかった。

「…………」

心臓は破裂しそうだ。

結果は？　もし鹿路庭が勝っていたら、自分は本当にそれを祝福できるだろうか？

ドタドタと走る記者たちの足音。シャッターを切る音。

その中に混じる、聞き慣れたヒールの音。

東京に来てからずっとその後を付いて歩いてきた足音が少しずつ近づいてきて……部屋の前で止まった。

──もし……鹿路庭先生が負けていたら？　挑戦権を手に入れた瞬間、わたしは…………。

ガチャ。

「ッ!!」

扉の開く音に、あいは弾かれたように顔を上げる。

鹿路庭が立っていた。

「……………先生……」

目が合うと、鹿路庭は笑顔を浮かべる。

そしてあいに向かって、いつもの口調でこう言ったのだ。

「おめでと」

短いその言葉に全てが詰まっていた。

「っ────────!!」

あいはその場にうずくまり…………泣き崩れた。

初めて手に入れたタイトル戦の切符を、雛鶴あいは笑顔ではなく泣き顔で受け取る。

「初挑戦って夢は摑めなかったけど、たぶんその前に摑んどかなきゃいけないものが私にはあったんだと思う」

泣き続けるあいに向けてなのか、それとも自分を納得させるためなのか。

鹿路庭は穏やかに語り始めた。

「もしそこをすっ飛ばして挑戦権を手に入れてたら……一生摑めないままだったかもしれない。そう考えたら、これで良かったんだって納得できたよ。負け惜しみかもしんないけどね！」

花立は、幸せを摑みながら強くなる道を選んだ。

だから鹿路庭も本当に欲しいものを摑もうとしたのだ。

それは────自分を将棋の道へと導いてくれた棋士と共に生きていく、決意。

その背中をずっと追いかけて、そして……必ず捕まえたいと思った。そのために鹿路庭は、読み切れない局面で、それでも自分で読んで正解だと思った手を指した。前に進むために。

結果的にそこだけは絶対ダメという手を指して頓死してしまったけど――

《茨姫》は感想戦でこう言ってくれたのだ。

『おめ将棋愛してっぺ？』

だからこれでいい。後悔はない。

……感想戦を始める前にトイレで化粧を直すハメになりはしたけど。

「でも、あんたは違うんだろ？」

あいの頭に手を置いて、鹿路庭は優しく語り続ける。

「雛鶴あいが東京に出てきてまで摑みたいものは、こんな挑戦権なんかじゃないんだろ？

一生に一度だけでもいいから手に入れたい。

それを手に入れられたら楽になれる。棋士として生きた証《あかし》になる。

鹿路庭や山刀伐《なたぎり》がそう望んでいたタイトルというゴールは、けれど十一歳の少女にとっては進むべき道の途中でしかない。

「だったら行かなきゃ！　一人で行くのが不安なら、私が背中を押してやる。タイトル戦のために空けてたスケジュールが真っ白になったからね（笑）」

「…………どうして………」

「ん？」

それまでただ聞いていたあいは、溢れる涙を止められないまま、嗚咽《おえつ》のような声で尋ねる。

「どうしてそんなに…………やさしいんですかっ……‼」

「あんたが頑張ってるから」

鹿路庭は即座にそう言い切った。

「私が優しいんじゃない。将棋に向かうあんたの姿が、私を変えたんだよ。それもあんたの才能さ……きっと一番熱くて大きなね」

同居を始める前には想像すらしていなかった未来が目の前に広がっている。雛鶴あいという少女には、未来を変える力がある。

「あと…………………やっぱこれは言わんとこ」

「なんなんですか！　もー‼」

「ほら行くよ！　部屋の外で待ち焦《こ》がれている報道陣に、一緒に行って気まずい思いさせてやろうぜ！」

ヘッドロックするかのようにあいの頭に自分の腕を絡ませると、鹿路庭珠代は自慢の胸を張って、部屋の外へと飛び出した。

ずっと妹が欲しかったんだよ。

一緒に将棋を指してくれる、生意気でかわいい妹がさ。

☖ 二人の一番長い日

かつて『女流A級リーグ』と呼ばれていた女流名跡リーグ最終一斉対局の翌日。

A級順位戦最終局が、同じ将棋会館で行われた。

『将棋界の一番長い日』とも呼ばれるその一日は毎年お祭り騒ぎで、桂の間には将棋関係者だけじゃなく将棋好きの芸能人や文化人が顔を見せたり、夕方からは二階の道場を閉めて深夜まで続く大盤解説会をやったり、とにかく忙しい。

もちろん私も大盤解説でのお仕事が入ってた。人気女流棋士だからね！

「どもども～☆ 昨日、頓死して女流名跡への挑戦権を逃した鹿路庭たまよんだよ～☆」

「ちょ、挑戦権を獲得した、雛鶴あいですっ！ ごめんなさい!!」

「そして女流名跡リーグから陥落した恋地綸だし！ みんな落ちろ落ちろ落ちろ!!」

「こ、恋地先生？ A級の陥落は二人だけ……」

「うっせえし！ みんな不幸になればいいしっ!!」

リンリンやべぇな。

そんな楽しい（？）大盤解説も、小学生をタクシーに押し込んで実家の経営する旅館へ送り出した（「最後までいます！」って抵抗したけど「親に挑戦の報告くらいしてこい」と命令して納得させせた）頃からは、殺伐とした時間帯に突入。

名人と同世代のタイトル経験者たちが続々と負けてB級1組へと陥落していく。

この世の終わりみたいに絶望した表情で、大盤解説会でファンに向かって頭を下げる黄金世代の棋士たち。降級者は解説会に顔を出さないものだけど、彼らは敢えてそれをした。

そんな棋士の姿を見て、ファンもまた泣いていた。

世代の変わる瞬間を目に焼き付けながら、けれど私は最後まで残った将棋のことしか考えることができなかった。

それは――――名人挑戦者を決める一局。

山刀伐尽《じん》八段と生石充《おいしみつる》九段の、同世代対局。

親しいからこそ、年齢が近いからこそ、将棋観も人生観も正反対だからこそ、その将棋は一番激しく輝いていた。

互いの人生をぶつけ合うかのような、壮絶な終盤戦。一手ごとに会場では悲鳴と溜息が交錯する。

終局時間は、午前二時十八分だった。

そこで私は《プロ女流棋士》にあるまじき失態を演じてしまう。

大盤解説の途中だというのに……泣いてしまったのだ。

どれだけ言葉を絞り出そうとしても無理だった。涙が次から次へと溢れて……一言も喋れなくなってしまう。

「たまよん。ここは任せてだし」

「ごめん……」

マイクをリンリンに渡すと、私は対局室へと走る。

報道陣や関係者でごった返すその部屋では、ちょうど勝利者のインタビューが行われるところだった。

名人挑戦者の…………山刀伐尽八段の、インタビューが。

「初の名人挑戦です。今のお気持ちはいかがですか？」

「……盤王戦で負けた直後に、こうして再び名人に挑戦する機会をいただけたことを……感謝します」

疲れ果て、笑顔すら浮かべられないまま、男は言葉を絞り出していた。

「七番勝負はどんな展開を予想されますでしょう？」

「世間の下馬評では、ボクがまた負けると思われているでしょうね。それは当然だと思います。ボクは未《いま》だに、なぜ自分が負けたのかわからないから……」

「それは敗因の分析が終わっていない、ということでしょうか？」

「ええ」

驚く周囲へ軽く頷いてから、山刀伐尽はこう続けた。

「わからない。だから、わかるまで何度だって挑戦しますよ。名人がボクに飽きてタイトルを投げ出すくらい、何度でも……ね？」

関係者だけが使う階段の踊り場でジンジンを待っていた私は、降りてくるその姿を見て、軽い調子で声を掛ける。

「よっ」

壁に背中を預けたまま、私は片手を挙げて笑顔を作った。

「名人挑戦だって？　すごいじゃん」

「うん」

「ところでさ」

俯《うつむ》いて、早口に喋る。沈黙が怖かった。

本当に言いたいことは別にあったけど、そのとき私の口から滑り出たのは、自分でも思ってもみない言葉だった。

「ジンジンが、あいを引き取ったのってさ。私のため……って思うのは、自己中心的すぎるかな？」

「あの子を手元に置くのは純粋に自分のためだよ」

ジンジンの答えは明快だった。

「……ただ、そのお裾分《すそわ》けを珠代くんにもあげようとは思ったかもね？」

「そりゃありがと」

おかげでいい経験ができた。そこは本気で感謝してる。

ただ、今の答えでちょっと自信が揺らいでしまった。言うべきか言わないべきか……。

私が躊躇《ちゅうちょ》していると――

「弟子を取る人間のことが理解できなかったんだ。ずっと」

ジンジンも壁にもたれて、私の隣で勝手に何かを話し始める。

「家庭を持つ人間のことも同じように理解できなかった。だって、明らかに自分のために使える時間や体力が減るだろう？」

「……」

「でも、それを変えてくれた出来事があったんだ」

「それが……あい？」

ちょっと弱気になりながら私は尋ねる。やっぱり言うのやめようかな……。

ジンジンは遠い目をして、こんな話を始めた。

「若手の頃、小学生の女の子に将棋を教える機会があってね。駒の動かし方すら知らない子供に将棋を教えるなんて時間の無駄だと思って一度は断ったんだけど、連盟の命令で仕方なく行った先で……その子に出会ったんだ」

「っ……！　それって……」

「不思議な感覚だった。自分の将棋に費やす時間は減ってるはずなのに……どういうわけか、その子に将棋を教えることを考えると、将棋がもっと楽しくなった。公式戦でどんどん勝てるようになった。強くなっていく実感があった」

将棋会館が古くてよかったと思った。

薄暗いこの階段なら、私の目に涙が溜《た》まってるのとか、耳まで真っ赤に染《か》まってる顔とか、ジンジンにバレないだろうから……。

「あのときの感覚をもう一度、取り戻したかったし……………知って欲しかった。ボクでは伝えられないことだからね」

誰に？　なんて聞くまでもない。

私が聞きたかった答えだけじゃない。それ以上の言葉をジンジンはくれた。

だから――

「山刀伐先生」

私は壁から背中を離してジンジンと向き合う。

そして挑むようにその目を見て、こう言った。

「先生のことが好きです」

ジンジンはあの時と同じように、じっと私の顔を見詰める。

「珠代くんは……お兄さんも弟さんもいなかったよね？」

「いねーよ。知ってるでしょ？」

「じゃあ本人で我慢するしかないかな？」

「そうだよ。私で我慢しときなよ」

再び溢れそうになる涙を指で拭ってから、私はジンジンの胸を拳《こぶし》で軽く叩く。

きっと、いますぐ何かが変わったわけじゃない。

それでもちょっとずつ、こうやって前に進んでいく。挑み続ける。ジンジンが断るの面倒になって「わかったわかった」って言うまで、何度でも挑む。研究部屋はもう奪ってるんだから
あと一押しでしょ？

「変な女を拾っちゃったね？　でも残念でした！　絶対に離れてなんかやんないんだから！」

この人が将棋を私にくれた。

だったら私にとって、山刀伐尽のいない将棋なんて、あり得ない。

そんな欲張りな純粋さこそ、雛鶴あいが私に気付かせてくれたものだった。

タイトルを獲ることが『ゴール』だと思ってた。

そうすれば楽になれるって。

一度でいい。一度だけでも頂点を極《きわ》めたら、その後の人生が全く違うものになる。今がその最大のチャンスだと……空銀子《そら》が消えて、雛鶴あいと夜叉神天衣が育ちきってない今が、私にとって最後のチャンスだと思ってた。

けど、違う。

——私はジンジンと！　永久に！　将棋を指していたいの!!

だからこの人が挑み続ける限り、私も挑み続ける。いつまでもどこまでも走り続ける！

それが私の選んだ幸せなんだ。

「名人戦が終わったら——」

「終わったら？　何？」

「久しぶりに沼津《ぬまづ》のご実家へご挨拶に伺《うかが》おうかな」

「ッ!?　そ、それって——」

娘さんをください、みたいな!?

一気に王手を掛けられたみたいドキドキする私に向かってニヤリとしつつ、名人に挑戦し続ける男は言った。

「珠代くんのお父さんはボクの好みだからね♡」

「ちょっと!?　やめてよ私の実家を崩壊させるのは!!」

一番のプレゼントを

万智ちゃんが天橋立《あまのはしだて》に戻って来たのは夜遅くなってからだった。

「残念会しよ？　それから原稿完成の打ち上げも！」

もちろん今日は地獄まで付き合う覚悟だ。

「完成したコラムはどうする？　プリントアウトしてあるけど……」

「今は原稿よりお酒が欲しい気分どすなぁ」

もっともなご意見だったのでフロントに電話して料理と飲み物をしこたま運んで貰《もら》うようお願いし、温泉に浸かって対局と旅の疲れを癒やした万智ちゃんが浴衣《ゆかた》姿で部屋に戻ると二人だけのどんちゃん騒ぎがスタートだ。

その直後から天気は大荒れに。

ここ数年で一番という大寒波が来襲し外は猛吹雪《ふぶき》。古い宿はずっとガタガタ揺れていて日本海の荒波がどっぱんどっぱん押し寄せる轟音《ごうおん》が一晩中鳴り響いている。このまま建物が崩壊しちゃうんじゃないかと普通なら恐怖を感じるところなんだろうが――

「あはははははははははははははははははははははははははははははははははは！」

珍しくお酒を飲んだ万智ちゃんはずっと笑ってる。

というかこれ、相当の酒乱だ。

「本で読んだ戦法を全部八一くんで試すて！　銀子ちゃんの人体実験酷すぎや！　そら弟弟子《おとうとでし》が変態将棋指すようになるしロリコンになるのも当然におざりますわ！　あはははは‼」

「そうそう！　俺がロリコンなのも全部姉弟子のせい……いやいや待って⁉　ロリコンじゃないって言ってるよね⁉」

「清滝《きよたき》一門のお話、どれも面白いわぁ！　コラムにしてそのまんま本にできるレベルどす！　もっともっと聞かせてー♡」

「……じゃあ、取っておきの話をしようか」

酒の勢いを借りてるとしても、敗戦のダメージを万智ちゃんは上手く消化してる。

なら……今のうちに言っておこう。あのことを。

「ある日ね？　あいが唐突にこんなことを言い出したんだ。『ししょー……困っちゃいました』って、泣きそうな顔で」

「ほうほう？　どうしてどすー？」

「それが傑作でさ！　この世の終わりみたいな顔してるから何を言い出すかと思ったら……『もう解く詰将棋がなくなっちゃいましたぁ……』って！」

「あはははは！　どんだけ詰将棋が好きやの！　変態の弟子は変態どすなぁ！」

「それで俺がパソコンに詳しい奴《やつ》に頼んで詰将棋を用意してもらったんだ。大量のね」

「パソコン？　なんでパソコンが出てくるん？」

素に戻って聞いてくる万智ちゃんに、手品の種明かしをする。

「ソフトは自己対局やソフト同士の対局を高速でこなし続けるだろ？　その中から詰《メ》み《イト》が出た局面だけ抽出して、五万問のソフト実戦詰将棋集を作ったんだ」

「っ……!!」

この方法であれば無限に実戦詰将棋の問題を作ることができる。

そしてソフト調の序中盤から発生する新しい終盤のトレーニングとしては、これほど効率的な方法は他に見当たらない。

「そっかぁ…………それでこなたは負けたんやね……」

万智ちゃんは初めて悔しさを覗《のぞ》かせて、ポツリと漏らす。

「……あの恐ろしい終盤力を体感した今ならわかりやす。八一くんがあいちゃんにプレゼントしたのは、単なる詰将棋の問題やないことが」

「……」

「八一くんは、あいちゃんに……あの子が最も力を発揮できる時代をプレゼントしてあげたのどすな？　こなたを利用して…………この鬼畜ロリコン……」

それはいずれ、必ず訪れる時代ではあるけれど。

「九頭竜ノートのおかげで時計の針を少しだけ早く動かすことはできるかもしれない…………ありがとう、万智ちゃん」

変わるのは囲いや戦法だけじゃない。

あいやその下の世代にとって、将棋は人間から教わるものじゃなくなる。

そうなったら……師弟関係も消滅してしまうんだろうか？

俺にとって全ての出会いは将棋を通して得られたものだ。師匠とも、姉弟子とも、二人の弟子《あい》とも……万智ちゃんや歩夢といった仲間とも。

そういった人間同士の繋がりすら消えてしまうのだとしたら――

「くっ……く……くく……う……ぁ……」

「万智ちゃん？」

最初、笑っているのかと思った。これまでと同じように。

だけどそれは全く逆だった。

ぽた……ぽた……と畳を打つ水音が聞こえてきて。

「うう……ううう！　うぁ……ああああああ、あっ……ぁぁぁあああああ……っ!!」

子供みたいに大きな声で、万智ちゃんは泣き出した。

初めて出会った小学生名人戦の時のように。

「ううう……！　あ……ああああああああ！　うぁぁぁぁああああああッ……ッ!!」

「ああ……ごめん、万智ちゃん……ごめんよ……」

やっぱりこのタイミングでこんな話をすべきじゃなかった。

どうしていいかわからなくて、申し訳なくて、俺はただオロオロと万智ちゃんに「泣かないで？　ね？」と繰り返す。

「泣かないで……」

どれだけそんなやりとりを繰り返していただろう？

両手で涙を拭いながら、万智ちゃんは言った。

「…………あいちゃんには、プレゼントをあげたん？　そんなん不公平や……」

「うん……ごめん……」

「……こなたにもプレゼントちょうだい……」

「いいよ。俺にあげられるものなら……何が欲しいの？」

「タイムスリップ」

「へ？」

あまりにも意外な言葉に思わず聞き返すと、

「憶えてはる？　天橋立《ここ》に来たとき、電車の中で話したこと」

「あ、ああ……」

あのとき万智ちゃんは小さな声でこう言った。

『やり直したいん？　今までの人生を』

俺は答えられなかった。だってそんなこと不可能だから。けど――

「こなたは、やり直したい」

「な……何を？　やり直すって、今日の将棋を？　それとも……人生を？」

「八一くんとの時間《ものがたり》を」

万智ちゃんはそう言って、すっ……と立ち上がる。

それから浴衣の帯を解いて——

その浴衣が足下へ、スローモーションのように、ゆっくりと落ちていって——

生まれたままの姿を晒《さら》して、供御飯万智は言った。

「見て。棋士でも記者でもない…………こなたを」

目の前の光景が信じられず、ただ……その美しい裸体を見詰めていた。

見てはいけないと思えば思うほど、目を逸らせなくて……。

「だ——」

衝撃から立ち直ると、俺は慌てて背を向ける。

「ダメだよ！　い、いくら将棋に負けて悔しいからって、そんな自暴自棄《じぼうじき》になっちゃ……酒に酔って恋人でもない男にそんなの見せたらダメだって!!」

部屋を出ようとするが——万智ちゃんは背後から抱きついて、俺を引き止めた。

「だめ。こなたを一人にしたら」

「ま、万智ちゃん…………お願いだから放してよ。ね？　放してくれないなら力尽くで――」

「そんなことできぬもん」

ギュッとさらに強く抱きついて、万智ちゃんは身体と言葉を被《かぶ》せてくる。

柔らかな肌の感触と、酒の香りと甘い体臭の入り交じった匂いが、俺の感覚を支配する。

裸を見るよりも生々しいその刺激に……理性が決壊しそうになる。

「……知っておるもの。八一くんが、こなたを見捨てられんことを。将棋に負けて泣き続ける女の子を……九頭竜八一は絶対に放っておけぬもの」

「ッ…………」

「こなただけやない。あいちゃんも天《てん》ちゃんもそうや。八一くんは優しすぎるゆえ、かわいそうな子を放っておけぬのや。それゆえ一番かわいそうなあの子のことを――」

「万智ちゃん!!」

心を曝《あば》こうとする危険な声を、俺は叫んで掻き消した。

「もう泣き止んだよね？　だったら俺はこの手を振り払うことができる。やって見せようか？」

「まだ気付いておらぬの？」

「え？」

「泣いてるのは八一くんどすよ？」

俺が……泣いてる？

「この宿に来てからずっと、八一くんは眠ってるとき、泣いてたんどすよ？　泣いて、うなされて……ずっと苦しそうに一つの名前を呼び続けて……」

「っ……！　それは……」

「夢の中まで縛られて。かわいそうな八一くん」

いつのまにか攻守が入れ替わっていた。

万智ちゃんの細腕を、俺は振り解くことができない。

それどころかさっきよりも激しく密着していて――

「……でも……それでも俺には、あの子たちしか……」

「一門の絆《きずな》なんて儚《はかな》いものや。何度やり直してもきっと、あいちゃんも銀子ちゃんも八一くんの前から消える。自分でそう言うたやん？」

「…………」

「けど、それって本当に八一くんが悪いん？　こなたには八一くんが一方的に捨てられたようにしか見えぬ。傷ついて当然や！」

誰もが俺のことを責める中で……俺自身も自分を責めるしかない中で、その言葉は麻薬のように甘い。

「こなたはもっと八一くんの将棋を見たい。八一くんが将棋界を駆け上がっていく姿を見たい。

八一くんの傷を癒やすために……できること、何でもする。何でも……」

俺よりも俺のことを深く知る万智ちゃんの研究手順に絡め取られ、あらゆる反撃を封じられていく。

「それに……こなたなら、八一くんにプレゼントしてあげられる」

「なに…………を？」

「絶対に裏切らぬものを」

後ろから俺の浴衣の帯を解きながら、万智ちゃんは言った。

「将棋なんて不確かなものやなくて……本物の血で繋がった存在を」

「ッ……!!　それは……」

自分でも気付かない、普段は心の奥底で眠っている欲望《のぞみ》を、供御飯万智は容赦なく暴《あば》き立てていく。

なぜなら彼女は観戦記者で、誰よりも俺のことをよく見ていたから。

万智ちゃんが口にする言葉は全て、俺が欲しいと心のどこかで思っているもので。

俺自身が無意識に求め続けているもので――

「好き」

ああ……。

心地よい言葉を、一番欲しい言葉を、万智ちゃんはくれる。

「八一くんの指す将棋が好き。八一くんの語る戦法が好き。八一くんの紡ぐ文章が好き。八一くんが駒に触れる仕草が好き。八一くんが盤を見詰める目が好き。将棋を指してる八一くんが……大好き」


本を書くことを薦めてくれたように、万智ちゃんだけはいつも、俺に与えてくれる。

ぽっかり空いた寂しさを埋める方法を。

言葉を。肉体《からだ》を。

そして恋《こころ》を。

「今なら全部こなたのせいにできやす。将棋に負けて自暴自棄になって、お酒を飲んで、そんなこなたを慰めるために………したことに」

万智ちゃんの細い指が大胆に動く。

そして遂に、俺の浴衣も畳の上に落ちた。

「好き。八一くんの罪も」

天橋立で万智ちゃんが詠んだ歌。

『我も罪の子、君も罪の子』という言葉の意味。

スマホを返して貰った時、あの意味を検索した。

押し隠していた気持ちが遂に溢れてしまい、禁断の恋に走ってしまうという、不貞の歌。

あれは――――大切な人を裏切る歌だった。

つまりあの時から既に万智ちゃんは……。

「ここなら誰にも知られることはおざりませぬ。この嵐で、物音も聞こえぬ。どれだけ激しくしても…………二人だけの秘密にできるから……」

秘密。

最後の最後に放たれたその言葉は、触れ合った肌の感触と同じほど甘美で。

あの将棋合宿と同じように秘密にすれば――

「万智ちゃん」

俺は振り返り…………万智ちゃんと正面から向かい合う。

「ああ……！　八一くん…………‼　八一くん八一くん八一くん…………‼」

俺の胸を全身で愛撫しながら、万智ちゃんはうっとりと言った。

「二人でやり直そ？　あいちゃんも銀子ちゃんもおらぬ世界で、新しい物語を――」

「俺の物語はここにあるよ」

「………………え？」

あの歌の意味を知った時に、本当の答えを理解した。

万智ちゃんが天橋立神社で何を願ったのかを。

いや、いや、いや、いや、いや、違う。

だからこそ俺は用意していた。

その気持ちへの答えを。

「読んで。これが俺の答えだから」

畳に落ちた自分の浴衣を拾って羽織《はお》り、そして同じように脱ぎ捨てられた浴衣を万智ちゃんの肩に掛けてあげてから、数枚の紙の束を渡す。

「これ………コラム？　本に収録する予定の？　何で今、こないなものを──」

不思議そうに紙に目を落とした万智ちゃんは、

「ッ……!!」

食い入るように、それを読み始める。


俺がそこに書いたのは──将棋のお化けの物語だった。

田舎《いなか》から修行のために出てきた少年が、棋士の家に棲み着いた将棋のお化けと出会い、一緒に成長していく物語。

けれど将棋のお化けは、少年の前から消えてしまう。

だから少年は将棋の本を書いた。そうすれば、将棋が大好きなお化けはきっと、それを読んでくれるから。

「書けなくなったって相談した時、教えてくれたよね？　文字の読めない子供にだって九頭竜ノートを読んでほしいって」

「…………」

「漢字が読めなかった俺は、あの子に本を読んでもらってたんだ。本に書いてある戦法をあの子に試してもらうことで……俺もその本の内容を知ることができた。それが俺たちの本の読み方で……」

銀色の髪の将棋のお化けは、師匠の家にあった将棋の本を読むのが好きで。

そして俺は、本を読むあの子の姿を見るのが好きだった。

「どうやって書いたらいいかわからなくなった時、あの子が本を読んでる姿を想像したら……書けるようになったんだ。迷いが消えて、言葉が自然と溢れてきて」

読み終わって、折り畳み式の将棋盤に新しい戦法を並べてくれるのを、子犬のようにあの子にまとわりつきながら、いつも待っていた。

そして今も、俺はその日がまた来るのを待っている。

「俺は悲しくて泣いてたんじゃないよ？　嬉《うれ》しかったんだ。たとえ夢の中だけでも、あの子に……将棋のお化けに会えたことが」

確かに俺は、将棋でできた家族がいなくなって絶望した。

その傷は今も癒えたとはいえない。

「けど、やっぱり信じてるんだ！　将棋で繋がった存在を。将棋には人と人とを結びつける力があるんだってことを」

コラムの最後に、俺はありったけの言葉で、将棋への愛を語った。

将棋と、そして将棋のお化けへの愛を。

書き終わった後に赤面してしまうほど恥ずかしい文章を。

「何度傷つこうが、何度苦しもうが……俺は何度でもあいを弟子にするし、何度でも銀子ちゃんを好きになる」

何万回と負けようと将棋を指し続けたように。

仮にそれが取り返しの付かない過ちだったとしても。

「だから……ごめん。供御飯さんとは、そういうことはできない」

美人で、将棋が強くて。

俺のことを誰よりも理解しようとしてくれる、優しい奥さん。

そんな奥さんにそっくりな、かわいい子供。

対局で疲れた後、俺のことを愛してくれる温かい家庭があったなら。

どこかで人生をやり直すことで、そんな幸せを手に入れることができたら。

一人ぼっちになった時、そんな空想に逃げなかったかと問われれば……俺はそれを否定できない。

供御飯さんに『好き』と言われて、心が全く揺れなかったかと問われれば、やっぱり俺はそれを否定できない。

だからあの子に会った時に、きちんと謝ろうと思う。ずっと黙ってた合宿のことも含めて。

きっともものすごく怒るだろうけど、今はあの子が口癖のように言っていた『頓死しろ』とか『ぶちころす』っていう物騒な言葉が恋しかった。

「…………卑怯《ひきょう》や。八一くんは……」

コラムが印刷された紙に目を落としたまま、供御飯さんはポツリと呟く。

「いつもいつも、こうやってこなたを……傍観者にして……」

ポタ……パタタ……と。

紙の上に落ちる真珠のような大粒の涙を見て、俺の心は簡単に揺れてしまう。

「ああ……泣かないで？　泣いちゃダメだよ……俺なんかのことで……」

「いやや。泣く」

動揺する俺のことを恨めしそうに睨み付け。

そして子供みたいにぷくっと頰《ほお》を膨らますと、俺の初めての担当編集者は、紙の束を胸に抱き締めながら言った。

「こないに感動する物語を読まされたら…………泣くに決まっておるもの！」

「あの写真、著者近影に使っといたからな」

編集長からそう言われた瞬間、何のことか理解できなかった。

「いい写真じゃねえか。ようやく俺が十年前に撮った写真を超えたな？　本当なら表紙に使ってやりたいくらいだが、さすがにスナップ写真が表紙ってのはなぁ？　でもま、表紙もお前の撮ったタイトル戦の写真だから、それで許してくれや！」

他に誰もいない編集部で、印刷所から届いた『九頭竜ノート』のカバー見本をこっちに差し出しながら、編集長はご機嫌に喋りまくる。

「編集長…………いえ、師匠」

私は上司であり師匠でもある加悦奥大成《かやおくたいせい》七段の言葉を遮《さえぎ》った。

将棋連盟の書籍部は伝統的にプロ棋士が発行責任者となる。

だが、編集の実務まで担うのは師匠くらいのもの。

棋士を引退してからは京都《じもと》の教室の運営も普及指導員の資格を取った元奨《もとしょう》の弟子任せ。千駄ケ谷《せんだがや》の将棋会館地下一階にあるこの編集部の主となった自由すぎる人物だ。

おかげで私も自由にやらせてもらっているが……。

「一冊の本に経費を使いすぎたことはお詫《わ》びします。ですが九頭竜ノートは間違いなく売れますし、将棋界に衝撃を与えます。この本を出すのは連盟の使命だと――」

「本の出来に関しちゃ疑ってないさ。師匠として俺がお前に教えたことは？」

「文章の書き方。写真の撮り方。編集と取材の方法です」

「そうだ。俺の将棋はヘボだからな。あの小学生名人戦の後でお前に『弟子にしておくれやす』って頼まれた時、将棋は教えないと決めた。その代わりに——」

「何です？」

「いつか自分でこういう写真が撮れるようになった時に、伝えようと思っていたことがある。なぜ素人《しろうと》の撮った写真が心を打つのか、その理由を。……聞くか？」

「ッ！　…………ええ。拝聴します」

「愛だよ」

師匠は珍しく真面目な顔でそう言った。

「プロは被写体を冷静に見詰めて、『いい写真』を撮ろうとする。プロ棋士が自分の好みよりも勝率を求めて将棋を指すように」

「…………」

「けど素人は撮りたいと思ったものだけを撮る。運動会や発表会で、親は自分の子供だけを必死に撮るだろ？　そんな写真の中に生まれるのさ。奇跡の一枚ってやつが」

「つまり……撮影者の愛が、大切だと？」

「あの写真を撮った時、俺は珍しくそんな気持ちだった。将棋に負けて、表彰式でもまだ泣き続ける女の子に……感情移入しちまったのさ。娘が幼かった頃なんかを思い出してな」

ただでさえ弱っている心にその言葉は不意打ちだった。

私は慌てて眼鏡を外し、目元を指で拭う。

「何ですか、急に…………もしかして、フラれた弟子を慰めようとしてるんですか?」

「いやいや聞けって。ここからが本題よ」

再びカバーの見本を手に取ると、

「表紙に選んだこの写真……去年の竜王戦で名人から初勝利を捥ぎ取った直後の九頭竜の表情も悪くない。この写真は、九頭竜の『もっと強くなりたい』って心の声を見事に切り取ってる。だけどな——」

師匠はカバーの隅に掲載された小さな写真を示す。

天橋立神社で磯清水を浴びた後、波打ち際で私の撮った——八一くんのスナップ写真を。

「こっちの写真からは伝わって来るんだよ。お前の声も」

「……私の、声……?」

「こんなに小さな小さな写真でも、お前の大きな声が聞こえてくるんだ。そして、この写真を見た後に十年前のあの写真を見返すと——」

師匠のデスクに置いてあった十年前の将棋雑誌を手に取ると、私は何百回も開いたそのページを一発で開く。その瞬間、驚くほどはっきりとその声が聞こえた。

『出会った時からずっと好きです』


やり直す必要なんてなかった。天橋立神社で私はそのことを伝えればよかったのだ。

初恋を守り続ける少女の物語を。

お姫様の陰でずっと秘めた想《おも》いを抱き続け……ようやく勇気を振り絞ることができたのは、ただあなたに笑顔を取り戻して欲しかったからだと。

「…………けど、もう遅いです。もっと早ぉ教えてくらはったら、こなたは…………あほ師匠……なんでもっと早よ言わんのや……ぼけぇ…………」

「もう遅い？　もっと早く言え？　やれやれ。《鬎り殺しの万智》ともあろうお人が緩《ゆる》くなったもんですなぁ？」

長年にわたり多くの棋士たちを見続け、その物語を書き続け、遂に《老師》とまで呼ばれるようになった私の師は、

「この九頭竜の顔を見ろよ？　絶対お前にグラッと来てるだろ！」

弟子の撮った写真の中の八一くんを指で弾《はじ》きながら、教えてくれたのだ。

男の子の物語ではまだ、あのお姫様がヒロインのままなのかもしれないけれど──

私の物語《恋》もまだ続いていて……ようやく始まったばかりなのだと。

☖　あなたに捧げる物語

カンヅメが終わって二週間後――――遂に本が完成した。

「おおお～！　これが俺の処女作……!!」

刷り上がった『九頭竜ノート』が十冊ほど積み上がったテーブルは、そこだけが光り輝いているように俺には見える。

努力が目に見える形になることが少ない棋士という職業で、こうして費やした労力が形になるというのは、なかなか得がたい経験だ。う、嬉しい……!!

「発売日よりかなり前に手に入るんですね⁉」

「せやね。東西の将棋会館やと早売りをやったりするし」

発売は四月。将棋界の新たなシーズンの始まりと共に書店に並ぶ予定だと、供御飯さんは教えてくれた。

「ところで八一くん。献本《けんぽん》はどないするん？」

「けんぽん？」

「契約書に書いてあったやろ？『十冊は見本として著者が買い取る』て。普通はそれを、お世話になった人とかに贈るんどす」

「あっ。そういえば俺も、棋士仲間から本を貰ったことがありました」

ああいうのって出版社からタダで貰った本をくれてたんだと思ってたけど、実は著者もお金を払って買っていたとは。ありがたみが変わってくるな……。

「棋士は色紙や扇子みたいに本にも揮毫《きごう》を入れてプレゼントする人が多いゆえ、契約時の著者見本は全部ここに持って来やした」

「じゃあこれに揮毫して、落款《らっかん》とか押して、供御飯さんに渡せば――」

「郵送したほうがええ人には、こなたから発送させていただきやす。あとは出版者側の都合で送りつける人とかもおるけどな。名人とか」

「め、名人にも送るんですか⁉」

「ここに書いてある戦法を名人戦で採用してくらはったら最高の宣伝になるやん？」

採用……するかなぁ？

それに俺の書いたトンデモ戦法が名人戦に出たりしたら『格調が低い』とか叩かれそうで怖い。アマのレビューが炎上しそう……。

「あとは、やっぱり有名人には送らんといかんね。《浪速《なにわ》の白雪姫》とか」

サラリと口から出たその名前に、俺は思わず叫んでいた。

「ッ……‼　わ、わかったんですか⁉　姉弟子の居場所が⁉」

「前から知ってた」

……………………………………は？

「え？　ちょ…………ええ⁉　前から知ってた⁉　だったら俺は何のために本を書くなんて超大変な作業をしたんですか⁉」

「ええやん本が書けたんやから。今、充実してるやろ？　嬉しいやろ？」

「そ、そうだけどそういう問題じゃ――」

「このメモに、銀子ちゃんが療養してる場所が書いておざります」

心臓が大きく脈打った。

大きく動きすぎて、そのまま止まってしまいそうなほど……。

胸が痛くて、締め付けられるように苦しくて……涙が出そうなほど、切なくて……。

「ここに……姉弟子が……」

「あい。こなたは会って話しやした。お燎も同行したゆえもう隠さぬが、思ったよりも銀子ちゃんは元気そうにしておざりました」

「月夜見坂さんも姉弟子に会ってるんですか⁉」

「いや。お燎は会う勇気が無くて、車の中で待機しとったね。あの子はいつもそうや。肝心なところで臆病《おくびょう》になる」

メモを差し出したまま、供御飯さんはこう続ける。

「行ったところで面会を断られる可能性もありやす。そうなれば無駄足になるし……銀子ちゃんも居場所を変えるかもわからぬ。それでも？」

「…………」

会いたい。一秒でも早く顔を見たい。

その気持ちが全身の細胞を突き動かす。会いたい。会いたい会いたい会いたい会いたい！

でも――

「今、俺が伝えたいことは全部、この本に書きました」

きっぱりとそう言って、差し出されたメモを押し返す。

「書いてみてわかったんです。俺はやっぱり、あの子と将棋が指したいんだって。初めて出会って師匠の家の二階で将棋を指した時からずっと俺は……あの子と将棋を指すのが楽しくて、そのために強くなって……」

もし会えたとしても、口下手で不器用な俺じゃあきっと、あの子に何もしてあげられない。

けど、将棋なら。

「銀子ちゃんも言ってくれたんです。俺と将棋を指したいからプロになったって。その気持ちは絶対に変わってないと信じてる」

俺は手に持っていた一冊をそのまま供御飯さんへ差し出した。

「揮毫は入れなくてもいいです。あの子に贈る分だけは、このままで」

あの子はいつも本で読んだ戦法を俺で試していた。人体実験だ。

だからこの本を贈れば、きっとまた――

――その少女は、いつものように本を一冊だけ持って、柔らかな日差《ひざ》しの当たるテラス席に座っていた。

とはいえ少女の肌は雪のように白くて日光に弱かったから、隅っこの、光がギリギリ当たらない場所が指定席。そして腕時計の針が決まった場所に来るまで黙々と読《よ》み耽《ふけ》る。

物心つく前から少女は読書を愛していた。

外に出て運動することができなかった彼女にとって、病室の外のことを教えてくれるのは本だけだったから。

最近のブームは、桂香《けいか》が持って来てくれる、女性向けの文庫本。

ストーリーはどれも同じで、虐《しいた》げられた女性主人公が、ひょんなことから身分の高い男と結婚し、最初は互いに反発しつつ次第に惹かれていく……というもの。

馬鹿馬鹿《ばかばか》しいと思うもののスラスラ読めてしまう爽快感と、続き物なのでラストが気になって黙々と読んでしまう。それに体力の無い少女にとっては、小さな文庫本は持っていて疲れないということもあった。

しかしこの日、少女は別の本を持っていた。普段よりも大きくて厚い、将棋の本を。

「あら？　銀子ちゃん、その本……」

桂香は驚いた。

ここに来てから少女はたくさんの本を読んだが、将棋に関するものは一冊も読むことができなかったから。

　しかしすぐに、なぜ少女がその本を選んだのか理解する。

　というか表紙を見れば一目瞭然だ。

「……そっか。あいつ、どこかに引きこもってそんなもの書いてたのね？　心配して損したわ！」

　家に帰ったら私とお父さんの分も持ってくるように言わなくちゃとプリプリ怒りながら温かいお茶を淹《い》れてくれる桂香は、けれど嬉しさを隠せない様子。

　九頭竜八一は誰に、そして何を伝えたくて、この本を書いたのか？

　その答えが冒頭に短く記されていた。


『師匠の家に棲み着いていた将棋のお化けに捧げる。愛を込めて』


「…………ばか」

　パラパラと、将棋に関する部分を飛ばして、収録されているコラムを読む。

　そこに書かれていたのは全て、少女の……将棋のお化けのことだった。

　読んでいて頬が熱くなるのを感じ、少女はもう一度「……ばか」と呟く。

　他の人々にとって『九頭竜ノート』は将棋の戦法書だろう。かなり独創的な。

しかし少女にとっては……壮大なラブレターだった。

はらり、と小さな紙片が落ちる。足下で風に飛ばされそうになっているそれを、少女は慌てて拾い上げた。

『謹呈《きんてい》』と印刷された栞《しおり》だ。裏には流麗な筆致でこうも書かれていた。

『早ぉ戻って来んと、こなたが横取りしてまうよ？』

そしてカバーの折り返しに印刷された著者近影を見て……少女の息が止まる。

「っ……！　…………や………い…………」

半年ぶりに見る弟弟子の顔。

その優しい笑顔と目が合った瞬間、思わず少女は本を抱き締めていた。

しかし誰がこの顔を撮ったのかに思い至ると、急激に腹立たしくなる。

心が妬ける……熱い。

「ばか…………私以外の女に、こんな顔を見せて…………ばか」

荒っぽい手つきでカバーを外してから、少女は再び冒頭からその本を読もうと試みる。無数の符号と局面図で埋め尽くされたその本を。

震える指でページをめくり――

そして空銀子は少しだけ押し開けたのだ。戦場へと続く扉を。

あとがき

「これ、パパの本？」

二歳になった娘は最近、本棚に刺さっている『りゅうおうのおしごと！』の背表紙を指さして、こんなことを言うようになりました。まあどのキャラを見ても「ぎんこちゃーん！」と叫ぶので、どこまでわかっているかは謎《なぞ》ですが……。

アニメにはまだ興味がなく、しま●ろうに夢中な二歳児でも、父親が部屋にこもって何かを書いているというのは何となく理解しているようです。

今回は八一《やいち》と万智《まち》が一緒に本を作ります。

将棋《しょうぎ》の本というのはラノベともかなり違い、輪を掛けて特殊な世界だなぁと感じることもあるんですが、「ここは同じだな」と強く思う部分もあります。

子供から大人まで楽しめるよう、工夫を凝らすこと――文字の読めない二歳児がイラストを見てニコニコしているように、将棋の本も、局面図だけで夢中になれる。できるだけわかりやすく、楽しく、たくさんの人に届けたいという思いが詰まっています。

八一と万智が作った本はこの先、物語の中で多くの人々に影響を与えます。

同じようにこの『りゅうおうのおしごと！』も、読んだ人に何か熱いものを感じていただけるよう、これからも工夫を凝らしていきたいと思います！

感想戦

「同窓会ってどんな服を着てくればいいかわからなかったんですよね……」

東京《とうきょう》は渋谷《しぶや》にあるフレンチの名店。

歩夢《あゆむ》が選んだという宮殿みたいなその店に集まったのは、十年前の小学生名人戦で同じ渋谷にあるテレビスタジオで初めて顔を合わせた四人だった。

「ドレスコードありのお店だっていうんで新調したスーツで来たんですけど、まさかこんなに浮くとはなぁ……いつも浮いてる歩夢のほうが店に馴染《なじ》んでますし……」

「んな全身真っ黒な服で来りゃ浮くに決まってんだろボケ。葬式かっつーの」

月夜見坂《つきよみざか》さんの厳しい突っ込みにも、反論どころかただ頷《うなず》くことしかできない。対局で使おうかと思ってたけど早くも心が折れそうだ。

「つーか、いきなり真っ黒で現れたときはどうしようかと思ったわ！　銀子《ぎんこ》の件もあるし……おまけに弟子にも捨てられたんだろ？」

「あー……それは、その……」

答えづらい質問だったので言葉を濁していると、横から不貞腐れたような声が飛んできた。

「新しく同棲してる女の趣味におざりますよ」

「ちょっ⁉　ま、万智《まち》ちゃ……じゃなかった供御飯《くぐい》さん！　不穏な表現しないでよ！」

「八一《やいち》くんこそ何を狼狽《うろた》えてるん？　口ではいっつも『年上の巨乳が好きでさ〜』みたいなこと言うてるのに本当は年下でしか欲情せんゴリッゴリのロリコンやってはっきり宣言したらえ

えやん」

互いの呼び方や言葉遣いが変わったことに気付いて、月夜見坂さんが探りを入れてくる。

「オメーら何かあった？」

「大して何も無かったから、こないな同窓会に出席しておざりますのや。本当なら今ごろ産婦人科に通院して、アルコールも飲めへん身体《からだ》になってたはずやのに……ぶつぶつ……」

「だからそういう不穏な表現しないでってば‼」

会が始まる前からガッパガッパとワインを飲みまくってる供御飯さんは、明らかに酔っ払っている。

俺《おれ》のせいなだけに飲むなとは言いづらい……。

「『八一くん』に『万智ちゃん』か……ガキくせぇおままごとしてやがんなって思ったけど、まあ今日は同窓会だしな。それっぽくていいんじゃねえか？」

「じゃあ月夜見坂さんのことも『燎《りょう》ちゃん』って呼んだほうがいいですか？」

「死ね」

テーブルの下で臑を蹴《け》り飛ばされた。

供御飯さんを名前で呼ばなくなったのは姉弟子《あねでし》のせいだったけど月夜見坂さんを名前で呼ばなくなったのは単に怖かったからだと思い出したよね。痛みで。

そんな俺たちのやりとりを、ビクトリア朝の貴婦人みたいな出で立ちの女性が、微笑《ほほえ》ましいものを見るような表情で眺めていた。

「フフフ。相変わらず盛んだな若き竜王よ」

同窓会のゲストは──あの小学生名人戦で聞き手役を務めてくれた釈迦堂里奈女流名跡《しゃかんどりなじょりゅうみょうせき》。

この会の発起人でもある。

『久しぶりに皆の顔を見たくなった。年寄りのわがままを聞いてもらえぬだろうか？』

ちょうど本を渡したかったこともあり、俺と供御飯さんは揃《そろ》って上京。

これから弟子とタイトル戦をする人に自分の書いた本を渡すのは敵に塩を送るようなことになりはしないか思わなくもなかったけど、その程度で弾《はじ》き返《かえ》されるほどあの子がヤワじゃないのは供御飯さんとの将棋《しょうぎ》が証明済みだ。

「それにしてもまさか万智と共に処女作を執筆していたとは。女流名跡リーグ最終局での才気溢《あふ》れる指し回しは、やはり若き竜王からの影響であったか」

「こなたは所詮《しょせん》、付け焼き刃どす。あいちゃんと戦って思い知らされやした」

「フッ。急に首筋が寒くなってきたな……」

話の流れが不穏な方向に行ってないですか⁉　同窓会だよね⁉

「で、でも今日の一番のお祝いは歩夢のA級入りですよ！　おめでとう‼」

俺は隣に座っている白いスーツの親友にそう声をかけた。

歩夢のスーツも新品だ。純白に輝いている。

真っ黒のスーツと真っ白のスーツで芸人みたいだから離れて座りたかったんだが、今日の歩夢は異様なまでに緊張しており、ずっと黙ったまま俺の近くから離れない。

釈迦堂先生は同窓会なんて名目で皆を集めたけど……タイミング的にも、これが愛弟子のA級入りを祝う会だってのは明白だった。

「順位戦で一度も立ち止まらずA級入りって半世紀ぶりなんだろ？　すげーよなぁ！」

俺がそう言えば、辛口の月夜見坂さんですら感心した口ぶりで、

「もし来期このまま名人挑戦者になって奪取したら名人獲得の最年少記録になんのか？」

「今は月光《つきみつ》会長の記録が最年少でしょ？　えっと……二一歳でしたっけ？　歩夢の誕生日は会長より後だから、記録更新ですね」

「プロ入りからノンストップで名人獲得は史上初どす。インタビューさせてほしいわぁ。歩夢くんの記事、女性誌でも大人気におざりますもの」

「確かに歩夢はイケメンで独身で浮いた話も無いから、あの名人に挑戦することになったら大盛り上がりでしょうね。俺の竜王戦はメッチャ叩《たた》かれたけど歩夢は許されるんだろうなぁ……顔のいいやつは得だなぁ……」

「おいおい。山刀伐《なたぎり》のオッサンが名人になってる可能性だってあんだぜ？」

「でもやっぱあの名人から奪って欲しい気はしますけどね！　山刀伐さんには悪いけど、名人が名人じゃなくなるイメージが湧《わ》かないっていうかさ！」

「お？　何イラついてんだよクズ？　てか、おめー山刀伐のオッサンに厳しくねーか？」

「女を取られたからどすよ。前に同棲してた女を」

「あーそりゃ荒れるわ。ご愁傷様」

「だからそういう不穏な発言をしないでくださいってば!!」

訂正を求めつつも、俺は心が軽くなるのを感じていた。

やっぱり同期で集まって軽口を叩き合える時間というのは楽しい。それが俺の公開リンチみたいになったとしてもな……。

「とにかく歩夢のお祝いしましょうよ！　ね!?」

ちょうど料理が運ばれてきたこともあり、俺はグラスを掲げて乾杯の音頭を取る。

「先を越されたのは悔しいけど……俺が竜王名人になる時まで預けといてやるから、さっさと名人になっちゃえよな!!」

その言葉に対する歩夢の反応《エール》は──

「…………………」

あれぇ？

新幹線の中で一生懸命考えてきた決め台詞《せりふ》だというのに歩夢は全く反応してくれない。どうした？　お前こういうの大好きだったじゃん？

あ、もしかして緊張してる？

「…………名人…………………………名人に…………」

「ん？」

歩夢はずっと俯《うつむ》いてブツブツと呟《つぶや》いていた。よく見ると、膝《ひざ》の上に置かれた手の中に何か小さな箱みたいなものを握り締めている。

「歩夢……お前、それって――」

歩夢がずっと握っていたもの。

それは小さな四角い箱だった。ベルベットの……。

中身が何なのかはすぐにピンと来た。なぜなら俺もそれを贈ろうと思った人がいたから。

唐突に、全《すべ》てが一つに繋《つな》がる。

歩夢がこんな宮殿みたいな店を選んだ理由。新品の白いスーツを着ている理由。

そして……かつてないほど緊張し、思い詰めた表情をしている理由が。

「名人になったら――」

白いスーツに身を固めた若者は椅子から立ち上がり、出席者の一人に歩み寄る。

《次世代の名人》という異名を現実のものとしつつある新A級棋士・神鍋《かんなべ》歩夢八段は、その人の前に跪《ひざまず》いて、恭《うやうや》しくこう言ったのだ。

「結婚してください」

小箱の中から現れた指輪の輝きが、その言葉が冗談ではないと証明していた。

ファンレター、作品の
ご感想をお待ちしています

〈あて先〉

〒106－0032
東京都港区六本木2－4－5
SBクリエイティブ（株）
GA文庫編集部 気付

「白鳥士郎先生」係
「しらび先生」係

本書に関するご意見・ご感想は
右のQRコードよりお寄せください。

※アクセスの際に発生する通信費等はご負担ください。

https://ga.sbcr.jp/

りゅうおうのおしごと！ 15

発　行　　2021年9月30日　初版第一刷発行
著　者　　白鳥士郎
発行人　　小川　淳

発行所　　SBクリエイティブ株式会社
〒106−0032
東京都港区六本木2−4−5
電話　03−5549−1201
03−5549−1167（編集）

装　丁　　木村デザイン・ラボ

印刷・製本　中央精版印刷株式会社

ISBN978-4-8156-1094-4
Printed in Japan

GA文庫